U0093151

風雲時代

風雲時代

全新譯校 經典新版世界名著 12

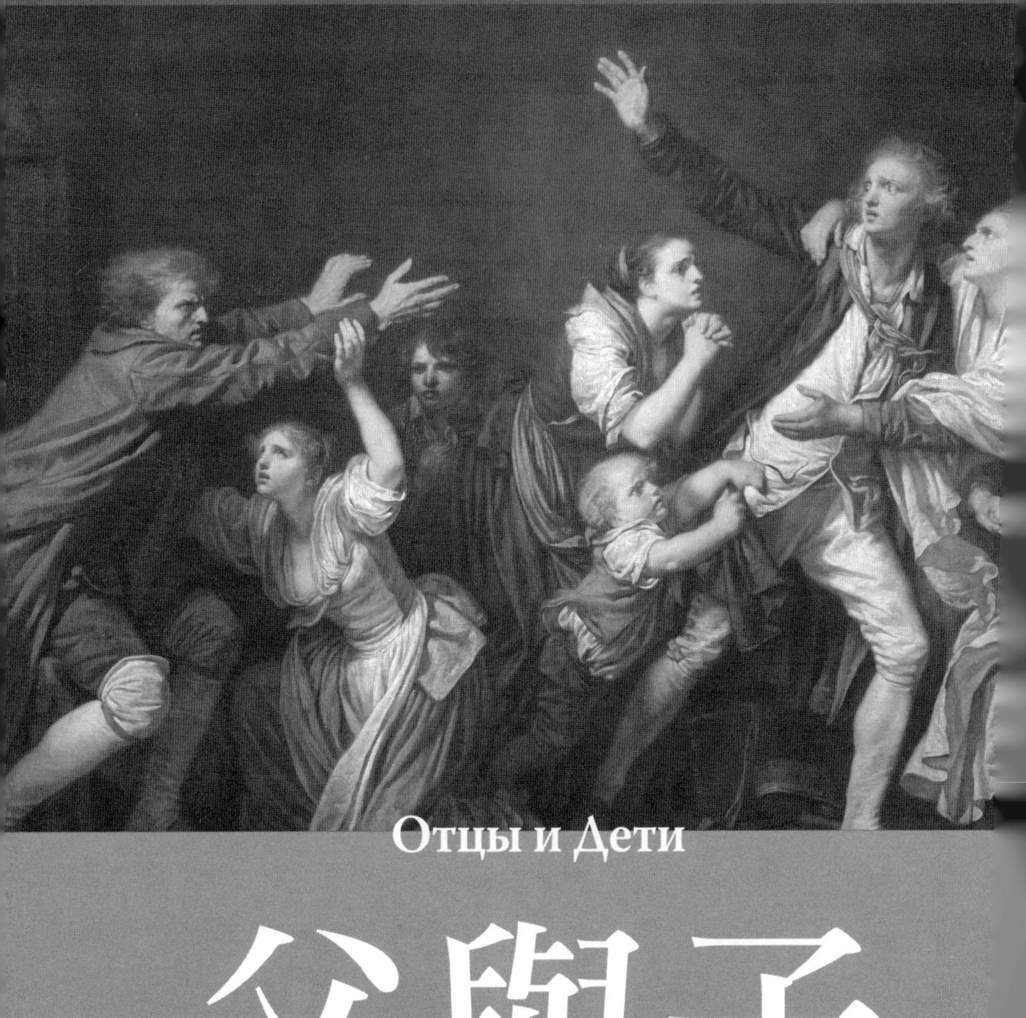

Отцы и Дети

父與子

〔俄〕屠格涅夫 著
劉淑梅 譯

經典新版　世界名著

閱讀經典名著確實是不一樣的宴饗。人們對於經典名著，不會只說「我讀過」，而是說「我又讀了」。事實上，我每次去讀它，都會讀出新的東西，新的精神。

——當代義大利名作家、後設小說大師卡爾維諾（Italo Calvino）

真正的光明，絕不是永遠沒有黑暗的時候，只是永不被黑暗掩沒罷了。真正的英雄，絕不是永遠沒有卑下的情欲，只是永不被卑下的情欲所征服罷了。閱讀經典名著，永遠可以使人自我昇華，不陷於猥瑣。

——法國名作家、諾貝爾文學獎得主羅曼羅蘭（Romain Rolland）

閱讀文學經典、世界名著，能夠滋潤現代人的心靈，使人對世事、愛情與人性重新有一番體悟。

——美國現代名作家、諾貝爾文學獎得主海明威（Ernest Hemingway）

台灣曾出版的世界名著與文學經典可謂汗牛充棟，然而，細察譯文品質與內容，大多是三十至五十年代大陸譯者的手筆，其行文用語的方式與風格，早已與當代讀者的閱讀習慣、閱讀趣味脫節，以致不再能喚起讀者的關注。這一套「經典新版　世界名著」是全新譯本，行文清晰、流暢、優雅，用語力求充分符合當代人的品味。故而，是「後真相時代」中尋求心靈滋養者最適切的選擇。

譯者序

劉淑梅

伊萬・謝爾蓋耶維奇・屠格涅夫（Ива́н Серге́евич Турге́нев，一八一八至一八八三）生於俄羅斯中部奧廖爾省的一個世襲貴族之家，是俄羅斯十九世紀傑出的作家、詩人，他的創作具有鮮明的俄羅斯民族特點，並且準確而深刻地反映了十九世紀俄羅斯的社會生活，閃耀著人性的光輝，反映出當時社會生活發展的新動向，因此，屠格涅夫的長篇小說被譽爲十九世紀四〇年代至六〇年代俄羅斯的「社會編年史」。

屠格涅夫是俄羅斯第一位獲得歐洲聲譽的作家，他的創作爲十九世紀俄羅斯文學的發展和成熟、爲俄羅斯文學走向歐洲和世界做出了巨大的貢獻。

一般認爲，在屠格涅夫的長篇小說中，《羅亭》（Рудин，一八五六）、《貴族之家》（Дворянское гнездо，一八五九）、《前夜》（On the Eve，一八六〇）、《父與子》（Отцы и дети，一八六二）代表了作家創作的最高成就。

十九世紀六〇年代初，屠格涅夫的創作達到高峰，《前夜》和《父與子》正是在這一時期創作的。根據時代的要求，作家把視線從貴族知識分子轉移到平民知識分子的身上，敏銳地表現了俄羅斯社會的發展趨勢，真實地再現了當時俄羅斯社會的面貌及其矛盾。這兩部作品的問世在社會上引起的巨大回響、激烈爭論，是俄羅斯文學史上極其罕見的。

《父與子》是屠格涅夫思想和藝術成就統一體現得更好的一部作品。小說展示了革命民主主義者和貴族自由主義者這兩種社會力量，也就是「子輩」和「父輩」之間不可調和的矛盾與鬥爭。前者的代表是巴扎羅夫，後者的代表是基爾薩諾夫兄弟，尤其是哥哥巴維爾。巴扎羅夫可以說是十九世紀六〇年代俄羅斯民主啓蒙時期具有否定精神的一個典型代表，但是巴扎羅夫缺乏完整的社會思想體系，他是舊制度的叛逆者，一個「虛無主義者」，否定一切舊傳統、舊觀念，他宣稱要戰鬥，卻沒有行動。

屠格涅夫理解革命民主主義者要與貴族分裂的歷史必然，但他不贊成對「父輩」文化遺產持完全否定態度的虛無主義。「父輩」有他們與生俱來的社會性弱點和歷史侷限性，但他們也有對美的敏感、有在生活中真實的喜怒哀樂，他們愛詩、愛藝術、愛一切有價值的文化遺產。同時，作家讚賞「子輩」的剛毅、反封建的銳氣，卻並不讚賞他們對美的冷漠，尤其對待浪漫主義激情、對待人的內心感情方面的態度，「子輩」在否定貴族階級的閒情逸致時，也把傳統的藝術和文學都否定了。因此，小說中巴扎羅夫對待藝術、愛情等問題的矛盾性導致了他最後的悲劇——過早死亡。

目錄
Contents

chapter 1

父輩

一八五九年五月二十日那天，某馬路邊的驛站裡走出來一個四十多歲的老爺。他穿著格子褲，身上裹一件大衣遮擋路邊的塵土，頭上卻沒有戴帽子。

「怎麼樣，彼得，還看不見嗎？」他站在低矮的臺階上問他的僕人。

僕人是個兩腮圓圓的小夥子，下巴上長著嫩白的茸毛，一雙小眼睛目光呆滯。大大的臉龐露出習慣順從的表情，恭敬地回答他的老爺：「是的，還沒看見呢！」

他身上的一切：耳朵上戴的綠松石耳環，顏色深淺不勻的抹了油的頭髮，和他那文質彬彬的舉動，無不顯示著他是屬於接受新法教育、最時髦的一代。

「還沒來嗎？」老爺又問。

「沒有。」小夥子又答道。

老爺嘆了口氣，在路邊椅子上坐下。趁他彎腿坐在那裡、不時打量周圍的時候，不妨讓我對他稍作介紹。

他叫尼古拉．彼得羅維奇．基爾薩諾夫。父親是一個將軍，曾經參加過一八一二年的戰爭[1]。他馳騁沙場，戎馬倥傯，從旅長晉升為師長，常年駐紮在外省，在當地小有名氣，是個舉止粗魯卻不狠毒的武將，而且略通文墨。

他的母親阿加特，原是科利亞津家的小姐，嫁給將軍後改稱為阿加福克利婭．庫茲米尼什娜．基爾薩諾娃。這位將軍夫人說話粗聲粗氣，總是喋喋不休，在做彌撒時，就算戴著精緻的帽子、穿著筆挺的錦緞，也總是搶在眾人前去親吻十字架。每天早上，孩子們都必須到她跟前來吻手問安，睡覺前再去向孩子祝福、道別，總之，她過著安逸的日子。

尼古拉的哥哥叫巴維爾（後文將詳細介紹）。尼古拉就生長在這樣一個俄羅斯南方的家庭裡。他和哥哥從小就在家中接受一個平庸家庭教師的啓蒙教育，教師對他們總是討好巴結，這種教育狀況一直持續到他們十四歲。同時，還有一群軍人捧著他們，父親手下那些行為放蕩的副官和別的屬僚深諳迎合奉承之道，都把他們當作和他們父親一樣的奉承對象。

1. 指俄國抵禦拿破崙入侵的衛國戰爭。

本來尼古拉貴爲將門之子，就該渾身是膽，和他哥哥一樣入伍從軍，沒想到他在報到的第一天就摔傷了腿，在床上躺了足足兩個月，在他原來「膽小鬼」的綽號上又多了一個「跛腳」的別稱。

父親看他從軍不行，就讓他走仕途，在他十八歲時就送他到彼得堡上大學。當時他的哥哥正好在那裡當近衛團軍官，於是兄弟倆合租了一間套房。父親託一位貴族堂舅伊利亞．科利亞津照料他們，而後便回到了駐地和夫人身邊。

他們父子之間很少有書信往來，兒子們偶爾收到的家書，不過是一張四開大的灰報紙，上面是秘書代寫的一些斗大的文字，只有在信的末尾才有「彼得．基爾薩諾夫少將」的親筆簽名，並在四周以「蔓葉花筆」做了些修飾。

一八三五年，這位基爾薩諾夫少將因爲他的部隊閱兵成績不佳被解職，於是帶家眷移居彼得堡，就在這一年，尼古拉獲得學士學位，從大學畢業。可就在他父親計畫到塔夫里斯基花園附近租房並打算加入英國俱樂部時，卻突然中風去世。母親不堪忍受喪夫之痛和守喪寡居的寂寞，不久也離開人世。

喪期剛滿。尼古拉就和一位漂亮女孩瑪麗婭舉辦了婚禮。她是房東——公務員普列波洛溫斯基的女兒，她總喜歡看一些雜誌裡的科普文章，也算是見多識廣。尼古拉當初是冒著父母的反對去追求這位小姐的。

婚後，他放棄了父親為他安排的一份御產司的職務，開始過上平淡溫馨的小日子。

他們起初住在林學院附近的一幢別墅裡，後來又在市內租了一間套房，房子小巧舒適，裡邊客廳清涼，樓梯潔淨。再後來，他們搬到鄉下定居，日子過得幸福美滿。男人務農、打獵，女人種花、養禽，他們夫唱婦隨，經常一起唱歌，一起彈鋼琴。他們的兒子阿爾卡季就在這種溫馨寧靜的氛圍中誕生並成長起來。

時光飛逝，他們全家就這樣幸福地生活了十年，直到一八四七年他的妻子瑪麗婭過世，短短幾周內，基爾薩諾夫不能忍受喪妻之痛，頭髮也變得花白了。然而，當他打算出國散心的時候，又不幸遇上一八四八年的出國禁令。無奈他只能返回鄉下，在那裡過了很久閒悶的日子。

無聊時，他便傾心於農業，在離這個驛站十五俄里的地方開了一個兩千俄畝大的莊園，那裡有兩百個農奴，但據稱，他已將土地分租給農民，所以他辦的是「農場」而不是「莊園」。

一八五五年，他送兒子去彼得堡讀書，每年冬天都會去陪兒子，他從不外出，除了和兒子的那些朋友打交道。一連三年都是這樣，但今年冬天他沒去彼得堡，而是在等和他一樣取得學士學位的兒子歸來，正是我們此刻看到的這幅情景，他此時已是個身體發福、彎腰駝背的銀髮老人了。

外面陽光燦爛，尼古拉還在椅子上耷拉著腦袋，兩眼盯著那幾級破舊的臺階出神。不知是出於禮節，還是不願在主人面前晃來晃去，僕人早就躲到門口大口抽菸去了。一股烤麵包的麥香味從驛站幽暗的過道直撲過來，臺階扶手上，一隻髒貓死盯著一隻胖嘟嘟的花斑雛雞等待機會，而雛雞還在臺階上用牠嫩黃的爪子神氣地走來走去。

尼古拉還在發呆，愈發想得入神，「阿爾卡季」、「好兒子」、「學士」這些詞不斷在他腦海裡交替出現。他想甩掉它們，但思念之情怎能輕易拋開，這讓他想起了妻子，又生哀傷。他喃喃自語：「她要是能看到這一天該多好！」

一隻灰白色的胖鴿子撲落在大路上，又匆忙晃到水井邊的一窪水塘裡喝水。就在尼古拉看牠的時候，遠處隱約傳來了車輪聲……

僕人趕快跑過來說：「準是少爺來了。」

尼古拉騰地一下站起來，朝遠處望去，果然看到一輛由三匹驛站馬拉的四輪馬車和車窗邊那頂大學生制服帽檐下一張熟悉的面孔。

「阿爾卡季！好兒子！」基爾薩諾夫一邊喊一邊揮動雙手狂奔上前，一會兒，他就抱著取得學士學位的兒子，在那張曬得黑黝黝的滿是灰塵的臉上親吻了。

chapter 2 子輩

「讓我先拍下灰塵吧，爸爸。」阿爾卡季抱著父親興奮地說。他說話聲音洪亮，儘管長途跋涉讓他的嗓音有些沙啞。

「沒關係。」尼古拉伸手拍拍兒子的制服和自己大衣上的塵土，笑著說：「讓我好好看看，我的孩子。」他放開兒子端詳了一會兒，突然又扭頭大步走向驛站。

「快把馬牽過來，快！把馬牽過來。」他顯得有點急促，父子相見的激動讓他一時不知該做什麼。

阿爾卡季見父親這樣無措，便安慰他說：「爸爸，還是先給你介紹一下我的好朋友吧，就是我在信裡常說的那位巴扎羅夫。他答應來我們家做客，我真高興。」

尼古拉急忙回到馬車前，客人剛下車：高個子，寬大的長袍上繫著穗子。他剛遲疑地伸出曬得通紅的手臂，就被尼古拉緊緊地握住。

「歡迎您的到來，深感榮幸，我能……請問您貴姓？」

「葉甫蓋尼．瓦西里耶維奇。」巴扎羅夫神態自若，從容地回答，隨後翻下了大衣領子，對著朋友的父親露出從容自信的微笑。

尼古拉這才看清了客人的面貌：長臉，雖然消瘦，卻前庭飽滿，還有一頭濃密的深黃色頭髮；鼻梁平整，鼻尖上翹，兩鬢有淡棕色的鬍子，大眼睛裡閃著綠光，也閃爍著智慧。

「親愛的葉甫蓋尼．瓦西里耶維奇，希望您像在自己家一樣不會寂寞。」尼古拉又說道。

巴扎羅夫動了動嘴唇卻沒說話，只抬了下帽子。

「怎樣？阿爾卡季，你們先歇會呢，還是這就趕路？」父親徵求兒子的意見。

「還是趕路吧，爸爸，回去再好好休息。」

「好的，那就儘快回去。」尼古拉連聲說道，扭頭對僕人大聲吆喝：「喂，夥計，聽見沒？動作快點，快去準備。」

遠處的彼得聽完老爺的吩咐並沒來吻少爺的手，而是受新法教育的影響，只輕輕一鞠躬，就進了門裡。

驛站女主人提來一壺水，阿爾卡季拿過來就喝。巴扎羅夫點了菸斗，走到卸轅的車夫那裡。

「我有輕便馬車，不過還是給你們準備了三匹馬拉的四輪馬車。」尼古拉在兒子身邊詳細地說著：「可我的馬車只有兩個座位，你的朋友坐哪裡呢？」

「他可以坐四輪馬車，」阿爾卡季壓低聲音說：「不用對他太客氣。他是個好人，以後你會瞭解的，他為人純樸。」

「喂，大鬍子，到這來！」巴扎羅夫對走過來的趕車人說。

「米秋哈，叫你呢！」另一個趕車人說道，雙手插在羊皮襖的口袋裡。「老爺說得不錯，你還真是個大鬍子。」

米秋哈揮了揮帽子算是回答，隨後把馬嚼子從大汗淋漓的轅馬嘴裡取下來。

「夥計們，快點，幫幫忙，」尼古拉大聲說道：「會有酒給你們喝的！」

很快馬車就套好了，父子倆坐進了小馬車，彼得開始駕車。巴扎羅夫則上了四輪馬車，頭舒適地靠在皮枕上，兩輛車出發了。

chapter 3

窮莊

「你終於畢業回家了，」尼古拉突然拍拍兒子的肩膀，又拍拍他的膝蓋說，「盼這一天盼了很久了。」

「伯父呢？他身體好嗎？」阿爾卡季轉換了話題，聊起了家常，想壓制他那單純的激動。

「很好。他本來要一起來接你的，後來不知怎麼又改變主意了。」

「等了很久吧？」阿爾卡季問。

「有五個小時吧。」

「啊，我的好爸爸！」

阿爾卡季說完，就在父親的臉上響亮地親吻了一下，這讓尼古拉開心地笑了。

「我準備了一匹很好的馬給你，你等會兒就能看到牠，我還把你房間的牆也重新粉刷了。」父親一件件交代著。

「有房間給巴扎羅夫住嗎？」

「我會安排好的。」

「爸爸，你要好好對他，我很在乎這份友情，只是沒表達出來。」

「你們認識時間長嗎？」

「不長。」

「怪不得我去年冬天在彼得堡沒見過他。他學什麼科系？」

「主要研究自然科學。他懂得很多，明年還要考醫生執照呢。」

「哦，他是醫學系的。」尼古拉說。沉默片刻之後，他突然伸手指著遠處的幾輛車問彼得：「夥計，那些車上的人都是我們農場的嗎？」

彼得順著老爺的手指望過去，只見幾匹沒套籠頭的馬拉著幾輛小車輕快地走著，每輛車上都有一兩個敞著羊皮大襖的農民。

「是的，老爺。」彼得回答。

「他們要去城裡嗎？」

「看起來好像是進城。」彼得說，接著補了一句，「肯定是去酒館！」語帶輕蔑。說完他向前傾傾身子，彷彿還要指給趕車人看，可趕車的老人根本不明白新一代的生活，還是一動不動地坐著。

「今年我真犯愁，」尼古拉對兒子說，「真沒辦法，農民們不肯交租！」

「那雇工呢？您對他們還滿意嗎？」

「還好。」尼古拉勉強說道。「他們肯下力，地也耕得不錯。不過，他們受了當地人的教唆，把馬具弄壞了。哎呀，好事多磨，怎麼，你現在對農事有興趣嗎？」

阿爾卡季把話題轉到了別的方面：「可惜我們家沒有一個涼快的地方。」

「我在北邊的走廊上加了一個大篷，現在有太陽也能在外面吃飯了。」尼古拉說。

「這樣我們家不就像別墅了嗎？……也好。這裡的空氣真清新！哪裡的空氣也比不上咱們這裡！你瞧這……」

阿爾卡季突然停住，往後看了一眼，不說了。

「當然啦，這是你生長的地方……」尼古拉應道。

「不，爸爸，出生在哪裡都一樣的。」

「那也……」

「無論如何，反正都一樣。」

尼古拉斜眼看了兒子一眼，沉默了。車又繼續走了半俄里，尼古拉才開始打破沉默：「我不知道寫信告訴你沒，你的奶媽葉戈羅芙娜過世了。」

「是嗎？可憐的奶媽！那普羅科菲伊奇還健在吧？」

「他啊，還健在，還是原來的樣子，愛嘮叨。總之，瑪麗伊諾村和以前沒什麼兩樣。」

「管家還是那個嗎？」

「不，換了。我不會再用自由的家僕，至少不會給他們重要的職務——這可算是一個變化吧。（此時阿爾卡季朝前面努了努嘴：彼得在那裡坐著哩。）」

尼古拉會意後，馬上壓低了聲音說：

「他如今不過是個跟班，現在的管家是個市民，看上去是個正派人。我每年給他二百五十盧布的報酬，另外，」尼古拉停下來，猶豫了一下，又習慣性地用手拂了一下額頭和眉毛，才說道：「我說瑪麗伊諾村沒有什麼變化……其實也不全對。我覺得有必要告訴你一件事，或許……」

他突然停住，一會兒用法語繼續說道：

「作爲父親，你知道我一向是怎麼對你的，當然，你可以責怪我，也許嚴厲的道學家此時也會指責我不該坦言，但畢竟紙是包不住火的，像我這把年紀……哎，總之，那個……那個姑娘的事，你聽說了吧……」

「您說費多西婭嗎？」阿爾卡季淡淡地問。

尼古拉的臉刷地紅了。「別那麼大聲……是的……她現在搬到我那裡住了……我給她安排了兩個小房。這是我的主意，不過，事情也沒有最終定下來。」

「有必要嗎，爸爸？」

「你的朋友在我們家做客……恐怕不好……」

「你擔心巴扎羅夫嗎？儘管放心，他才不會那麼世俗呢。」

「嗯，我也給你安排好住處了，不過剩下給客人住的房間有些寒磣了。」尼古拉說。

「爸，說什麼話呢？」阿爾卡季忙打斷他，「怎麼您像懺悔一樣，別這樣！」

「我是真的很慚愧。」尼古拉說，臉愈發漲得通紅。

「好啦，爸爸，求您了，別再說了！」阿爾卡季親切地笑著，連忙安慰父親，心裡卻想著：「慚愧什麼呢。」

心底突然升起一股柔情，那幾乎是對軟弱父愛的同情。「好啦，別再說了。」他又重複了一遍，這柔情中似乎夾雜著自以為開明的自負。

這時，尼古拉又在擦自己的額頭，恰好從指縫間偷看到兒子的表情，心突然揪了一下……但又馬上自責起來。

「這一路走去，都是我們的土地。」沉默了很久後，他又開始說話。

「看，前面那片是我們的樹林吧？」阿爾卡季問。

「是的，不過現在已經賣了，今年準備伐掉。」

「爲什麼？」

「要用錢；而且也要把這些地分給農民。」

「給那些不交租的農民嗎？」

「他們交不交都無所謂，那都是遲早的事。」

「那些樹林砍了真可惜。」阿爾卡季看著四周的美景說道。

這一片平原很漂亮，土地連綿起伏綿延到天邊，偶爾可見一些小樹林和長著稀疏低矮的灌木叢的曲折溝壑，就像老地圖冊上描繪的葉卡捷琳娜時代的風景一樣。但阿爾卡季卻感覺滿眼悲涼，在這個平原上的小村莊裡，處處是低矮破舊的房舍、荊條圍成的籬牆；傾斜的磨坊邊的空穀倉上，打開的大門就像是一張裂開的嘴，不大的池塘上，年久失修的閘門裸露著；泥灰剝落的教堂墓地裡，木十字架歪歪斜斜，一派荒涼；而一路上，處處可見衣衫襤褸的農民，還有他們胯下那瘦弱不堪的駑馬，這都像是要故意刺痛阿爾卡季的心。

小河裡水流稀少，河岸塌落；路邊的樹木都掉了樹皮，像蓬頭垢面的乞丐站立著。饑餓的母牛在啃著溝邊的草梗，那骯髒不堪、營養不良、貪婪啃食的模樣好像剛從魔鬼那裡逃出來似的，在這美好的春季裡這些疲憊的牲口顯得格外淒涼，讓人彷彿回到了風雪彌漫、孤寂難熬的冬天……

「真是個窮地方，」阿爾卡季思忖道，「因爲懶，才生活得如此貧困，不，不能再這樣了，必須改變它……可怎麼改呢，從哪開始呢？……」

阿爾卡季陷入了沉思，儘管受過改革思想的教育，但盎然的春色還是映入了他的眼簾。每一棵樹、每一叢灌木、每一根青草都帶著和煦的春風款款舞動，盡情舒展；百靈鳥在空中歌唱，田鳧在草坡上盤旋、吟唱。白嘴鴉在綠色的麥田裡昂首闊步走著，時而隱匿在白色的麥田之中，時而又出現在綠霧茫茫的麥浪裡。

看著這一切，阿爾卡季的心暖洋洋的，愁緒也逐漸消退。他脫下大衣，轉頭看著他的父親，臉上帶著孩子般的神情……父親又擁抱了他。

「馬上就到了，」父親說道：「過了這個山岡，就能看到我們的家了。我們以後要安穩地過日子，如果你願意，可以幫我管理農場。我們此刻更要相互瞭解，互相體諒，你說對嗎？」

「當然啦，」阿爾卡季答道：「今天天氣真好！」

「好兒子，那是因爲你回家了嘛。對，現在正是最好的仲春時節，還記得普希金的《葉甫蓋尼·奧涅金》嗎？我覺得現在正是他寫的那樣——

你姍姍而來，帶給我無盡哀愁！

春天，春天，戀愛的季節！

是多麼……」

「阿爾卡季，」巴扎羅夫在四輪馬車裡叫了一聲，打斷了尼古拉的吟誦。「給我根火柴吧，我想抽支菸。」

阿爾卡季正沉浸在和父親的談話中，聽到巴扎羅夫的呼喚，立刻從口袋裡掏出一個銀火柴盒，讓彼得送過去給他。

「你要來一支雪茄嗎？」巴扎羅夫問。

「也好。」阿爾卡季答道。

彼得回來時，將火柴盒和一支粗大的雪茄一併遞過來，阿爾卡季很快點好抽了起來，從不抽菸的尼古拉被嗆得受不了，但只是悄悄把臉轉到別處，爲的是不讓兒子感到難堪。

過了大概一刻鐘，兩輛馬車在一幢紅瓦、灰木牆的新宅的臺階前停下。這便是瑪麗伊諾，又稱新村，農民們則叫它「窮莊」。

chapter 4

浪漫主義者

並沒有人在外迎接，最先從裡邊出來的是個大約十二歲的小女孩，接著門後又出來一個酷似彼得的年輕小夥子，他是巴維爾的隨身僕人，制服上的鈕扣標著族徽。

他先打開老爺的簡易馬車門，又去解四輪馬車的擋簾扣子，他默默地做完了這一切。尼古拉三人下車後，走過一條昏暗、幾乎沒有任何陳設的過道（一張年輕女子的臉此時在門後閃了一下），便來到了佈置得很時髦的客廳。

「總算到家了，」尼古拉邊摘下帽子邊說，他順手理了理頭髮，「現在最重要的就是好好吃一頓，然後睡個好覺！」

「是啊，該飽餐一頓。」巴扎羅夫伸著懶腰說，跟著在沙發上坐下來。

「對，對，馬上開飯，快點開飯。」尼古拉跺跺腳，雖然沒有什麼事值得跺腳。

「噢，普羅科菲伊奇，你來得正好。」

走進來一個黑瘦的老人，約六十來歲，頭髮全白了。穿著一件縫著銅紐扣的棕色禮服，頸部繫條粉色領巾。看到阿爾卡季便咧嘴一笑，走到面前吻手致禮，並對客人鞠了一躬，隨後退到門邊等候吩咐。

「你看，普羅科菲伊奇，他總算回來了……」尼古拉說：「你看他有什麼不同？」

「他看起來很精神，老爺。」老人說完又咧嘴笑了。然後又皺緊眉頭，正色問道：「現在就上菜嗎？」

「是的，越快越好，快吩咐下去。」尼古拉又側過來問巴扎羅夫：「您要不要先去看看您的房間？」

「不必了，謝謝。您安排把我的箱子放到房裡就行了，還有這件大衣。」巴扎羅夫說著脫下了外套。

「好的，普羅科菲伊奇，接著先生的大衣。」

普羅科菲伊奇走過去，雙手謹慎地接過巴扎羅夫的大衣，把它舉過頭頂，小步退了出去。

「你呢，阿爾卡季，要不要回房間？」

「好的，可以先梳洗一下。」阿爾卡季正要向門口走去，伯父巴維爾進來了，阿爾卡季感到一種超凡脫俗的氣勢撲面而來。

這個中等身高的男人有著一張稜角分明的臉，黑色的瞳孔在橢圓形眼眶裡閃著光，臉色雖然發黃，但皮膚乾淨平滑，沒有一絲皺紋，好像剛經過一番精雕細琢，理得很短的白髮也像新的銀錠光彩照人。他身穿一件英國布料的深色西服，打著時髦的低領結，穿一雙漆皮短靴，整體形象很雅致，也不失年輕時的健美。

一般來說，三十歲後，年輕時的風度和氣質都會減退很多，而阿爾卡季的伯父卻依舊和年輕時一樣，英俊、瀟灑，雖然他已經四十五歲了。

巴維爾從褲袋裡抽出手來，這是一雙紅潤的、保養得很好的手，指甲修長，雪白的、有著貓眼寶石裝飾的袖口襯得手更加出眾。他按照歐洲禮節和侄子握手，接著又按俄羅斯禮節，在侄子臉上輕吻了三下，最後說道：

「歡迎回家。」

尼古拉給他介紹了客人巴扎羅夫，巴維爾只是微笑著欠了欠靈活的身子，並沒和他握手，而是把手插回了褲袋。

「真沒想到你們今天就可以到。」巴維爾嗓音悅耳，露出了白淨的牙齒，他晃了晃身子，聳了聳肩膀，接著說：「路上還順利吧？」

「很順利，」阿爾卡季說：「就是半路上耽誤了點時間，所以我們都餓壞了。爸爸，你叫普羅科菲伊奇快點，我去去就來。」

「等等，我和你同去。」巴扎羅夫說著從沙發上站起來。兩個朋友相伴離開了。

「他是誰？」巴維爾問。

「阿爾卡季的朋友。聽說是個才子。」

「他要在我們家住嗎？」

「是的。」

「是那個絡腮鬍子？」

「當然。」

「阿爾卡季這次回來，我感到他已經不再拘謹，不害羞了，我真爲他高興。」巴維爾漫不經心地用手指彈著桌子。

晚飯時，大家都很沉默，特別是巴扎羅夫，幾乎一言不發，只埋頭大吃。尼古拉又講起他那所謂「農場」裡的各種雜事和當前的政事，什麼選代表啊、委員會啊、進口農業設施的必要性啊等等。

巴維爾則在一邊「哦！」、「嗯！」、「哎呀！」幾聲罷了，偶爾插一兩句話。

他從不用晚餐，此刻正在他們旁邊走來走去，偶爾抿一口杯中的紅葡萄酒。

阿爾卡季一回到家就像個孩子，一副孩子身上常見的那種靦腆樣子。他羞澀地說了幾件彼得堡的新聞，但每句話結束時又都特意拉長尾音，證明自己不再是個孩子了。他儘量不用「爸爸」這個詞，而改稱「父親」，有一次當他真要這麼說時，卻只是從齒縫中擠出來，說得含糊不清。

他並不想喝太多酒，卻故意給自己倒滿並一飲而盡。普羅科菲伊奇一直在旁邊留意著他，他多次欲言又止。晚餐後，大家便散了。

「你伯父真怪。」巴扎羅夫說，他換上了睡衣，坐在阿爾卡季的床邊吸著短桿煙袋。「他那身打扮和這農村真不協調！特別是他的指甲——啊，真像是展覽品！」

「呵，你還不知道呢。」阿爾卡季說：「他年輕時可是一頭雄獅，一個美男子，不知迷倒了多少女人，以後我再給你講他的往事。」

「嘿！他原來在紀念他過去的風流呢！可惜在這種地方，他的風流無人欣賞了。我剛才一直在觀察：他的下巴刮得光光的，衣領硬得像石頭。阿爾卡季，你不覺得滑稽嗎？」

「或許吧，但他是個好人。」

「一個老古董而已！你父親倒真是個好人。雖然不太懂農業，吟誦那些春天的詩也很一般，但他這樣的好人並不多見。」

「我父親可是難得一見的好人！」

「你沒感到他有些緊張嗎？」

阿爾卡季搖了搖頭，似乎在否定自己的懦弱。

「太絕了！」巴扎羅夫繼續說，「真是一對老浪漫主義者！想像和現實在他們身上完全找不到。好了，晚安吧！雖然我的房門沒鎖，但房裡還有個不錯的英國式盥洗盆，那是進步的象徵。」

巴扎羅夫走了。阿爾卡季在自己的房裡，想到能舒適地睡一覺，他心裡美滋滋的。這是他的家，這張床再熟悉不過了，被子也是奶媽親手縫的，阿爾卡季不禁憶起了葉戈羅芙娜和她那雙曾經愛撫過他的、慈祥的、不知疲倦的手，他嘆了口氣，在心中祈禱她在天堂裡幸福快樂——可是他並未爲自己祈禱過。

兩個長途跋涉的人很快進入了夢鄉。但深夜裡，別的人各懷心事。尼古拉的房間亮著燈，他躺在床上，一隻手枕在腦袋下想著心事，兒子回來了，他很開心。

他的哥哥巴維爾還坐在書房裡的那張甘姆勃斯圈椅上[2]，手裡拿著最新一期的《加里聶安尼報》[3]，對著壁爐裡閃爍不定的微弱的火苗出神。他沒有換衣服，只換了雙沒有後跟的中國式的紅拖鞋。他神色專注，或許正沉浸在往日的風光中，但從那帶著憂

2. 甘姆勃斯在彼得堡開的傢俱行出售的椅子。
3. 是義大利人在一八一四年在巴黎創辦的報紙。

愁的表情來看，他又不是在單純回憶。

　此刻，另一個年輕婦人，身穿暖背心，頭紮白頭巾，在窄小的後房裡，她便是費多西婭。她正坐在一個大木箱上打著盹，偶爾向開著的大門望一眼，或者側耳傾聽，透過大門可以看到屋裡的嬰兒床，也能聽到孩子均勻的呼吸聲。

chapter 5

虛無主義者

第二天早上，巴扎羅夫最先醒過來，一大早就來到了房子外面。「啊，」他四處望望，心中想，「這個小地方並沒什麼特別的。」在尼古拉把土地分給農民以後，他必須劃出四俄畝[4]很平坦的荒地來修建一座嶄新的莊園。

他建成了一幢住宅，還修建了辦公室和一個農場的輔助用房，開闢了一座果園，挖了一口池塘和兩眼井，但新種下的幼樹長勢不好，池塘裡也沒什麼水，井水帶點鹽味，只有架成涼亭的丁香花和紫羅蘭還能讓人欣慰。

有時，他們就在裡面喝茶、吃飯。

巴扎羅夫沒幾分鐘就跑遍了果園所有的幽徑，而且順便來到牲口院，看了馬廄，

4. 俄制地積單位，一俄畝等於一點零九公頃，合十六點三十五市畝。

找到了兩個僕人的男孩子，很快就同他們混熟了，然後和他們一起，到離莊園大約一俄里遠的一個小水塘裡捉青蛙去了。

「老爺，你要青蛙幹什麼？」其中的一個男孩問他。

「我來告訴你做什麼。」巴扎羅夫說。他有一種特殊的能力，能很快得到窮人的信任，當然，他對他們是隨便而有分寸的，「我要把青蛙剖開，看看牠體內是什麼構造，因爲我們和青蛙是一樣的，區別只在於我們是用兩條腿走路，這樣我就知道咱們人的內部是什麼樣子了。」

「知道了又怎樣呢？」

「爲了有一天，你不小心生病了，我給你治病時不犯錯啊。」

「難道你是醫生？」

「是的。」

「瓦西卡，你聽見沒有，老爺說我們和青蛙是一樣的呢。真奇怪！」

「青蛙嗎？我怕牠們。」瓦西卡說道。

他是一個七八歲的孩子，穿一件灰色的、領子硬硬的粗布上衣，頭髮是亞麻色的，腳上沒有鞋。

「怕什麼？牠們會咬人嗎？」

「好啦，小思想家們，我們去抓吧！」巴扎羅夫說道。

此時，尼古拉也起來了。他來到阿爾卡季房裡，看到他已經穿好衣服，於是父子二人便來到陽臺的涼棚底下，站在欄桿邊。在一大簇紫丁香之間的桌上，茶炊裡的水已經沸騰。

昨天晚上最先迎接他們的那個小女孩來了，她輕聲說道：

「費多西婭身體不舒服，她自己不能來，命我來問問，您是自己斟茶呢還是叫杜尼亞莎來？」

「我自己斟，自己來，」尼古拉急忙接口道：「阿爾卡季，你是喝奶油茶還是檸檬茶？」

「奶油茶，」阿爾卡季答道。

過了一會兒，他試探性地叫了一聲：「爸爸？」

尼古拉緊張地看著兒子。「什麼事？」他說道。

阿爾卡季垂下了兩眼。「爸爸，如果我的問題有些唐突，還請你原諒我，」他說道：「正因爲你昨天對我坦白了這件事，所以我才……希望你不要生氣。」

「說吧。」

「你，我斗膽問一句……莫非……她不來這裡喝茶，莫非是我在這裡不方便？」

尼古拉把臉側到一邊。「可能吧，」他終於說了出來，「她覺得……她很害羞……」

阿爾卡季快速地瞟了父親一眼。

「她沒必要這樣。首先，我的想法你知道（阿爾卡季說出來之後感到很輕鬆）；其次，我對你的生活和習慣絲毫不會干涉的！而且，我相信你看中的人是不會有錯的。既然你願意和她在一起，那也就是說，她和你很般配。做兒子的總不該審問父親的，我更不會了，因為你從來都不干涉我的所作所為。」

阿爾卡季的聲音一開始還有些顫抖，他覺得自己很寬容，但從口氣上又似乎帶著某種教訓的口吻，然而這個聲音控制了他，以至於說到後來，聲音越來越富有表現力，而且更加堅決了。

「謝謝，阿爾卡季，」尼古拉低聲說道，他又摸起他的眉毛和前額來了，「你想得對。當然，這個女人要是不好……我並不是一時衝動和你說起此事，我的心情並不輕鬆，但是你知道，你在這裡她很不好意思到這兒來，尤其是你回來後的第一天。」

「要是這樣，我先去看她，」阿爾卡季又一次寬容地說道，從椅子上跳起來大聲叫道：「我去和她好好談談，讓她不必在我面前害羞。」

尼古拉也站起身來。

「阿爾卡季，」他說道：「算了……那怎麼好……那……我還有事沒告訴你……」

但是，阿爾卡季並沒聽他說完，已經從涼臺上跑下去了。

尼古拉奇望著他的背影，尷尬地坐在椅子上。他的心開始怦怦直跳……此刻他想，以後和兒子的關係會不會有變化呢？如果不說這事，兒子會不會更敬重他？是不是該責備自己的過去呢？實在很難說清楚。

他內心很複雜，怎麼也理不出頭緒。他的臉開始變得越來越紅，心跳也越來越快。

一陣急匆匆的腳步聲近了，阿爾卡季回到涼臺上來了。

「我們已經認識了，父親，」他大聲叫道，臉上露出某種親切而又很得意的神情。「費多西婭小姐今天是有些不舒服，她晚一點會來的。你怎麼不早告訴我，我已經有一個小弟弟了呢？那樣昨晚我就可以去吻他了，而不至於拖到現在。」

尼古拉還想說點什麼，他站起身來，正準備伸出胳膊……但阿爾卡季已經撲過來摟住了他的脖子。

「怎麼回事？這樣摟摟抱抱的？」身後響起了巴維爾的聲音。

他在此刻出現，父子倆都感到高興。這樣動情的時刻，越早結束越好。

「這有什麼奇怪的？」尼古拉高興地說了起來，「我等這一天已經等了多少年了……昨天我都沒來得及好好看看他呢。」

「我當然不奇怪，」巴維爾說道：「我自己也想和他擁抱呢。」

阿爾卡季趕緊來到伯父跟前，親了一下，他聞到了伯父鬍子上的香水味。

巴維爾坐到桌旁。他穿著一套英國風格的、做工精巧的晨服，頭上戴一頂小小的菲斯卡帽子。從帽子和隨意結起來的小領結看，是很休閒的，適合鄉間的無拘無束的生活；但是他那襯衫，爲了搭配晨服，便穿了一件有條紋的襯衫，領子硬硬的，很威嚴地襯著那個光滑的下巴。

「你的新朋友到哪兒去了？」他問阿爾卡季。

「他出去了。他總是早起去散步。我們不必太在意他，他也不喜歡約束。」

「是的，看得出來，」巴維爾開始從容地往麵包上放牛油，「他在我們這兒會待多久？」

「不知道。他準備去看他的父親，正好經過我們這裡。」

「他父親住哪兒？」

「就在我們省，離這裡大約八十俄里。他在那裡有一份小小的田產，從前他在步兵團裡當過軍醫。」

「哦，我想起來了，怪不得我覺得耳熟，巴扎羅夫這個姓我好像在哪兒聽說過呢。尼古拉，還記得吧，父親的步兵師裡不是有個醫生姓巴扎羅夫嗎？」

「好像是有一個。」

「對，沒錯。那就是他父親了。嗯！」巴維爾摸了摸他的鬍子。「好了，那麼現在的小巴扎羅夫先生是個什麼樣的人呢？」他從容地問道。

「巴扎羅夫的爲人嗎？」阿爾卡季淡淡一笑，「伯父，您是想知道這個問題嗎？」

「好侄兒，快說吧。」

「他是一個虛無主義者。」

「什麼？」尼古拉吃驚地問道。巴維爾正用刀切下一塊牛油，也停了下來。

「他是虛無主義者。」阿爾卡季重說了一遍。

「虛無主義者，」尼古拉說道：「我看，這個詞是從拉丁文nihil一詞譯過來的，意思是什麼也沒有；就是說，虛無主義者是……什麼都不認可，不遵從？」

「還不如說是對什麼都不尊敬的人。」巴維爾接口說道，又開始塗抹牛油。

「這種人用批判的眼光審視一切。」阿爾卡季說道。

「還不是一回事嗎？」巴維爾道。

「不，這是有區別的。虛無主義者就是無視權威，反對傳統意識，與大眾的原則不同，不管這個原則多麼神聖，多麼不可侵犯。」

「你覺得這樣好嗎？」巴維爾打斷了他的話。

「這得看對誰啦，伯父。對有的人很好，對有些人就不好了。」

「原來如此。依我看，我們和你們已經相差太遠了。我們老一輩的人認為，沒有你說的那個原則（巴維爾按法語的發音，把「原則」這個詞念得重音在後，而阿爾卡季則把重音放在前面），他就會寸步難行，連呼吸都困難。**Vous avez changé tout cela**（法語：你們把這一切都改變了。），願上帝保佑你們身體健康，賜你們將軍頭銜，將來就看你們這些先生了……叫什麼來著？」

「虛無主義者。」阿爾卡季一字一句地說道。

「沒錯。之前是黑格爾主義者，如今叫虛無主義者。我們倒要看看，在真空中，你們如何生存，在沒有空氣的地方，你們怎麼活。弟弟，拜託你按按鈴，我喝咖啡的時間到了。」

尼古拉按了一下鈴，大聲叫道：「杜尼亞莎！」但走來的不是杜尼亞莎，而是費多西婭。

她今年只有二十三歲，皮膚白嫩，頭髮和眼珠烏黑，紅嘴唇像孩子般嘟著，小手細嫩。她穿著一件細花布衣服，滾圓的肩上隨意披著一條淺藍色披肩。

她在巴維爾的面前放了一大碗咖啡，滿臉羞得通紅。粉嫩的面頰上泛起一片紅暈。她垂著眼，站立在桌邊，手指輕觸桌面。似乎覺得自己不該來這裡，但又不得不來。

巴維爾皺了皺眉，而尼古拉則顯得很尷尬，「你好，費多西婭。」他生硬地擠出這句話來。

「您好，老爺，」她隨口答道，聲音不大，卻相當響亮。她斜著眼睛看看朝她友好地微笑的阿爾卡季，便悄悄地走了出去。她走起路來，身子有些搖擺，但還是很協調。

涼臺上沉默了一段時間。巴維爾埋頭品味咖啡，忽然抬起頭來，小聲說：「虛無主義者來啦。」

果然，巴扎羅夫從花園那邊走來。他的亞麻布褲子上沾滿了污泥；一根水藻掛在他的帽頂上。他提著一個不大的口袋，袋裡有東西在動彈。

他快速走近涼臺，對大家點點頭說道：「早上好，先生們！很抱歉，我來遲了。等我把這些戰利品安頓好，就馬上過來。」

「袋子裡是什麼？螞蟥嗎？」巴維爾問道。

「不，是青蛙。」

「抓牠們幹什麼？吃？還是養？」

「做實驗用。」巴扎羅夫隨口說了一句，就進屋了。

「這麼說是要用來解剖了，」巴維爾說道：「他相信青蛙，卻不相信原則。」

阿爾卡季用同情的眼神看了看自己的伯父，尼古拉則下意識地聳了一下肩膀。

巴維爾見自己的玩笑並未起作用，便又談起了家務事和新來的管家。昨天，那個總管來抱怨，說一個叫福馬的工人行爲「放蕩」，不聽管教。他接著說：「他就是個伊索型人物，總說自己是個壞人，過段時間，他就會變得正常的。」

chapter 6 衝突

巴扎羅夫很快回來了，剛在桌邊坐下，便開始喝茶。尼古拉兄弟默默地望著他，而阿爾卡季則時而望望父親，時而看看伯父。

「你去哪裡了？」尼古拉終於開口問道。

「我去了一個沼澤地，附近有很多山楊樹。我驚走了五隻田鷸。阿爾卡季，如果是你，你肯定能把牠打下來。」

「你不會打獵嗎？」

「不會。」

「你是學物理學的吧？」巴維爾問道。

「對，物理學，但總而言之，我也喜歡自然科學。」

「聽說，日爾曼人最近在這個領域裡取得了很大的成績。」

「是的，在這一方面，德國人是我們的老師。」巴扎羅夫隨口說道。

巴維爾故意不說德國人，而說日爾曼人，他這麼說帶著嘲諷，而誰也沒有察覺到這一點。

「你對德國人的評價很高啊！」巴維爾佯裝尊敬的樣子說道。他已經在心裡生氣了，巴扎羅夫輕慢的放肆態度已經激起了他貴族性格的憤怒。這個小小軍醫的兒子不僅沒膽怯，甚至對別人的問題愛理不理，心不在焉，簡直是傲慢無禮。

「德國的學者都是實幹家。」

「是啊，原來你對德國的研究者是這樣評價的。」

「或許吧。」

「這種謙讓精神還是值得提倡的，」巴維爾直起身子，頭往後一仰，說道：「但是，阿爾卡季剛才告訴我們，說你不承認一切權威，這不是很矛盾嗎？這又怎麼理解呢？」

「爲什麼我要承認所謂權威？爲什麼要被他們牽著鼻子走呢？當然，如果說得有理，我自然會贊同，這是很容易理解的。」

「德國人說的就有理嗎？」巴維爾說完，臉上露出超脫的表情，好像他已站在九霄雲外的高處去了。

「不是都對。」巴扎羅夫並不想爭辯這個問題，回答時打了個哈欠。

巴維爾看了阿爾卡季一眼，意思是：「嗯，你的朋友還算有禮貌。」

「而我，」他仍然保持超然的態度說，「我對德國人並不感興趣，無論是俄國境內的德國人，還是德國境內的德國人都一樣。他們以前還有席勒、歌德可以誇獎……我弟弟對他們很崇拜……可如今就只有化學家和唯物主義者……」

「一個好的化學家比最好的詩人要有用得多。」巴扎羅夫打斷他的話。

「哦，原來如此，」巴維爾說完，好像要打盹似的，眉毛揚了揚，「如此說來，你是否認藝術了？」

「藝術沒有別的作用，除了賺錢，就是無病呻吟！」巴扎羅夫輕蔑地說，臉上冷冷地笑著。

「是這樣的，先生，總之，你對什麼都是否定的，除了科學，它是獨一無二的。」

「我已經說過了，我什麼也不信。您說的是什麼科學——一般的科學嗎？要知道科學就像一門手藝有具體的分類，不存在一般的科學。」

「先生高見，那麼別的東西呢，比如說世人遵守的規範原則，你也否認嗎？」

「您是在審問我嗎？」巴扎羅夫問道。

巴維爾臉色蒼白……尼古拉趕緊在一旁解圍。「這個問題，我們找別的時間討論吧，親愛的葉甫蓋尼，你的高見我們回頭再領教。從我這方面來說，你從事自然科學研究，我很高興。聽說李比黑[5]在農業肥料方面有驚人的發現，你如果能用你瞭解的有關知識，在莊稼的培育方面多幫幫我，提些好的建議，我就太感謝了。」

「很高興爲您效勞，尼古拉．彼得羅維奇，但是李比黑的理論很高深，在瞭解他之前，還得看一些入門書啊！可惜的是，我們如今連最基本的都沒弄清楚！」

「嗯，真是個十足的無政府主義者。」尼古拉心中暗想。「不管怎樣，還請你能隨時給予幫助，」尼古拉大聲說道：「啊，哥哥，該去和管家談話了。」

巴維爾從椅子上站起身來。

「是的，」他口裡說話，眼睛卻誰也沒望，好像自言自語地說著：「遠離偉大的絕頂聰明的人物，生活在窮鄉僻壤四五年，是啊，在農村一住就是四五年，早已脫離了聰明人的圈子，真是糟糕透頂！很快就要變成大傻瓜了。死守著之前學到的知識，可一轉眼，別人告訴你，原來那些東西都已經過時了，早就沒用了，所以把你當老頑固，有什麼法子呢！看來，如今的年輕人確實比我們聰明。」

巴維爾慢慢地轉身，緩緩地走在前面，尼古拉則緊隨其後。

5.李比黑（一八〇三—一八七三），德國著名的化學家，寫過農業理論及實踐方面的一系列著作。

「你伯父平時都這樣嗎？」兩兄弟一走，巴扎羅夫就不滿地問阿爾卡季。

「葉甫蓋尼，我得說是你對他太不敬了，」阿爾卡季指出，「你已經得罪他了。」

「那些鄉村貴族總是狂妄自大，難道讓我去捧著他們嗎？真要我這樣，我還不如待在彼得堡上流社會呢……好了，願上帝保佑他吧！對了，我找到了一種珍稀的水生甲蟲，叫 **Dytiscus marginatus**（拉丁文：榜螂。）等會兒拿給你看。」

「我曾經說過要把他的歷史講給你聽的。」阿爾卡季說道。

「甲蟲的歷史？」

「別開玩笑，葉甫蓋尼，是我伯父的歷史。等你瞭解了他，你會改變對他的看法的，實際上，他是該被同情的人。」

「我不想和你爭辯，不過，你爲什麼對他這麼感興趣？」

「爲人應當公正，葉甫蓋尼。」

「這又是從哪兒來的結論呢？」

「不，你還是聽我先說吧……」

於是阿爾卡季開始給巴扎羅夫講他伯父的歷史。這個，讀者可以在下一章中讀到。

chapter 7

巴維爾的歷史

巴維爾在進貴族士官學校之前，也像他的弟弟尼古拉一樣，在家裡受教育。他從小就英俊而自信，有些調皮，還有些小脾氣，大家都很喜歡他。他當上軍官以後，交友廣泛，處處受歡迎。這助長了他的放任不羈，幾乎可以說是放蕩了，但這反而更使他有魅力，女人們為他著迷，男人們則稱他為花花公子，但又暗自嫉妒他。

前面已經說過，他和弟弟住在一起。他很愛弟弟，雖然他們一點都不像。弟弟尼古拉腿有點跛，他的面龐窄小，很令人愉快，但常會有一點憂愁的神情，一對烏黑的小眼睛，柔軟稀疏的頭髮。他生性疏懶，卻很愛讀書，不善社交。

而巴維爾幾乎夜夜外出。他以大膽和靈活著稱，曾經在貴族圈子裡推行體操，一時蔚然成風；而且他懂法語，讀了五六本法文書。二十七歲那年，他已經當上了上尉。等待他的是美好的未來，然而突然間，一切都改變了。

那時在彼得堡上流社會的交際場所，偶爾可以見到一位P公爵夫人，如今或許還有人記得她。她丈夫有教養，懂禮節，卻有些蠢笨，他們沒有兒女。她行蹤不定，國內外到處遊蕩，總之，她被人們認爲是輕浮、愛賣弄的女人，因爲她喜歡和年輕人嬉鬧，接待他們的時間總是午飯之前，而地點幾乎都是在她那沒有亮光的客廳裡。

幾乎每一種娛樂她都參加，而且直到筋疲力盡才會回家，所以她常常跳舞跳到昏天黑地，於是，夜深人靜，她常常失眠，或者痛哭流涕，跪地禱告，哪裡也找不到安寧，常常在房間裡來回走動，直到天明。

她寂寞地絞著手，或者蒼白著臉，在黑夜中讀讚美詩。白天一到，她又變成了一位貴婦，乘車訪客，談笑風生，凡能讓她得到一點小小的快樂的事，她都投入地去做。

她身材勻稱，一條金色的辮子一直垂到膝蓋下，但她並不是美人。她整個臉部只有一點是好看的，就是她那雙不大的灰色眼睛，當然不是漂亮，而是一種眼神，它深不可測，敏銳，深沉，或者是咄咄逼人，誰也說不清楚，像謎一樣。即使她的嘴裡說的是最最空洞無聊的廢話，她的目光中也閃爍著異樣的光輝。她的穿著很典雅。

巴維爾在一次舞會上遇到她，和她跳了一回瑪祖爾卡舞。雖然在整個跳舞期間她沒說一句正經話，但巴維爾卻不可救藥地愛上了她。他是情場老手，這次他也很快成功。但輕易取得的勝利並未使他的熱情冷卻下來。恰恰相反，他被這個女人深深吸引住了，甚至就在他們親暱的時候，她也是藏而不露，難以捉摸。她究竟是怎樣的人？只有上帝知道！一種神秘的力量控制了她，連她自己都不知道怎麼回事。她反覆無常，她有限的智慧不足以控制它們。她的所作所爲，完全是一連串矛盾的混合體。

唯一讓她丈夫產生疑心的，是幾封她寫給一個不太熟悉的男人的信。她的愛情是憂鬱的。她與喜歡的情人在一起時，既不瘋，也不鬧，而是默不作聲地聽他說話，莫名其妙地望著他。有時，突然間，恐怖會代替吃驚，她的臉部神情可怕而陰冷，她把自己關在臥室裡，她的女僕將耳朵貼在鎖孔上，可以隱約聽到她的啜泣聲。

在情意綿綿的幽會後，回到家來，基爾薩諾夫都傷心欲絕，痛苦而煩惱，尤其是在感到一切都無法挽回的失落後。

「我到底還期待什麼呢？」他不斷地問自己，但心裡卻已萬念俱灰。一次，他送給她一枚戒指，鑽石上面刻著一個斯芬克斯[6]的像。

「這是什麼？」她問道：「是斯芬克斯嗎？」

6. 斯芬克斯是希臘神話中一個獅身女面、有雙翼的怪物，常常坐在路邊攔住行人，讓他們猜難解的謎，猜不中的人會被她弄死。

「是，」他回答道：「您就是斯芬克斯！」

「我？」她緩緩抬起頭，用謎一樣的眼光看著他說：「你這是恭維我嗎！」她淡淡一笑，一種奇異的光輝在她眼裡閃爍。

P公爵夫人愛著他的時候，巴維爾也感到痛苦，而當她對他冷淡的時候，他幾乎發瘋了。他感到很痛苦，而且妒火中燒，不讓她一刻安寧，時時跟在她的後面。她對他的糾纏感到很厭煩，於是出國去了。他不顧朋友的懇求、上級長官的挽留，竟辭去軍職，追隨公爵夫人而去。

他在異國他鄉一過就是四個春秋，有時候緊緊盯著她，有時又讓她跑開，他為自己的懦弱感到羞愧，恨自己沒志氣……但沒辦法。她的影像已深深紮根在他的心裡。在巴登，他們又和好如初了，她似乎比以前愛得更深。……但是一個月不到，一切就全完了，彷彿火焰最後的光亮，接著便永遠熄滅了。他料到分手的結局，也想退一步做她的朋友，他覺得或許可以行得通……她悄悄地離開巴登，永遠避開了他。

他回到俄國，想重新恢復往日的生活，但已經不可能了。他灰心喪氣，四處飄蕩，他還是廣闊交友，保留著上流社會的一切習慣。他可以誇耀他的新戀愛，但他對自己、對他人都不抱什麼指望，整日無所事事。

他老了，頭髮白了。每晚坐在俱樂部裡消磨時光，懶洋洋地參加辯論——這成了他唯一可做的事。誰都知道，這不是好事。

當然，關於結婚，他也沒有考慮過。十年很快就過去了，很可怕地迅速過去了。哪裡也沒有像在俄羅斯這裡過得快。有人說，時間在監獄裡過得更快。

有一天在俱樂部吃飯的時候，巴維爾聽到了P公爵夫人在巴黎的死訊。她是病死的，處於半瘋狂狀態。他從桌旁站了起來，在俱樂部的各個房間裡來回走動，走了好久，在玩牌的人們身旁停下腳步，就像被釘在那裡一樣，但並沒想著回家。

過了一段時間，他收到一個寄給他的包裹，裡面是他贈送給P公爵夫人的戒指。她在斯芬克斯的像上畫了一個十字架，並託人告訴他：謎語的答案就是十字架。

這事發生在一八四八年初，當時尼古拉喪妻後剛來到彼得堡。自從尼古拉定居鄉下以來，巴維爾幾乎就沒有見過弟弟。尼古拉結婚之日，正是巴維爾與公爵夫人結識之時。

從國外回來以後，巴維爾雖打算到弟弟的住處作客，分享弟弟的幸福生活，但在那裡他只住了一周。兩兄弟的處境差別太大了。

到一八四八年，這個差別減少了：尼古拉失去了愛妻，巴維爾則失去了自己的回憶。公爵夫人死後，他想方設法不去想她。但尼古拉卻仍有個安慰，他親眼看到自己的兒子長大成人。巴維爾則相反，孤零零一人，而且到了暮年，無所謂追回，也無所謂希望，青春已經逝去了，老年還沒有臨近。這個時期對巴維爾來說，比別人更困難：因爲對他來說，失去了過去，也就失去了一切。

「我現在不請你去瑪麗伊諾了（為了紀念妻子，他給農莊起了這麼個名字），」尼古拉有一天對他說：「我妻子還健在的時候，你在那裡都感到寂寞無聊，現在要你到那裡，你會更加無聊的。」

「那時的我不安分，傻乎乎的。」巴維爾說道：「但是，經過那麼多事後，我雖然沒有變得聰明一點，但卻安靜多了。現在的情況剛好相反，如果你允許，我準備永遠和你住在那裡。」

尼古拉用擁抱作爲回答。

但這次談話過後又過了足有一年半，巴維爾才下決心實現自己的心願。但是一旦在鄉下定居下來，他就沒再離開，即使尼古拉和兒子在彼得堡度過的那三年裡也是這樣。

他開始讀英文書。總的來說，他一生都是過的英國式的生活。很少與鄰居見面，除非是參加選舉，也很少出門拜客，選舉時，他也總是沉默，只偶爾發表幾句自由主義的言論，惹得那些舊式地主擔驚受怕，與新一代的代表們也不接近。

所以新舊兩方面的人都認爲他是個極端狂妄自大的人，同時這兩方面的人又都對他很尊重，因爲他有著最好的貴族風度；又有謠言說，他在情場上頻頻得手，穩操勝劵；還因爲他穿著很講究，而且總是在最好的旅館、最好的房間裡下榻；還因爲一向吃得很考究，甚至有一次在路易・菲利浦[7]的皇宮中與威靈頓[8]同桌吃過飯；因爲他走到哪裡都隨身帶著一套真正的銀質化妝用具和一個旅行用的洗澡盆；他身上總是散發著一種高雅的香水味；玩維斯特[9]時，次次都是贏家；另外，他的誠實也是大家尊敬他的主要原因。貴婦們看他是一位可愛的憂鬱病人，但他卻從不與她們來往……

「現在你明白了吧，葉甫蓋尼，」阿爾卡季說完他伯父的歷史後說道：「你對我伯父的看法多不公平！你不知道我父親靠他擺脫了多少困境呢，他把自己所有的錢都給了我父親，直到現在，他們也沒有分家。他對任何人都樂於幫助，並且常爲農民說話，雖然每次和他們說話的時候，他不得不皺著眉頭聞香水……」

「他肯定有些神經過敏。」巴扎羅夫說道。

「也許吧，不過他很善良。而且他給過我很多有益的忠告……特別是……特別是在和女人交往方面……」

「哈！被熱牛奶燙了嘴，見了冷水也要吹三吹。誰都知道這諺語！」

7. 路易・菲利浦（一八三〇—一八四八），法國最後一位君主。
8. 威靈頓（一八六九—一八五二），英國統帥和國務家，保守黨人。
9. 一種牌戲。紙牌五十二張，四人成局，兩人為一組。

「好啦，總之，」阿爾卡季繼續說道：「他是很不幸的，請你相信我！誰看低他，真是罪過！」

「誰看低他？」巴扎羅夫反駁他說，「不過我認爲，把自己的一生賭在一個女人的愛情上面，一旦輸了就心灰意冷，自甘墮落，這種人算不得男子漢，頂多不過是個雄性動物而已。你因爲知道他的過去，所以認爲他很不幸，但他至今仍保留許多荒唐的想法。我相信，他認爲自己很能幹，因爲他經常看加里聶安尼辦的那種無聊的報紙，而且每月爲農民講一次情，讓他們少挨一頓打。」

「你別忘了他所受的教育和他過去生活的時代。」阿爾卡季說道。

「教育？」巴扎羅夫接口說道：

「每一個人都該自我教育，就拿我來說吧，比如……說到時代，我爲什麼要受它的限制？還不如反過來好！不，老弟，這都是淺薄的，無聊的！再說，男女之間的神秘關係到底是什麼？生理學家大概知道。你去讀讀解剖學中眼睛的構造吧：所謂謎一樣的目光，簡直就是浪漫主義荒唐的無稽之談。還不如去仔細地觀察一下甲蟲呢。」

於是兩個人一起朝巴扎羅夫的房間走去，那間屋子裡已經有了一種外科藥物的氣味，還夾雜著一股廉價煙草的味道。

chapter 8

費多西婭

巴維爾在他弟弟和總管談話時，只待了很短一段時間便離開了。

總管又高又瘦，有一雙狡黠的眼睛，講話時嗓音輕得像個癆病患者，對尼古拉的一切指示都回答：「是，老爺，知道了，老爺。」他認爲農民們不是小偷就是醉鬼。前不久田產的運營用了新方法，但實行起來很費勁，就像沒上油的車輪，總在嘎吱作響，又好似濕木頭製成的傢俱，不斷發出震裂聲。尼古拉雖不灰心，卻也常常嘆氣、發愁：沒錢就什麼也做不了，對此他深有感觸，但如今他又捉襟見肘了。

阿爾卡季說得不錯：巴維爾不止一次地幫助弟弟；以往巴維爾見到弟弟絞盡腦汁不知所措時，就緩緩走到窗前，把手插進口袋，悄悄說道：「我可以幫助你一些錢。」於是便掏出錢來給他；可這天巴維爾自己的口袋也癟了，他覺得自己還是避開爲好。

他對田產的經營管理這種事感到厭煩，總覺得無論尼古拉多麼熱情勤快，卻都不怎麼成功，儘管他不知道尼古拉究竟錯在哪兒。他想是因爲弟弟不夠精明能幹，所以總是上當受騙，而尼古拉卻對哥哥的辦事能力過於高估，所以事無巨細都找巴維爾商量。

「我自己向來沒主意，又總住在窮鄉僻壤，」他說道：「你見多識廣，和各種人都打過交道，熟識人心，察言觀色。」

巴維爾轉過身去，什麼也不說。

這天，巴維爾把弟弟留在書房，自己沿著那條隔開前後院的走廊漫步，來到一個低矮的房門前，摸了摸鬍子，略一遲疑，便敲了門。

「誰呀？請進。」裡面是費多西婭的聲音。

「是我。」巴維爾應聲推門進去。

費多西婭正抱著孩子坐在椅子上，見狀馬上站了起來，把孩子交給一個姑娘抱了出去，她趕緊整了整頭巾。

「對不起，打擾您了，」巴維爾說，眼睛並沒有看她，「聽說今天要派人進城去……我想……能否叫他們給我買點綠茶回來。」

「好的，老爺，您要多少？」費多西婭問。

「半磅就夠了。我看，您這兒好像變樣了，」他在環顧四周的時候，目光從費多西婭的臉上掠過，「看這窗簾。」

見她有些茫然，他又重複了一遍。

「喔，是的，老爺，這窗簾是尼古拉給的，不過已經掛了好久了。」

「哦，我也很久沒來了，現在你這收拾得真不錯啊。」

「多虧了尼古拉照顧我們。」費多西婭輕聲說。

「比您原來住的廂房好多了吧？」巴維爾禮貌地問，臉上卻很嚴肅。

「是的，老爺，好多了。」

「現在誰住那兒？」

「洗衣女工。」

「哦！」

巴維爾又沉默了。

「現在他該走了吧。」費多西婭心想。而他卻並沒有要走的意思，她只好不動聲色地站著，輕輕掰著手指。

「你怎麼吩咐把孩子抱走呢？」巴維爾打破沉默道：「我很喜歡小孩子的，能抱來讓我看看嗎？」

聽了這話，費多西婭既羞怯又欣慰，滿臉通紅。平時巴維爾幾乎從不和她說話，她也有些怕他。

「杜尼亞莎，」她喚道：「請您把米佳抱來，哦不，等一下，先給他套件外衣吧。」費多西婭說著朝門口走去。

「沒關係。」巴維爾說。

「我很快回來。」費多西婭說罷，便匆匆而去。

只剩下巴維爾一人了，他開始仔細地打量四周。這間低矮的房間被收拾得很乾淨、舒適，散發著一種新漆的地板、甘菊和蜜蜂花混合在一起的味道。沿牆放著一排豎琴式的靠背椅，還是那位過世的將軍當年在征戰波蘭時買的；一張小床放在房間的一角，上面掛了頂薄紗帳子，床邊是一個圓蓋鐵皮箱。

對面牆上是一張很大的，顏色暗淡的奇蹟創造者尼古拉的聖像，像前點著一盞長明燈；一枚小瓷蛋由紅帶繫著，從聖像頭頂的光環直垂到他的胸口；窗臺上一瓶瓶陳年果醬封得嚴嚴實實的，碧綠可愛；瓶蓋上有費多西婭親筆寫的大字：「醋栗」。這是專門為尼古拉準備的。

一隻鳥籠吊在半空，繩子一直繫到天花板上，一隻短尾黃雀在裡面不停地又叫又跳，籠子也跟著來回晃悠，一些大麻籽落到了地上，發出一點兒響聲。

在窗戶之間，有一口衣櫃，上面掛了幾張尼古拉的不同姿勢的照片，這是一個外來的攝影師拍的，效果都不太好；還有一張費多西婭本人的照片，效果更糟糕：又暗又黑的相框裡有張笑臉，沒有眼睛，神情緊張，而別的都很模糊；費多西婭的相片上面是葉爾莫洛夫[10]將軍的畫像，他身披大氅，板著面孔威嚴地注視著遠處的高加索山脈，一個絲質的小針墊從牆上垂吊在畫像上，正好遮住了將軍的前額。

過了一會兒，鄰屋傳來窸窸窣窣的衣服聲和呢喃的細語。巴維爾順手從櫃子上拿起一本油漬斑斑的書，是馬薩利斯基的《狙擊手們》，已殘缺不全，他翻了幾頁……費多西婭抱著米佳進來了。

她給孩子穿了件領子鑲了金邊的紅襯衫，孩子的頭髮也梳得整整齊齊，小臉洗得很乾淨。米佳和正常的孩子一樣，他呼吸急促，身子亂動，小手也舞個不停，似乎對這件漂亮襯衫很滿意。費多西婭也理了理自己的頭髮，把圍巾拉得更方正，她即使不這樣也很迷人了，的確，還有什麼比年輕漂亮的母親抱著健康的孩子更美的呢？

「真是個胖小子！」巴維爾和藹地說，一邊用食指的長指甲輕輕地撓米佳胖胖的雙下巴。孩子盯著黃雀，一下子笑了。

---

10. 葉爾莫洛夫（一七七二—一八六一），是尼古拉一世在位時的一位將軍。

「這是伯父。」費多西婭親著孩子的臉說。杜尼亞莎在窗臺上放了一支點燃的熏蠟，燭底墊了一枚小硬幣。

「他多大了？」巴維爾問。

「六個月，到十一號就七個月了。」

「快八個月了吧，費多西婭？」杜尼亞莎怯生生地說道。

「怎麼會呢？是七個月。」

孩子又笑了，他盯著鐵皮箱看了會兒，驀地用五個小指頭抓住媽媽的嘴和鼻子。

「這小淘氣。」費多西婭說著，卻並不躲避。

「真像我弟弟。」巴維爾說。

「還能像誰啊？」費多西婭心想。

「是啊，」巴維爾像是自言自語，「真是像極了。」說這話時，他神色黯淡地看著費多西婭。

「這是伯父。」她又對孩子低聲說了一遍。

「啊，巴維爾！原來你在這兒！」後面突然傳來尼古拉的聲音。

巴維爾急忙轉身，皺著眉頭；看到尼古拉一副既高興又感激的模樣，也只好報以一笑。

「這孩子真可愛，」他說著，又看看手錶，「我過來，說一下買茶葉的事……」

巴維爾又恢復了他平時的冷漠，轉眼間離開了房間。

「他自己來的？」尼古拉問費多西婭。

「是的，老爺，他敲了敲門便進來了。」

「哦，阿爾卡季再沒來過？」

「沒有。尼古拉，或許我還是回原來的房間住好。」

「爲什麼？」

「我想，這段時間還是回避一下好。」

「不……沒必要，」尼古拉略一停頓，摸著額頭說，「如果事先……你好啊，胖小子。」說著，他湊上前親切地親了親孩子的小臉蛋；又俯身吻了吻費多西婭的手，這手在米佳的紅襯衫的映襯下，越發顯得白皙。

「你怎麼了？尼古拉！」費多西婭柔聲說著並垂下眼簾，隨後又親切又迷濛地望著他……那眼睛美得無法形容。

尼古拉和費多西婭是這樣相識的：那是在三年前，他在遠方一個小縣城的旅店裡住了一宿。他見房間收拾得很乾淨，被褥也很乾淨，感到既愜意又驚奇，心想：「難道女主人是德國人？」可她卻是個道地的俄羅斯人，五十歲左右，衣著整潔，看上去很精明，談吐不俗。他只在喝茶時和她聊了會兒回天，就喜歡上了她。

那時，尼古拉剛剛搬到新莊園，又不想把農奴留在院裡使喚，正想找一個女管家；而女主人也向他抱怨人煙稀少，生意難做，於是他提議請她到家裡做管家，她答應了。

她丈夫已過世多年，只有一個女兒——費多西婭（大家都這麼叫她）便帶著女兒來到瑪麗伊諾。兩周後，阿林娜·莎維什娜

尼古拉沒有看錯，很快阿林娜就把家裡上上下下管理得井井有條。費多西婭那時才十七歲，文文靜靜，不大在別人面前出現，很少有人注意她，只有在教堂做禮拜時，尼古拉才偶爾能看到她白皙面龐的側影。

轉眼一年多了，一天早晨，阿林娜來到他的書房，照例深鞠一躬，問他能否給女兒治眼睛，原來爐子裡的一粒火星迸進了她的眼睛。

尼古拉很少出門，平時愛鑽研一點醫術，家裡也備有常用藥箱。他吩咐阿林娜立刻把女兒帶來。

費多西婭聽說是老爺叫她，嚇得直往後躲，最後總算跟在母親後面來了。

尼古拉把她領到窗前，雙手把她的頭捧起來。他仔細察看了她紅腫的眼睛，緊接著親手配製了藥水，又撕開一條手帕，告訴她怎樣濕敷。聽完她拔腿就想走。

「傻丫頭，你還沒吻老爺的手呢。」母親叫住了她。她垂著頭，有些難爲情，尼古拉也覺得有些不好意思，並沒把手遞給她，卻吻了吻她的秀髮。

費多西婭的眼睛很快就好了，可尼古拉卻很難忘記那張臉。純淨、可愛，有幾分羞澀；那柔軟的頭髮、圓潤的嘴唇和白淨的牙齒。從那時起，他開始留意費多西婭，在教堂裡參加禮拜時，總是找機會和她聊天。

起初她總是儘量躲著他，有一次黃昏時分，她在黑麥地裡的一條人行道上和他不期而遇，她馬上鑽進了茂密的長滿了矢車菊和蒿草的黑麥叢裡躲了起來，可他還是看見了她的腦袋，還有那雙像小動物一樣窺探的眼睛。

於是他親切地喊道：「你好啊，費多西婭！我又不吃人！」

「您好！」她低聲應道，可還是躲在麥田裡沒出來。

漸漸地他們熟了，可在他面前她總有點兒靦腆。她母親因霍亂突然病故了，費多西婭怎麼辦？她繼承了她母親的所有秉性：愛乾淨、處事謹慎、態度端莊，可她孤苦伶仃，又那麼年輕。尼古拉也很和善又會體貼……後來的事就順理成章了。

「這麼說，是哥哥自己來看你的？」尼古拉問：「他敲敲門就進來了？」

「是啊，老爺。」

「好吧。我把孩子抛著玩一會兒吧。」

尼古拉把米佳抛得幾乎碰到了天花板，孩子樂了，媽媽的心卻提了起來，每次孩子被抛起來，她都忍不住伸手去接他那光溜溜的小腿。

巴維爾回到了自己那間雅致的書房，牆壁上貼滿了暗灰色的漂亮的壁紙，五彩繽紛的波斯掛毯上懸掛著一些武器；屋裡還有一套胡桃木製成的傢俱，上面蒙了層深綠色的仿天鵝絨的墊子；文藝復興時期的書架是用黑橡木做的，華貴的書桌上放著小小的青銅雕像，還有壁爐……

巴維爾倒在沙發上，雙手抱頭，一動也不動，眼睛絕望地盯著天花板。不知是爲了掩飾此刻的心情不讓牆壁發現，還是另有原因呢？他起身放下了厚厚的窗簾，又倒進了沙發。

chapter 9 邂逅

就在同一天，巴扎羅夫也認識了費多西婭。

當時他和阿爾卡季在花園裡散步，邊走邊給阿爾卡季講爲什麼有些樹的根總也長不好，特別是小橡樹。

「這兒可以多種些白楊和樅樹，椴樹也行，再多施些黑土。涼亭那邊的就長得很好，」他說：「那些是洋槐和丁香，它們的生命力很旺盛，不用特別照料。咦，那邊有人！」

費多西婭和杜尼亞莎正帶著米佳坐在涼亭裡。巴扎羅夫停下腳步，阿爾卡季朝費多西婭點點頭，像老朋友似的。

「她是誰？」剛走過去，巴扎羅夫便問：「真漂亮啊！」

「你說誰？」

「別裝傻，漂亮的只有她。」

阿爾卡季有些窘，他簡單向巴扎羅夫介紹了費多西婭的來歷。

「哈哈！」巴扎羅夫說：「你父親真有眼力。我喜歡你父親，他可真行。但我該和她認識一下。」說罷便轉身向涼亭走去。

「葉甫蓋尼！小心啊！千萬記住！」阿爾卡季在後面緊張地叫著。

「放心吧，」巴扎羅夫說：「我又不是鄉下人，知道該怎麼做。」

巴扎羅夫來到費多西婭面前，脫帽鞠了個躬：「請允許我自我介紹一下，我是阿爾卡季．尼古拉耶維奇的朋友，是個性情溫和的人。」

費多西婭只欠了欠身子，默默看著他算是回答。

「這孩子真可愛！」巴扎羅夫搭訕道：「別緊張，我的目光可從沒給人帶來過厄運。他的臉怎麼這麼紅？在長牙吧？」

「是啊，先生，」費多西婭說：「已經長出四顆了，如今他的牙齦又有些發腫。」

「讓我看看，別怕，我是醫生。」說著他便接過孩子，米佳竟毫不認生，沒有掙扎，這倒讓費多西婭和杜尼亞莎有些驚訝。

「哦，我看到了……沒事，一切都正常，他會長出一排好牙的！以後有什麼事，你儘管叫我。你自己還好吧？」

「上帝保佑，很好。」

「上帝保佑——這很重要！那麼，你呢？」巴扎羅夫又轉身問杜尼亞莎。

杜尼亞莎在老爺的院子裡很拘謹，出了門就很活潑，她咯咯地笑著，沒有說話。

「好吧，把這『大力士』還您。」

費多西婭接過了孩子。「在您手裡，他多乖啊。」她低聲說道。

「小孩子在我手裡都很乖，」巴扎羅夫答，「我知道該怎麼逗他們玩。」

「孩子也能感覺到誰真愛他們。」杜尼亞莎插話道。

「真的，」費多西婭贊同地說：「他不是誰都讓抱的。」

「那他讓我抱嗎？」阿爾卡季大聲問道，他本就遠遠地望著，此刻正大步向涼亭走來。他把米佳哄到懷裡，可突然嬰兒把頭朝後一仰，咧開嘴大哭起來。這讓費多西婭很尷尬。

「等下次吧，熟了再抱他。」阿爾卡季體諒地說，兩個朋友便離開了。

「她叫什麼？」巴扎羅夫問。

「費多西婭……費多西婭。」阿爾卡季回答。

「她的父名呢？我想知道。」

「尼古拉耶芙娜。」

「好，她落落大方，不扭捏作態，這一點我很欣賞。或許有人認為這是缺點。真是胡扯！她根本不用害羞，她已是母親——有這個權利。」

「她是沒錯，」阿爾卡季說：「可我父親……」

「他也沒錯呀。」巴扎羅夫打斷了他。

「不，我不這樣認為。」

「哈，你不會是因為多了個遺產繼承人吧？」

「你怎能這樣說我？」阿爾卡季生氣了，「我不是為這個抱怨父親，而是覺得他應該娶她。」

「嘿嘿！」巴扎羅夫平靜地說：「你真是寬容！你還挺注重婚姻的，以前倒沒看出來。」

兩人又默默地走了幾步。

「你父親的產業我看遍了，」巴扎羅夫又道：「牲口不好，馬也不好。房屋搖搖欲墜，雇工也很懶散；那個管家嘛，不知道是傻還是壞，目前還沒看出來。」

「今天你淨說些難聽話，葉甫蓋尼。」

「那些所謂好心的農民都在騙你父親。你知道嗎，有句俗話叫：『俄羅斯的農民連上帝都敢騙。』」

「我現在覺得伯父的看法沒錯了，」阿爾卡季說：「你真的看不起俄國人。」

「那又怎樣！俄國人唯一的優點就是看不起自己。只要二乘二得四，別的都不重要。」

「連大自然也不重要嗎？」阿爾卡季問，他若有所思地望著遠方五彩繽紛的原野，美麗的落日餘暉柔和地灑在他臉上。

「你所理解的大自然的確也沒什麼。大自然是一個工廠，我們都是裡面的工人，它可不是神廟。」

這時，院子裡傳出悠揚的大提琴聲，是舒伯特的《期待曲》，技法雖不嫺熟，曲調卻十分悅耳。

「是誰？」巴扎羅夫驚訝地問。

「我父親。」

「你父親會拉大提琴？」

「是的。」

「他多大年紀了？」

「今年四十四。」

巴扎羅夫突然大笑起來。

「你笑什麼？」

「老天！一個四十四歲的 pater familias（拉丁語：家長。），在這麼偏僻的鄉村——拉大提琴！」

巴扎羅夫笑個不停，而阿爾卡季卻沒笑，儘管他從來都把他當老師那樣來崇拜。

chapter 10 戰爭

接下來的兩周，瑪麗伊諾的生活一如既往。阿爾卡季整天無所事事，享受生活，巴扎羅夫則忙著工作。

宅子裡的人都跟巴扎羅夫熟了，對他那隨意的作風和深奧而不流暢的談話方式已習以爲常。從那之後，費多西婭和他更是熟識，有天晚上，米佳渾身抽搐，她立即讓人叫醒巴扎羅夫，他打著哈欠跑來了，仍和平時一樣開玩笑，在那兒待了兩個小時，給孩子治好了病。

可巴維爾卻很厭惡巴扎羅夫：認爲巴扎羅夫是個傲慢無禮、恬不知恥而又傲慢的賤民；他認爲巴扎羅夫不尊敬他，甚至還鄙視他！

尼古拉也有點怕這個「虛無主義者」，還怕阿爾卡季受他的影響；不過他很愛聽他講話，喜歡看他做物理、化學實驗。

巴扎羅夫拿來一部顯微鏡，他總是趴在那兒一看就是幾個小時。下人們也很願意親近他，儘管他常拿他們開心解悶，他們還是把他當作自己人，而不是一個老爺。

杜尼亞莎總是對他笑嘻嘻的，每當她看到他側身走過時，還深情地看他一眼，像個「雌鵪鶉」；彼得很笨，又自以爲是，總是愁眉苦臉的樣子，他所有的優點就是看上去總是彬彬有禮，念書按一個個音節拼讀，總愛刷自己的禮服——但只要巴扎羅夫看到他，他就很快堆出一副笑臉來；傭人們的孩子就更別提了，他們像群小狗似的跟在這位「大夫」的屁股後面。

普羅科菲伊奇老人卻不喜歡巴扎羅夫，每次給他上菜時總是陰沉著臉，老人總稱他是「屠夫」和「滑頭」，還讓人相信他的絡腮鬍子就像灌木叢裡的野豬一樣。按貴族的派頭來看，普羅科菲伊奇可一點也不比巴維爾差。

六月初是一年中最好的時候了，天氣不冷不熱。離這裡不遠的地方正流行霍亂，但本地居民卻毫不見怪。每天早上，巴扎羅夫起來便出去，當然不是散步——他不喜歡毫無目的地閒逛——而是一路上採集些花草昆蟲的標本。有時也帶上阿爾卡季。這樣歸途中就總會有一番爭論，儘管阿爾卡季話更多，可總是敗下陣來。

有一次，他們在外面耽擱得太久了，尼古拉便出門迎接他們，進了花園來到涼亭時，突然傳來匆匆的腳步聲和談話聲。他們正在涼亭的另一邊，沒發現他。

「你對我父親還不太瞭解。」阿爾卡季說道。

尼古拉趕緊藏了起來。

「你父親是好人，」巴扎羅夫評論道：「不過，他如今落伍了，他的輝煌已一去不返了。」

尼古拉趕快豎起耳朵……阿爾卡季沒說話。

他這「落伍者」呆立了兩分鐘，最後怏怏而回。

「前天，我見他捧著普希金的詩，」巴扎羅夫接著說：「你不妨告訴他，那是毫無用處的。他又不是孩子，早該把那種沒用的廢物扔掉了。如今是什麼年代了，居然還天真地想做浪漫派！讓他讀點兒有用的東西吧！」

「讀什麼呢？」阿爾卡季問。

「開始不妨讀讀比赫納[11]的《物質與力》吧。」

「和我想到一起了，」阿爾卡季贊同道：「這書寫得通俗易懂。」

那天午飯後，尼古拉坐在他哥哥的書房裡說：「看來我們都落伍了，咱們的輝煌

11.比赫納（一八二四—一八九九），德國物理學兼生物學家，著有《物質與力》。

已經過去了。唉，或許巴扎羅夫是對的。我承認，有件事真叫我傷心：我如今一心想和阿爾卡季親密相處，可他走到了我前面，我落後了，甚至連彼此溝通都很難。」

「怎麼說他走到前面了？到底在哪方面遠遠超過我們了？」巴維爾不耐煩地反駁道：「這都怪那個虛無主義者給他灌輸的。我討厭那個醫生。我覺得他不過是個騙子，我確信他即便捉再多的青蛙，對物理學的理解也好不到哪兒去。」

「不，哥哥，別這麼說，巴扎羅夫的確很聰明，又博學多才。」

「他狂妄自大，令人討厭。」巴維爾打斷說。

「是的，」尼古拉道：「他是很自大。不過這也沒什麼，只有一點我不明白。以前我覺得我是竭盡全力與時俱進的：安頓了農民，建立了農莊，結果全省的人都說我是個紅色分子；我讀書，學習，盡力與時代同步——可他們還是說我過時了。哥哥，連我自己也這麼認爲。」

「你怎麼想這些？」

「聽我給你解釋。今天我在那裡正讀普希金……記得是讀到《茨岡》……阿爾卡季突然走過來，什麼也不說，臉上露出同情和惋惜，就像是對待一個孩子一樣，輕輕地把我的書奪走，塞給我另外一本德文書……他帶著那本普希金，笑笑走開了。」

「竟有這回事！他給你什麼書？」

「就這本。」尼古拉從禮服的後面掏出那本第九版的比赫納的名著。

巴維爾把書拿在手中翻了翻。「哼！」他哼了一聲，「阿爾卡季倒還關心你讀什麼書。怎麼，你讀了嗎？」

「我試著讀了一些。」

「感覺怎樣？」

「要麼是我笨，要麼這本書在胡說八道。我想或許還是我笨吧。」

「你不至於忘了德文吧？」巴維爾問。

「我懂德文。」

巴維爾又翻了翻書，看著弟弟皺了皺眉。兄弟倆都默不作聲。

「哦，還有，」尼古拉轉換話題道，「我收到科利亞津的信了。」

「馬特維．伊里奇寫來的？」

「是。他現在可是貴人了，他是來本地視察的，信上請我們和阿爾卡季一起進城去和他見見面。」

「你去嗎？」巴維爾問。

「不去，你呢？」

「我也不去。跑五十里去喝口粥不值得。馬特維想在我們面前顯擺，見他的鬼吧！省裡有人巴結他，用不著我們。樞密顧問官有什麼大不了的！要是我一直在軍界服務，一直做這種又呆又傻的差使，我如今也是侍從將軍了。我們如今倒成了落後的人了。」

「是的，哥哥，看來我們都快成老朽了。」尼古拉嘆著氣說。

「不，我不會輕易認輸的，」他哥哥喃喃地說，「我有個預感，我遲早要和那個江湖郎中幹上一場。」

果然，這天晚茶時就爆發了戰爭。

巴維爾進客廳時就做好了戰鬥準備，他早就憋了一肚子火，正找機會向敵人進攻，可半天都沒找到。每當「基爾薩諾夫家的老頭兒們」（他這麼稱這倆兄弟）在場時，巴扎羅夫就很少說話，加上這天晚上心情不好，於是坐在那兒一杯杯地喝著悶茶。

巴維爾等得有些著急，終於機會來了。話題轉到談論鄰近的一個地主。

「壞蛋，下流貴族。」巴扎羅夫冷冷地說，他在彼得堡曾和此人有過接觸。

「請問，」巴維爾顫抖著嘴唇問：「您認爲，『壞蛋』和『貴族』是一個意思嗎？」

「我說的是『下流貴族』。」巴扎羅夫懶懶地咽了口茶說。

「是的，先生；不過在我聽來，你對貴族和所謂下流貴族的看法沒什麼不同。我有義務告訴你，我反對你的觀點。我敢說我是自由派，而且擁護進步；正因爲此，我尊敬貴族——真正的貴族。請你記得，親愛的先生（聽到這兒，巴扎羅夫抬眼看著巴維爾），請您記著，」他咬牙切齒地重複道：「對於自己的權利，英國貴族們絲毫不讓，同時他們也尊重別人的權利；他們在要求別人履行義務的同時，也履行自己該盡的義務。英國的自由是貴族賦予和維持的。」

「這種陳詞濫調我已經聽得不耐煩了，」巴扎羅夫反駁道：「您究竟想說明什麼呢？」

「我想用這麼個說明（巴維爾生氣時，有意在『這個』中間添加一個音，變成『這麼個』，雖然明知這樣構詞不合語法，但這是亞歷山大朝代遺留下來的怪癖，那時的名流偶爾才說母語，並且隨意拼字，不是說『這麼個』，就是說『這兒個』，用此表明：我們是道地的俄國人，同時還是上等人，可以不受語法習慣的限制），親愛的先生，我是用這麼個來證明：假如沒有個人尊嚴的意識，不自重——這些意識都可以在貴族身上找到——就不會有社會……社會福利……社會結構的基石了。個性，我親愛的先生——那才是最重要的；一個人的個性該堅如磐石，因爲別的東西都建於其上。譬如，我心中明白，您肯定感到我的習慣、裝束和整潔都很可笑，可這些都是一種自尊和責任感，是的，責任感，先生，我雖住在窮鄉僻壤，但我並沒有降低自己的身分，我珍視自己的人格。」

「好，巴維爾，」巴扎羅夫說，「您很自尊，可您整日閒坐著，無所事事；請問這對 **bien public**（法語：社會的福利。）有什麼幫助？如果您不那麼自尊，或許還能爲社會謀點福利呢。」

巴維爾的臉色變了。

「那是另一碼事。我看用不著此刻給您解釋，我爲什麼整日閒坐著，就像您說的那樣。我只想說明，貴族制度是一種原則，在我們這個時代，只有那些沒有道德或心靈空虛的人才不要原則，渾渾噩噩地生活。阿爾卡季回來的第二天我就警告過他，此刻再對您講一遍。尼古拉，對吧？」

尼古拉點了點頭。

「聽聽，貴族制度呀、自由主義呀，還有什麼進步呀、準則呀，」巴扎羅夫說：「想想吧，這些滿嘴的外來詞對俄國人有什麼價值！」

「哈，那您覺得什麼才對俄國人有用呢？像您講的，不要人類法則，莫非讓我們不食人間煙火？算了吧，歷史的邏輯要求……」

「邏輯又有什麼用？沒它我們照樣活。」

「怎能這樣？」

「當然可以，您想想，當您肚子餓了，總不會用邏輯來幫您往嘴裡塞麵包吧。那麼，這些抽象的字眼有什麼用？」

巴維爾兩手一搖說：「你這話叫我不明白，你侮辱了俄國人民。我不理解，不相信原則、法則，你憑什麼來指導你的行動？」

「我對您說過，伯父，我們否認所有權威。」阿爾卡季插話道。

「只要我們認為有用的東西，我們就行動，」巴扎羅夫說：「現在最有用的是否定，那麼我們就否定。」

「否定一切。」

「是的，一切。」

「什麼？不僅藝術和詩歌……而且……聽起來太可怕了……」

「否定一切！」巴扎羅夫又一次堅定地說。

巴維爾死死地盯著他，這話太出乎他的意料，而阿爾卡季此刻卻興奮得臉都紅了。

「不過，」尼古拉插話說：「你否定一切，或者說，是破壞一切……同時，也該有所建立吧。」

「那不是我們的事了……要緊的是打掃乾淨地面。」

「這是人民如今最需要的，」阿爾卡季高傲地說：「我們該順應民意，而不是只滿足於一己之私。」

後一句話，巴扎羅夫顯然不同意。它聽起來太有哲理了，也就是說，有浪漫主義的味道。因爲在巴扎羅夫看來，哲學和浪漫主義是一回事，不過他認爲沒必要糾正他這個年輕的弟子。

「不，不，」巴維爾突然衝動起來，「我不信，你們這些先生瞭解俄羅斯人民嗎？知道他們的所需所盼嗎？不！俄國人民不是你們想像的那樣。他們在乎傳統，視爲神聖！他們恪守古風，他們的生活離不開信仰……」

「我不想爭辯，」巴扎羅夫打斷說：「而且，我甚至同意您說的。」

「那好，既然我是對的……」

「可還是說明不了問題啊。」

「什麼也說明不了。」阿爾卡季重複道，他像個有經驗的棋手，信心十足，早就料到對手會走這看似兇狠的一著，因此鎮定自若。

「什麼也證明不了？怎麼會呢？」巴維爾吃了一驚，「那你是要反對自己的人民嗎？」

「就算是又如何？」巴扎羅夫嚷道：「人民認為打雷就是因為先知伊里亞乘馬車從天上駛過，這難道也該支持他們？他們是俄羅斯人，我就不是了嗎？」

「不，你既然這樣說，就不是個俄羅斯人！我不會承認你是。」

「我爺爺種過地，」巴扎羅夫傲然作答，「您不妨去問問這兒任何一個農夫，看我們——我和您之間，他更願意承認誰是他的同胞。您連和他們交談都困難。」

「你和他們交談，卻又鄙視他們。」

「那有什麼，如果他們有該鄙視的地方！您幹嘛老是指責我的觀點，誰說它只是心血來潮得出的，而不是您所贊成的民族精神的產物？」

「當然了，人民很需要虛無主義者！」

「要不要不是我說了算的。就像您，不是也不承認您是無所事事嗎？」

「先生們，可別人身攻擊！」尼古拉站起來嚷道。巴維爾笑了笑，用手按住弟弟的肩頭，讓他坐下。

「別擔心，」他說：「我還有自尊，這是……醫生先生一直取笑的自尊心。」他又轉過身對巴扎羅夫說：「也許你覺得你宣導了一門新學說，那就大錯特錯了。你所鼓吹的唯物主義，之前也流行過，可總是站不住腳……」

「又是外來詞！」巴扎羅夫打斷道。他開始動怒了，臉也變成了紫銅色。「首先，我們什麼也沒鼓吹，這不是我們的習慣……」

「那你們想做什麼？」

「好，我就說說要做的事。之前我們常常譴責貪官污吏，國家沒有公路、沒有商業、也沒有公正的法庭……」

「哦，看來你們是揭露者了——是這麼說吧！你們揭露的內容有很多我也贊同，可……」

「後來我們明白了，空發議論無濟於事，只會帶來庸俗和教條主義；我們發現我們中的聰明人，那些被稱爲先進分子或揭露者的人沒用；我們發現我們總做些無用的事，空談藝術，什麼無意識創作啦、議會制度啦、律師制度啦，還有鬼才知道的什麼東西；可此時要解決的是我們每日糊口的麵包；此時愚昧和迷信讓我們窒息；此時我們所有的股份公司都倒了，就因爲沒那麼多老實人；此時政府張羅的解放[12]一點作用也沒有，我們的農民情願把自己的血汗錢全扔到酒館裡。」

「所以，」巴維爾搶白道：「你們看清了，便打定主意什麼正事也不幹？」

12. 指一八六一年的農奴解放。

「決定什麼正事也不幹！」巴扎羅夫拋出一句冰冷的話。他忽然覺得懊惱起來，值得與這位老爺多費口舌嗎？

「只是謾罵？」

「只是謾罵。」

「這就叫做虛無主義？」

「這就叫虛無主義。」巴扎羅夫頂了他一句。

巴維爾略微瞇起眼睛。「是這樣的！」他以少有的平靜口氣說道：「虛無主義者應當幫助解決一切痛苦，你們是我們的英雄和救星。可爲何對別人，甚至對『揭露者』也要謾罵呢？你們和他們一樣，不也只會高談闊論嗎？」

「我們是有很多不足，但不做傻事。」巴扎羅夫咬牙切齒地說。

「是的，你們有行動嗎？還是在準備行動呢？」

巴扎羅夫什麼也沒說。

巴維爾身子抖了一下，馬上就控制住了。「哼！……行動，破壞……」他接著說：「可如果還不知爲什麼要破壞，你們怎麼破壞？」

「我們就是去破壞，因爲我們有摧枯拉朽的力量。」阿爾卡季說。

巴維爾望著侄兒冷冷一笑。

「是的，力量並不承擔什麼責任。」阿爾卡季腰板一挺說。

「可憐的人！」巴維爾大叫起來，他再也忍不住了，「你好好想想吧，你們的這些庸俗的教條在俄國支持的是什麼東西！不，就連天使也無法忍受！力量！野蠻的卡爾梅克人[13]有力量，野蠻的蒙古人也有力量——而我們要力量幹什麼？我們所珍惜的是文明，是的，先生，確實，親愛的先生，文明之果對我們來說是極其寶貴的。別跟我說什麼這些果實一文不值：就連最拙劣的畫匠，或一晚上只賺五戈比的舞會樂師，也比你們更有價值，因爲他們代表了文明而不是粗暴的蒙古力量！你們覺得自己是先進分子，可你們只配待在加爾梅克人的帳篷裡！力量！最後你們給我記著，你們這些有力量的先生，你們總共只有四個半人，而那些——卻有千百萬人，他們不會讓你們去作踐他們最神聖的信仰，他們會把你們踏得粉碎！」

「踏死了活該，」巴扎羅夫說：「但是結果出來前，一切都很難說，再說，我們也並不像您想像的那麼少。」

「怎麼？難道你們要和全體人民作對嗎？」

「您知道，莫斯科就是被價值一戈比的蠟燭燒毀的[14]。」巴扎羅夫答道。

13. 卡爾梅克人是分布於西伯利亞南部和蒙古境內的一個民族。
14. 指一八一二年拿破崙侵略俄國時俄國人焚燒莫斯科的事。

「是，是的。開始是魔鬼般的高傲，接著是譏諷。就靠這來吸引年輕人，來征服不諳世事的毛孩子！現在就有這麼一個坐在您邊上，您看看吧，他對您簡直佩服得五體投地了！（阿爾卡季皺起眉頭轉向一邊）這真是彌漫的傳染病！我聽說，我們的畫家在羅馬從不去梵蒂岡，他們認爲拉斐爾[15]幾乎是個白癡，據說就因爲他是個權威；可他們自己又不中用，什麼也畫不出來。他們的想像總超不出《泉邊少女》！就連少女也畫得很糟。而您認爲他們是好樣的，對嗎？」

「我看，」巴扎羅夫反駁道：「拉斐爾一文不值，他們也同樣。」

「好！很好！阿爾卡季，聽著……現代年輕人該有這種口氣！想想，他們怎能不跟著您跑呢！過去的年輕人必須念書，他們不能讓別人覺得他們不學無術，所以必須好好學習。可現在他們只需說：『一切都是胡說八道！』就萬事大吉了，年輕人自然樂不可支。事實上，過去他們是空談家，如今搖身一變，成了虛無主義者了。」

「您自誇的自尊已經變樣了，」巴扎羅夫冷漠地說，而阿爾卡季卻氣得兩眼發紅。

「我們離題太遠了……還是停住吧；我認爲，」他站起來，又說：「只要您在現實中——家庭或社會生活中，找出一種不至於被無情地全面否定的制度，我就同意您的

15. 拉斐爾（一四八三—一五二〇），義大利畫家。

看法。」

「這樣的例子很多，」巴維爾嚷道：「成千上萬！比如農莊。」

巴扎羅夫嘴一撇，冷笑了一聲。

「好！說起農莊，」他說道：「您最好還是和您弟弟來談吧，他大概見得多了，什麼環保、戒酒等等諸如此類的東西。」

「就拿家庭——我們農民的家庭來說吧！」巴維爾嚷道。

「這事您還是別瞭解得太細爲好。扒灰佬您總聽過吧？聽我說，巴維爾，好好想兩天吧，一下子您或許什麼例子也找不出。您好好分析一下我們的階層，好好研究一下吧，我和阿爾卡季現在要……」

「要嘲諷一切。」巴維爾搶著替他回答。

「不！是要去解剖青蛙。走吧，阿爾卡季，再見，先生們。」

兩個夥伴走了。留下這哥倆面面相覷。

「喏，」巴維爾先開了腔，「看到了吧？這就是現在的青年！這就是咱們的繼承人！」

「繼承人，」尼古拉嘆了口氣。在這個辯論中，他一直都如坐針氈，只是痛苦地偷偷望著阿爾卡季。「你知道我想起什麼了嗎，哥哥？我想起了咱們有一次和過世的母親爭吵，她嚷著，不聽我講……我最後說：『您當然理解不了我，我們不是一個時代的人。』她很生氣，當時我想：『這沒辦法，她得吞下這苦口良藥。』可今天輪到咱們了，我們的下一代可以對我們稱：『我們不是一代人了，吞下這苦藥吧！』」

「你太忠厚了，」巴維爾反駁道：「我正好相反，相信咱們比這群黃口小子們更正確，雖然話可能有些過時，已經 vieille（法語：老了。），沒有狂妄的自信……看他們的神氣樣！你隨便問哪個：『要喝哪種葡萄酒，紅的還是白的？』他肯定會煞有介事粗聲答道：『我一向喝紅的！』那口氣彷彿什麼重大決定似的，好像全世界的眼光都集中在他一個人身上似的……」

「您還要茶嗎？」費多西婭在門口探頭探腦，客廳裡傳來的爭吵聲，讓她正猶豫是否進來。

「不了，叫人把茶壺拿走吧。」尼古拉答道，並起身迎上前去。

巴維爾突然說了句：「bonsoir（法語：晚安。）。」，便朝自己的書房走去。

chapter 11

心事

半小時後，尼古拉來到他最喜歡的涼亭。他滿腹心事。今天是頭一回意識到和兒子有代溝，進而預料這代溝還會慢慢擴大。冬天他在彼得堡苦苦研讀的那些最新著作；豎起耳朵聆聽年輕人的高談闊論；有時還能在他們的熱烈討論中插幾句話，如今看來這都是無用功，自己只是空歡喜了一場。

他思忖：「哥哥說我們是對的，先把自尊心拋開不論，我也認爲我們比他們更加靠近真理，但在他們身上也能感受到某種我們所沒有的東西，在某些地方比我們更有優勢……這優勢難道是青春嗎？不，不全是。他們的優勢是否就是沒有我們這些貴族氣派呢？」

尼古拉垂下了頭，又摸了摸臉。他又在想：「否定詩歌的價值，面對人類藝術和美麗的大自然又無動於衷……」

他望望四周，想要找到這個問題的答案。此刻已是黃昏，落日靜靜地躺在離花園半里開外的山楊樹叢後；樹影在寂靜的原野上綿延，一望無際。一匹白馬正載著農夫沿著幽暗的小道漫步而過，在樹叢中馬蹄時時閃現，農夫的全身依然能透過樹葉的搖影，連同他肩頭的補丁清晰可見。

落日的餘暉罩住了山楊樹林，透過繁茂的枝葉，給樹幹塗上了一層暖暖的霞光，使它們看上去更像是松樹；顫動的樹葉閃出陣陣藍光，酡紅的晚霞與這片淡藍的天空相互輝映。燕子在高高地飛翔；風兒卻彷彿在睡覺；遲到的蜜蜂睜著惺忪的睡眼，伴隨著嗡嗡的飛鳴聲，慵懶地穿梭在丁香叢中；一群小蚊子聚集成柱狀，在一處孤枝上高低盤旋。

「老天，多美呀！」尼古拉感嘆著，平日喜愛的詩句就到了嘴邊；可一想起阿爾卡季和那本《物質與力》便沉默了，繼續沉浸在悲喜交加的冥想之中。

他愛幻想，而鄉村的生活更讓他富有想像力。不久前，當他在客棧裡等兒子時，就曾這麼幻想過，可短短的時間裡發生了多大的變化呀——那時他們父子間的關係還很模糊，而如今已很分明了，結局怎麼會是這樣呢！

他又想起了亡妻，不是朝夕相處的伴侶模樣，也不是善於持家的主婦形象，而是那個苗條挺秀的少女：她有雙天真無邪的大眼睛，好像在發問，一條編得緊緊的辮子垂在柔嫩的脖子上。他想起他們的第一次邂逅。

那時他還是個大學生，在租來的住宅樓梯上碰見她，無意中撞了她一下，轉身向她道歉，可因緊張只含糊地說了句「Pardon monsieur（法語：「對不起，先生。」他本應該說：「對不起，小姐。」）。」

她低頭笑了笑，忽然像受驚的小鹿似的跑了，在樓梯拐彎處慌忙瞥了他一眼，紅紅的臉蛋帶著一副嚴肅的神情。

緊接著，他們便有了最初的羞怯探訪，吞吞吐吐地交談，矜持的微笑和疑惑不安，然後便是愁思、衝動，最後是讓人透不過氣的興奮……可這些轉瞬即逝，成了過眼雲煙。她成了他的妻子，讓他享受了世上少有的幸福……

「可是，」他想，「那些最初的一個個幸福瞬間，怎麼不能永恆呢？」

他並不想理出什麼頭緒，但他意識到他想用比回憶更有力的東西去挽住那些溫馨的幸福時光；他多想和瑪麗婭重溫舊夢，去感受她那熱情的呼吸，他已感到彷彿……

「尼古拉，」附近響起費多西婭的聲音，「您在哪兒？」

他不禁打了個顫，他並沒覺得痛苦和慚愧……他從來不曾把妻子和費多西婭做比較，甚至連這樣的念頭都不曾有過，但他覺得遺憾，她怎麼想起這時來找他來了？她的聲音讓他馬上想到了自己的白髮、衰老和現實……

那個從如煙往事中凸現出來的幻境，微微顫動著，消失了。

「我在這兒，」他答，「一會兒就回去，你先回吧。」他腦中閃過這樣一個念頭，「懷舊是貴族階級的印記。」

費多西婭默默地伸頭向涼亭看了他一眼，便走開了。

他驚訝地發現，在他夢幻神遊的時候，夜幕已悄然降臨了。一切景致都變得暗淡，一切喧嘩也都沉寂下來，費多西婭的臉在他面前滑過，那麼蒼白小巧。他起身準備回家，可他那顆柔弱的心還未平靜下來，他便在花園中漫步，邊走邊看，時而沉思地望著腳下，時而抬眼望著星星點點的夜空。

走了很久，有些累了，可內心的憂思，一種怯怯的、模糊而鬱悶的憂思仍然揮之不去。如果巴扎羅夫知道他現在的心思，肯定會譏笑他！就連阿爾卡季也會責備他。他，一個四十四歲的農業改良者，一家之主，居然莫名地流淚：這比拉大提琴要壞上一百倍。尼古拉繼續踱著，正在猶豫進不進家門，回不回那個寧靜溫馨的小家，它每扇燈光明亮的窗戶都在殷勤地凝視著他；他依然無法走出黑暗，走出這花園，還有這迎面而來的清涼的夜風……幾多哀愁。

在小路的拐彎處，他碰到了巴維爾。

「你怎麼了？」巴維爾問，「臉色蒼白得像個幽靈一樣，不舒服嗎？怎麼還不睡？」

尼古拉簡單對他講了講自己的心境，便離開了。

巴維爾走到花園的盡頭，抬頭望著夜空，也陷入沉思。可他那雙漂亮的黑眼眸裡只空洞地閃著星光。他並不是天生的浪漫主義者，相反帶點法國的厭世主義，他的內心冷漠、孤傲，並不善於幻想……

「你知道嗎？」那天晚上巴扎羅夫對阿爾卡季說：「你父親說他今天收到了一個闊親戚的邀請，他不想去。我倒有個想法，不如咱們去；那位先生還請了你，我們正好坐車走走，逛逛城裡。有個五六天就夠了！現在的天氣也正好合適。」

「你還回來嗎？」

「不，我要去父親那兒。你知道，那兒離我們玩的地方只有三十里。我很久沒見到父母了，應該寬慰寬慰老人家。他們都是好人，尤其是父親，他很幽默。他們只有我一個孩子。」

「在家待很久嗎？」

「我想不會。時間長了會很枯燥的。」

「回來時再到我家吧！」

「不一定……再說吧。哦，怎樣？去吧。」

「好吧。」阿爾卡季漫不經心地答道。實際上他對朋友的提議很高興，可又覺得應該把這種感覺藏起來。他可是個虛無主義者啊！

第二天他們就出發了。瑪麗伊諾的年輕人都感到很失落；杜尼亞莎甚至還哭了……可老人們卻大鬆了一口氣。

chapter 12

專制官僚

他們要去的那座城市是一個年輕的省長管轄的地方，他是個思想激進的專制官僚，這樣的人在俄國處處可見。他上任不到一年，就和本省的首席貴族——一個退伍的近衛軍騎兵上尉，養馬場主，一個熱情好客的人鬧僵了，而且還和自己的屬下爭吵。後來甚至彼得堡的部裡也覺得必須派個人下來調查一下。

當局選派了馬特維·伊里奇·科利亞津，基爾薩諾夫兩兄弟從前在彼得堡時，他父親曾受託照應過這哥倆。

馬特維還算是「年輕有爲之人」，也就是說，他剛過四十歲，不過已想做大政治家了，胸前每一邊各掛一顆星，實際上，其中的一顆是拙劣的外國貨。

和那個被調查的省長一樣，他也算是進步人士，雖然他已是個大人物了，卻和大多數達官顯貴有所不同。

他自視甚高，虛榮心很大，可從表面看去卻舉止樸實，總用讚許的目光打量人，用寬容的姿態聽人講話，而且笑起來那麼和藹可親，讓初見面的人都會認爲他是個「很好的小夥子」。可是每當在重要場合，他也像俗話說的那樣，自吹自擂。

「精力是必需的，」他那時常說：「**l'énergie est la première qualité d'un homme d'état**。」（法語：精力是政治家的首要素質。）；可儘管這樣，他還總是被人愚弄，略有閱歷的官員就能把他玩弄於股掌之上，馬特維滿懷敬意地提起吉佐[16]，他力圖向所有人證明他不是個墨守成規的落後官僚，而且他很在意社會生活中的每一個重要現象……這類話他說得滾瓜爛熟。

甚至他還關注現代文學發展，只不過帶著一種隨意的傲慢，就好像一個成年人在街上碰到一群小孩，有時也會加入其中一樣。實際上，馬特維和亞歷山大時代的政客也沒什麼兩樣，那些人在出席斯韋欽娜[17]（當時她住在彼得堡）的晚會之前，先念熟一頁孔季利亞克[18]的書。不過和他們的手段不同，馬特維更現代。他是個八面玲瓏的朝臣，很狡猾，除此之外，別無所長；他對事務既不在行，又沒有才智，可他能把自己

16.吉佐（一七八七—一八七四），法國歷史學家。
17.斯韋欽娜（一七八二—一八五九），俄國斯韋欽將軍的夫人，作家。
18.孔季利亞克（一七一五—一七八〇），法國啟蒙哲學家，天主教神父。

的事辦得很順利，在這一點上無人能及，而這才是最主要的。

馬特維帶著開明的高官顯貴所特有的和善接待阿爾卡季，更準確地講，帶了點兒開玩笑的態度。不過當他知道被邀請的兩位表兄沒來時，有些驚訝。

「你爸爸向來很怪，」他說著，一邊搖著他那華貴的天鵝絨睡衣上的流蘇，忽然又轉向一個把文官制服扣得嚴整的年輕下屬，關心地大聲說：「什麼？」

那個年輕人已經沉默好久了，雙唇都黏在一起了，他只是欠了欠身，迷茫地望著長官。馬特維把他的下屬戲弄了一番後，就不再理會他了。

我們的高官都喜歡叫下屬難堪，用各種方法。下面這種方法是他們經常用的，照英國人的說法是「**is quite a favourite**」（英語：最喜歡用的。）：一位高官忽然連最簡單的話也不懂了，故作耳聾。比如，他會問：「今天禮拜幾？」

下屬畢恭畢敬地回稟：「今天星期五，大……大……大人。」

「啊？什麼？你剛才說什麼？」高官神情專注地又問。

「今天是星期五，大……大……大人。」

「什麼？星期五是什麼？什麼星期五？」

「星期五，大……大……大人，就是一周中的一天。」

「哼，怎麼，用你來教我嗎？」

馬特維雖然自詡爲自由主義者，可他畢竟是位高官。

「我的朋友，我建議你去見一下省長，」他對阿爾卡季說：「你知道，我要你去並非因爲該尊重當權者，我並沒這種舊思想，只是因爲省長是個正派人；並且你大概也願意認識一下這裡的社交界吧……我想，你不會是隻熊吧？後天，他會舉辦一個盛大舞會。」

「您也參加嗎？」阿爾卡季問。

「那是爲我辦的，」馬特維幾乎同情地問道：「會跳舞嗎？」

「會，可跳得不好。」

「那真可惜！這兒有漂亮女人，而且一個年輕人不會跳舞是很丟人的。我這麼說並不是有舊觀念；我並不是說一個人的才華必須體現在腳上，不過拜倫主義[19]也有些可笑，**il a fait son temps**。（法語：他已過時了。）」

「但是，舅舅，我不是因爲拜倫主義才……」

「我會把你介紹給這裡的太太小姐的，我會把你藏在自己的羽翼下，」馬特維打斷話頭說道，他自得地笑了起來，「你會覺得溫暖，嗯？」

19. 拜倫跛腳，不善跳舞，這裡是玩笑。

聽差進來報告說省稅務局局長到了。這是一個目光和煦、嘴邊堆滿皺紋的老人，他熱愛大自然，尤其是夏日的大自然，照他的話說，這時「每隻忙碌的小蜜蜂從每朵花蕊裡收取一點小小的賄賂」。阿爾卡季便告辭了。

回到小旅館見到巴扎羅夫，他千方百計說服朋友答應和他一塊去見省長。

「只能這樣了！」巴扎羅夫最後道：「既來之則安之，我們就是想來見識見識這裡的地主老爺，去就去。」

省長謙遜地接待了這兩位年輕人，只是沒讓他們落座，自己也站著。他總是忙碌的。一大早就穿上了又瘦又緊的文官制服，領結繫得很緊，總是一副沒工夫吃飽喝足的樣子，一直在吩咐個不停。省裡都叫他「布林達盧」，這個綽號不是來自那個著名的法國傳教士[20]，而是來自「布林達[21]」這個詞。他邀請這兩位年輕人參加舞會，幾分鐘後，他又邀請了一遍，他以為他們是兄弟倆，就一起稱作凱薩羅夫了。

從省長那裡出來，在路上，一輛出租的敞篷車從身邊經過，忽然一個穿著斯拉夫派[22]喜愛穿的仿匈牙利驃騎兵制服式樣上衣的矮個男子，從車上跳下來叫著：「葉甫蓋

20. 布林達盧（一六三二—一七〇四），法國耶穌會傳道士，他的傳道演講在十九世紀初被翻譯成俄文。
21. 一種渾濁無味的飲料。
22. 斯拉夫派是十九世紀中葉俄國社會思潮中的一個流派，是俄國貴族資產階級的代表，在政治上屬非主流派。

尼・瓦西里耶維奇！」，便直奔巴扎羅夫。

「啊，是您，西特尼科夫先生，」巴扎羅夫邊說邊往前走，「您怎麼來這裡了？」

「說來也巧。」他答道，向馬車那邊揮了幾下手，喊道：「跟上，跟著我們！」

他跨過一條小溝，對巴扎羅夫接著說：「我父親在這裡有點生意，他要我來……我今天聽說您來了，已經去過您那兒了……（果然，當這兩個朋友回到旅館後，看到一張折了角的名片，一面是法文，另一面是斯拉夫花體字，署名西特尼科夫）但願您不是打省長那兒出來！」

「我們正是從那兒回來的。」

「哦！那麼我也得去一下……葉甫蓋尼，請把我介紹給您的這位……互相認識一下……」

「西特尼科夫，基爾薩諾夫。」巴扎羅夫含糊地邊說邊朝前走。

「很榮幸，」西特尼科夫先說道，側著身走著，滿臉堆笑，連忙把自己那雙精緻的手套取了下來。「久聞您的大名……我是葉甫蓋尼的老朋友了，也可以說是他的學生。多虧了他，我才獲得新生……」

阿爾卡季看著巴扎羅夫的這位學生。那張小而可愛的臉刮得乾乾淨淨，露出一種惶恐不安而又愚鈍的表情；他那雙小眼睛好像給壓得凹了進去，總是全神貫注而且不安地望著別人，連笑聲也很緊張——短促，硬梆梆的。

「您信不信，」他繼續說：「當葉甫蓋尼首次在我面前說起不該承認權威時，我真是欣喜異常……好像盲人重見光明一樣！我想我終於找對人了！順便說說，葉甫蓋尼，您一定得去見一位女士，她很瞭解您，您去拜訪她，她肯定會引以爲榮的，我想，您聽說過她吧？」

「誰？」巴扎羅夫問得很勉強。

「庫克申娜，葉夫多克西婭·庫克申娜。她很了不起，真正稱得上是沒有偏見的**emancipée**（法語：解放的女性。），一個先進女性。您知道我在想什麼嗎？我們現在一起上她那兒吧。她的住處離這裡只有兩步路。就我們在她那兒吃早點。我想你們還沒吃早飯吧？」

「沒有。」

「那太好了。您知道嗎，她和丈夫分居了，不靠任何人。」

「漂亮嗎？」巴扎羅夫插了一句。

「嗯……不，談不上。」

「那我們去幹嘛？」

「嗯，您真幽默……她會請我們喝香檳的。」

「原來如此！看得出您很實際。哦，你父親還在幹包稅的事嗎？」

「是的，」西特尼科夫馬上答道，尖聲笑了起來，「怎麼樣？去嗎？」

「我真不知該不該去。」

「你是來觀察人的，還是去吧。」阿爾卡季小聲勸說。

「您看呢，基爾薩諾夫先生？」西特尼科夫又說：「一塊去吧，少您可不成。」

「我們三個都突然跑到她那兒，不好吧？」

「沒關係，庫克申娜是個很好的人。」

「真有一瓶香檳？」巴扎羅夫問。

「三瓶！」西特尼科夫嚷道：「我可以保證！」

「憑什麼？」

「我的腦袋。」

「還是用你父親的錢包來作保吧。那我們走吧。」

chapter 13 新女性

在一條新近被火燒過的街上（眾所周知，有些城市每隔五年就要用火燒一次），有一間小小的莫斯科式的公館，這就是葉夫多克西婭的住處。門上的名片釘得歪歪斜斜的，上方有個拉鈴的把手。

一個女人在穿堂裡迎客，戴著一頂包髮帽，這樣的打扮讓她看上去既不像女傭也不像陪侍小姐，但至少看得出她的主人有進步思想。西特尼科夫上前問葉夫多克西婭是否在家。

「是 Victor（法語：維克多。這是西特尼科夫的法文名字。）嗎？請進來吧。」一個尖尖的聲音從隔壁房裡傳來。迎客的女人聽到他們的話後便離開了。

「今天不止我一人。」西特尼科夫邊說邊熟練地脫下匈牙利驃騎兵制服款式的外衣，裡面露出一件四不像的短衫，他向巴扎羅夫和阿爾卡季俏皮地眨了眨眼睛。

「都一樣，」隔壁房裡的聲音說：「請進。」

他們進了客廳，他們看到的與其說是客廳，不如說是辦公室。桌子上都積滿了灰塵，上面一片凌亂，廢紙、信件、多半沒裁頁的俄文厚雜誌肆意地躺在那裡。

一個年輕女人斜躺在皮沙發上，花邊頭巾下是鬆散的髮髻，身上的真絲裙壓得皺巴巴的，短短的手腕上戴了一個又大又粗的手鐲。她站起來，並把肩上已舊得發黃的銀鼠皮裡的天鵝絨外套拉正，慵懶地開口道：

「您好，維克多。」說完握了握西特尼科夫的手。

「巴扎羅夫，基爾薩諾夫。」他學巴扎羅夫那樣介紹來客。

「歡迎，」庫克申娜邊說邊盯著巴扎羅夫，在她兩眼之間是隻小翹鼻子，紅紅的。她又補充道：「我知道您。」隨後也握了握他的手。

巴扎羅夫皺了皺眉，他並不是討厭這個外表矮小又不性感的獨身女人，而是看了她臉上的神色感到不舒服。他很想問問：「怎麼啦？是餓了，還是悶了？你的神色不安，在害怕什麼嗎？」

這個女人和西特尼科夫一樣，言行舉止都很隨便，一副丟了魂的樣子，或許她認爲自己是個仁慈純樸的人。但無論她做什麼，或者說什麼，總是不情願，像孩子們說的那樣，都是「假裝的」，都很不自然。

「是的，沒錯，我知道您，巴扎羅夫。」她重複了一遍。她和很多外省的或莫斯科的太太小姐一樣，對於一個剛認識的男性便直呼姓氏。「要不要來支雪茄？」

「只是雪茄嗎？」西特尼科夫坐在扶手椅裡，蹺著二郎腿說：「現在我們都餓了，弄點兒吃的吧，最好叫人給我們開瓶香檳。」

「您就愛享受！」葉夫多克西婭說完一笑，露出了上牙齦。「巴扎羅夫，他就愛享受，對嗎？」

「我喜歡享受生活，」西特尼科夫滿臉嚴肅地說：「可我照舊是個自由主義者。」

「不，會有影響，會有妨礙！」葉夫多克西婭大聲說，但是，她還是吩咐下人去開香檳，安排早餐，「您怎麼看？」她轉向巴扎羅夫，「您肯定同意我的看法，我相信一定是。」

「哦，不，」巴扎羅夫表示反對，「即便從化學角度來看，肉也是比麵包好的。」

「您對化學有研究？我剛好也喜歡。而且我還發明了一種黏膠。」

「黏膠？您？」

「對，是我。知道用來幹什麼嗎？黏玩具娃娃的頭，這樣就不至於那麼容易壞，我是講實用主義的人。但是還是要進一步完善，改進這項發明，我還應當讀利比赫的書，順便問一句，您讀過基斯利亞科夫刊登在《莫斯科新聞》上的關於婦女問題的文章嗎？您該看看，我相信您會對這個問題感興趣的。您對學校感興趣嗎？您朋友做什麼工作？該如何稱呼？」

像天女散花似的，庫克申娜女士一口氣拋下這麼一大串問題，也不管人家能否應付過來，通常被嬌寵的孩子就是這樣問他的保姆的。

「我名叫阿爾卡季．尼古拉耶維奇．基爾薩諾夫，」阿爾卡季自我介紹說：「我沒有工作。」

葉夫多克西婭哈哈大笑起來。

「這倒逍遙！怎麼，您不抽菸？維克多，我正在生您的氣呢！」

「爲什麼？」

「聽說您還在讚賞喬治．桑[23]。她有什麼好的，早落後於時代了，不能將她與愛默生[24]相提並論。她懂什麼？無論是教育學，還是生理學，她都不懂，我相信她完全沒有聽說過胚胎學，可是如今的時代卻不能沒有胚胎說。（說到這兒，她攤了攤雙手。）哎呀！葉尼謝維奇的文章寫得真不錯！他是一個很有才華的先生（她喜歡用「先生」代替「人」這個詞），來，沙發上坐，巴扎羅夫，坐近一點兒！您也許不知道我很怕

23. 喬治．桑（一八〇四—一八六七），法國女作家。
24. 愛默生（一八〇三—一八八二），美國作家和唯心主義哲學家。

您呢！」

「爲什麼，請原諒我的不解？」

「您這個先生批評人是很嚴厲的，讓人害怕！哎呀，上帝，我怎麼像個鄉下地主一樣說話呢？太可笑了。但是，我的確是個地主，親手管理著自己的農莊。想一想我的經紀人葉羅費，您簡直不能想像到他的怪異程度，完全是庫柏[25]筆下的拓荒者脫胎出來的。終於我在這兒定居下來了，這城市讓人無法忍受，是嗎？但是沒有辦法！」

「這個城市與其他城市是一樣的。」巴扎羅夫冷冷地說。

「最可怕的是看待一切事情時沒有遠見。過去我一般在莫斯科過冬……可是現在我丈夫——麥歇（法語「先生的」音譯。）庫克希住在那兒。就說莫斯科，如今……我想該怎麼說——也不像從前了。我打算出國，去年我都做好了一切準備。」

「一定是到巴黎啦？」巴扎羅夫問。

「巴黎和海德堡。」

「爲什麼要去海德堡？」

「哦，朋孫[26]在那裡。」

25. 庫柏（一七八九—一八五一），美國小說家。
26. 朋孫（一八一一—一八九九），德國化學家。曾在海德堡大學當過教授。

這回巴扎羅夫沒什麼好說了。

「皮埃爾・薩波日尼科夫……您知道嗎？」

「不，不知道。」

「很遺憾，皮埃爾也經常去利季婭・霍斯塔托娃家做客。」

「我也不瞭解這個人。」

「就是他，準備陪我出國。真感謝上帝，沒有兒女我才這麼自由自在的……哎呀，我說什麼呢？不過，也沒關係了。」

葉夫多克西婭用她那熏得焦黃的指頭捲了一支菸，在紙角蘸了唾沫，先吸著試了試，才把它點燃。正好女傭捧著托盤進來了，上面盛著早點和香檳。

「早餐來了。維克多，要吃點嗎？把瓶塞打開，那總是您的差事。」

「是的，我的差事。」西特尼科夫連忙回答，並怪聲怪氣地笑著。

「這裡有漂亮女人嗎？」酒喝到第三杯的時候，巴扎羅夫問。

「當然。」葉夫多克西婭回答，「不過她們的頭腦都很簡單。比如我的密友奧金佐娃，長得倒不錯，可惜名聲不好……但這不重要，重要的是她沒開闊的胸襟，您別想能和她談談什麼自由思想和觀點，諸如剛才的學說就更談不上了。我們婦女所受的教育真是糟透了，真該好好地改革我們的教育體制，我想了很多這方面的事情。」

「那些人，您簡直沒辦法，」西特尼科夫在一旁附和道：「那樣的人就該受到鄙視。她們沒人能理解我們所談論的事，更沒人值得我們這些嚴肅認真的男人提起！因此我鄙視她們，完全徹底！（西特尼科夫最喜歡這樣可以鄙視某人又能明確表示鄙視的場合，尤其是對女性。可他沒想到幾個月後他就拜倒在妻子的裙下了，就因為妻子娘家姓杜爾多列奧索夫公爵的姓。）」

「不過，她們並不用理解我們的談話。」巴扎羅夫說。

「您是說誰？」葉夫多克西婭問。

「漂亮女人。」

「什麼？您同意普魯東[27]的意見？」

「誰的意見我都不同意，我有自己的觀點。」巴扎羅夫挺起胸，傲慢地說。

「打倒權威！」西特尼科夫這一喊幾乎用盡了全力，他當然不會放過在自己的偶像面前展示的機會。

「但麥考萊[28]，他……」庫克申娜還是不甘心。

27. 普魯東（一八〇九—一八六五），法國小資產階級經濟學家和社會學家，無政府主義的創始人之一，反對婦女解放。
28. 麥考萊（一八〇〇—一八五九），英國歷史學家。

「打倒麥考萊！」西特尼科夫的吶喊驚天動地，「您維護那樣的女人？」

「才不是。我是在捍衛女權，我曾發誓爲此獻身。」

「打倒……」西特尼科夫剛說了兩個字就停住了。「我並不否定女權。」他說。

「不！我早就看出你是個斯拉夫派了。」

「不，才不是呢，當然……儘管……」

「不，不！您就是斯拉夫派，總想用鞭子，謹遵《家訓》[29]的訓條。」

「鞭子倒是個好東西，」巴扎羅夫說：「不過，我們如今已是最後一滴了……」

「什麼？」葉夫多克西婭忙問。

「香檳酒，親愛的葉夫多克西婭，是最後一滴香檳酒，可不是你的血。」

「很抱歉，別人抨擊婦女的時候，我無法保持冷靜，」葉夫多克西婭繼續說：「真是太可怕了，太可怕了！與其攻擊婦女，還不如看看米希勒[30]的《愛情篇》，那真是本好書。先生們，我們來談談愛情吧。」她懶散地把手搭到壓皺的沙發小墊子上。

一時間大家沉默了。

「不，討論什麼愛情啊？」巴扎羅夫說：「您剛才說的那位太太……奧金佐娃……

29.《家訓》是十六世紀俄國的一本書，教人怎樣治家，男人怎樣嚴厲對待妻子等等。

30.米希勒（一七九八—一八七四），法國歷史學家，著有《愛情篇》。

是這麼稱呼的吧?她是誰?」

「絕代佳人!絕代佳人!」西特尼科夫的破嗓子又喊了起來,「我告訴您,她是個富有的寡婦,人很聰明,可思想不太進步,她真得向我們的葉夫多克西婭多學習學習。來,爲您的健康,叮!乾一杯!……叮……叮……」

「維克多,您真調皮。」

早餐持續了很久,香檳一瓶瓶地喝,甚至第三瓶、第四瓶……葉夫多克西婭喝得臉蛋通紅,一直嘮叨個不停,大談人出世時是不是一樣的,個性到底表現在哪裡,結婚究竟是偏見還是罪過。折騰到後來,還唱起了歌,她邊用光溜溜的指頭敲擊走調的鋼琴鍵,邊沙啞地唱起茨岡人的民歌。

西特尼科夫一直和她一唱一和,當葉夫多克西婭唱到塞莫爾·希夫[31]的抒情曲《睡眼惺忪的格拉納達又睡了》裡的「你和我的嘴唇,湊成一個熱烈的吻」時,他還把一條圍巾包在腦袋上假扮情人,做出如癡如醉的姿態。巴扎羅夫卻只是偶爾插幾句嘲諷的話,自顧喝著香檳,並不受打擾。

阿爾卡季卻忍無可忍,終於大聲喝道:「各位!這可不是倫敦的精神病院!」

31. 塞莫爾·希夫,歐洲作曲家,鋼琴家,十九世紀中期多次到俄國舉辦演奏會。

此時，巴扎羅夫打了個哈欠，站起來就和阿爾卡季走出大門，根本沒向女主人告別。西特尼科夫見狀，也急忙跳了出去，跟在他們後面。

「怎樣？不錯吧？」他巴結地問道，在他們身邊轉來轉去，「我早就說過她是位好太太！有種崇高的情操，假如這個社會多幾個這樣的女人就好了。」

「那你父親開鋪子不是更有情操了？」巴扎羅夫指著剛才經過的一爿酒店說。

西特尼科夫的尖笑聲又來了。他常爲自己低微的出身感到慚愧，如今聽了巴扎羅夫這句話，不知是榮幸還是委屈。

chapter 14 社交名媛

省長府邸的舞會在幾天後舉行。舞會的中心人物是馬特維，這位大忙人甚至在舞會上也不斷地指手畫腳，發號施令。

省長也大駕光臨，但他對所有來賓表示，他是出於對「舞會主角」的尊敬才應邀前來。舞會很熱鬧，眾多的男賓形成兩大類，文官被擠到牆邊，武官們則起勁兒跳舞。有一位武官，在巴黎待了六周多，會用標準的巴黎腔說些下流的感嘆詞，比如「Zut」，「Ah fichtrrre」，「Pst, pst, mon bibi」（法語：「討厭」，「真見鬼」，「噓，噓，我的寶貝」。），但也會把「如果我有」說成「Sij' aurais」，把「毫無疑問」當作「肯定」——總之，如果法國人聽見他滿口的俄式法語，如果不是笑笑並恭維說他們講的像天使一樣動聽：「Comme des anges」（法語：講得十二分地好。），他們定會笑破肚皮的。

馬特維在宴會上的表現和他的身分很相配，他態度隨和，對所有人都表示歡迎，他拍著阿爾卡季的背，大聲叫他「親愛的外甥」；他對身著舊禮服的巴扎羅夫隨意表示歡迎，帶著寬容的目光掃過他的臉，含糊的話裡只聽清兩個「我」和「很」字；他只用一個指頭來跟西特尼科夫握手並且微微一笑，但他笑的時候已掉頭旁顧；他甚至還用法語對庫克申娜說了聲「**enchanté**」（法語：很榮幸。），儘管她戴著髒手套，沒穿舞會上正規的服裝，而是穿著圓形硬襯裙，頭飾是鳥的羽毛。

當然，他也善於應變，對某些人說話時隱含一絲厭惡，對另一些人則明顯增一份尊敬，而在太太小姐們面前，他則**en vrai chevalier francais**（法語：像真正的法國騎士那樣。），他還發出爽朗、響亮而孤傲的笑，只有達官貴人才能三項合一，一舉一動都顯示著他的高貴。

阿爾卡季和巴扎羅夫坐在角落裡，他們一個是舞跳得不好，一個是根本不會跳。西特尼科夫也和他們在一塊，臉帶嘲笑，鄙視地看著這一切，嘴裡不停地批判，話語尖酸又刻薄。

正說到興頭上，突然表情發生了變化，他羞怯地回頭對阿爾卡季說：「奧金佐娃來了。」

阿爾卡季回頭，向大門口看去，一下就被那裡站著的一個女人吸引住了——他從未見過這樣雍容端莊的美人。那位女人身材修長，穿著一襲黑色無袖衫裙，裸露的雙臂垂在身體兩側，秀髮上裝飾的是倒掛的幾支金鐘花，一直墜到削肩上。白淨的、稍微前突的額下是一雙明亮而聰慧的雙眸。她雙目凝視，是安詳而非沉思地凝視，嘴角上有一絲隱約的微笑。一種安靜而從容的氣質從她臉部透出來。

「您認識她？」阿爾卡季問西特尼科夫。

「我們很熟。要我給你們介紹嗎？」

「好，等這場卡德里爾舞結束吧。」

奧金佐娃同樣吸引了巴扎羅夫的目光。

「那是誰？」他問，「看起來很與眾不同。」

卡德里爾舞一結束，西特尼科夫就帶著阿爾卡季去見奧金佐娃，可他在這位「熟人」面前卻說不出話來。奧金佐娃吃驚地看著西特尼科夫，但一聽到阿爾卡季的姓氏，立刻顯出高興的神色，詢問他的父親是不是尼古拉．彼得羅維奇。

「正是家父。」

「我見過他老人家，也多次聽人談起他，」她說：「很高興認識您。」

一個副官這時走過來邀請她跳一曲卡德里爾舞，她答應了。

「您也跳舞嗎？」阿爾卡季禮貌地問。

「是啊，爲什麼不呢？是不是您覺得我年紀太大了？」

「哦，怎麼會呢……您跳舞就最好了，請允許我邀您跳一組瑪祖卡舞，好嗎？」

奧金佐娃溫柔地笑了，說：「當然可以。」同時看了阿爾卡季一眼，眼神裡並無傲慢，反倒像已出閣的姐姐看她的小弟弟。

其實奧金佐娃也才二十八歲，比阿爾卡季大不了多少，不過阿爾卡季卻覺得他們差很多，他在她面前就像個幼稚的學生。這時馬特維來了，擺著一副驕傲的神色，卻又說了幾句殷勤的話。

阿爾卡季退到了一邊，目光卻沒離開過她，哪怕是她去跳卡德里爾舞時也緊緊追隨，她從容的舉動都在阿爾卡季眼裡。他看著她邊跳邊和舞伴談話，頭和目光都微微抬起，偶爾露出微笑，就像和一個官員談話一樣從容自如。她衣服的每一個皺褶，貼在她身上都恰到好處，更能襯托出女性的美。阿爾卡季從來沒見過這樣婀娜多姿的女子，儘管她的鼻子長得幾乎和所有俄羅斯人的一樣有點肥大，膚色也算不上潔白。

瑪祖卡舞曲響起來了，阿爾卡季挨著奧金佐娃坐下，他很想和她盡情地聊聊，卻又壓不住心裡的擔憂，只好不斷用手撥弄頭髮，閉著嘴說不出話來。但不一會，他就被奧金佐娃從容的神色感染了，他開始從容地談起他在彼得堡的日子和鄉間的生活，還有家裡的父親和伯父。奧金佐娃客氣而關切地聽他說話，時不時將手裡的摺扇展開又合攏。

阿爾卡季說得滔滔不絕，但被前來邀請奧金佐娃跳舞的男士們打斷了幾次，光是西特尼科夫一人就邀請了她兩次。她每次跳完都回到座位，她重新拿起摺扇，胸部只是輕微地起伏，而阿爾卡季又開始繼續敘說。

能這樣幸運地和她坐在一起說話，這樣近距離地看著她美麗的前額和嫵媚、端莊、帶著智慧的臉龐，他感到幸福極了。從她簡短的話裡流露出她不凡的生活見解。阿爾卡季從她的話中得出結論：這是位見過世面、有獨特思想的太太。

「您在西特尼科夫先生介紹給我之前，和你站在一起的是誰？」她問。

「您看到他了嗎？」阿爾卡季反問道：「他是我的朋友，姓巴扎羅夫。長得一表人才！」

阿爾卡季開始盡情地談起他的朋友。奧金佐娃看他說得那麼起勁，不禁轉頭朝巴扎羅夫仔細地打量了一番。

瑪祖卡舞就快要結束了，阿爾卡季真希望時間過得慢點，在這一個小時裡，他有點兒捨不得離開她，因爲和她度過了這樣美妙的一段時間！當然，他始終感到她這是對他遷就，他原該感激她那份寬容……但年輕的他並不會因此而難受。

舞曲結束了。

「Merci（法語：謝謝。），」奧金佐娃說完站了起來，「既然您願意到我那裡做客，不妨把您的朋友也帶上，我想見識一下一個什麼都不相信的人。」

省長走到奧金佐娃面前，告訴她說晚宴就要開始，說罷便煞有介事地伸出膀子讓她挽住。她走了幾步，又回頭向阿爾卡季一笑並點頭作別。

阿爾卡季對她深深一躬，盯著她的背影（那是多麼迷人的身材啊！）暗自想道：「她此時已經把我拋在腦後了。」不由得萌生了一種自卑。

阿爾卡季剛回到待過的角落裡，巴扎羅夫便問他：「怎麼樣，感覺還好吧？剛才有位先生向我提起這位太太，說她『怎麼怎麼』！我看他倒像個傻瓜。你呢，你覺得她真的是『怎麼怎麼』嗎？」

「我不懂這是什麼意思。奧金佐娃長得很美麗，可有些矜持，有些冷淡……」

「靜止的水裡[32]……你知道！」巴扎羅夫打斷他說：「她那麼冷淡，不是更有韻味嗎？你不是最喜歡吃霜淇淋嗎？」

「也許吧，我也不確定。」阿爾卡季說：「她倒想認識你，還讓我帶你去見她。」

「我可以想像得出，你在她面前是怎麼介紹我的？不過，做得好，我會跟你去見

32. 俄國有句諺語：「靜止的水裡有鬼。」意為：表面正經，心裡不好。

她，管她是外省名媛，還是像庫克申娜說的那樣的『解放的女性』，反正我也想看看久違的美人肩了。」

阿爾卡季對巴扎羅夫粗魯的話感到不快，但事實往往這樣，通常你責怪朋友的地方，並不代表你不喜歡他這樣……

「難道你不喜歡有獨立思想的女性嗎？」他壓低了聲音。

「兄弟，你想想看，那些愛思想的女人總是不漂亮的。」

阿爾卡季沒再作聲。

晚宴結束後，兩個朋友就走了。庫克申娜望著他們離去的背影又氣又恨——這兩人竟然沒一個注意她，她無奈地乾笑了兩聲。

她久久不願離場，直到深夜四點舞會結束時，她還在和西特尼科夫跳法國風格的波蘭瑪祖卡舞。省長家的舞會就在這樣的奇異的表演中結束了。

chapter
15
安娜的經歷

兩個朋友第二天便去旅館拜訪了奧金佐娃。

「我倒要見識一下她是哪類哺乳動物？」巴扎羅夫對阿爾卡季說：「嗅覺提示我事情不妙。」他們邊上樓梯邊說了起來。

「真沒想到你會說這樣的話，」阿爾卡季說：「巴扎羅夫，你怎麼會有這種世俗的道德觀……」

「真是個外行！」巴扎羅夫打斷他，淡淡地說：「你沒聽說過『不妙』就是『妙不可言』的意思嗎？今天你說她嫁給一個有錢的老頭很奇怪，而我卻覺得她妙極了，她肯定是個有遠見的女人。我不愛聽信別人的閒話，那位遠見卓識的省長說得對，這是合情合理的婚姻。」

阿爾卡季沒說話，開始敲門，一個穿制服的年輕僕人帶他們進了旅館的房間。這是一個大套間，裡面的陳設和別的俄羅斯旅館一樣老舊和單調，幸好這裡還擺了很多鮮花。不一會兒，奧金佐娃出來了，她穿著件普通的晨衣，在陽光的襯托下顯得更青春動人。

她像昨天一樣，靜靜地聽著阿爾卡季向她介紹巴扎羅夫，而巴扎羅夫卻看起來有些緊張，阿爾卡季很少看到他這樣，不禁暗自詫異。

其實巴扎羅夫也發現了這一點，並暗罵自己：「怎麼怕起女人來了？真窩囊！」他重重地坐在椅子上，那樣子簡直像西特尼科夫，隨後無視奧金佐娃銳利的目光，故作輕鬆地談起話來。

安娜的父親，就是當年在彼得堡和莫斯科都很有名的美男子謝爾蓋·尼古拉耶維奇·洛克捷夫。這個人好賭，專做投機倒把的事，十五年後錢財耗盡，只好帶著兩個女兒移居鄉下（他妻子在他得意的時候就死在了彼得堡，她是X公爵家族的人，不過她出生時家族已敗落）。

不久，謝爾蓋就去世了，兩個可憐的孤女只憑父親留下的少得可憐的家產艱難度日。

二十歲的大姐安娜開始當家，她既要照顧十二歲的妹妹卡捷琳娜，保證她能按部就班地接受教育，又要解決種種農事、家事和蟄居鄉下所要解決的生活問題，而她在彼得堡受過的高等教育在這些現實問題中並不起作用。

他父親生前在鄉下從不與他人交往，他和那些方圓百十里內的人都各持己見，誰也瞧不起誰，因此安娜在關鍵時刻也沒人可以依靠，儘管這樣，她還是很鎮定，很快就請來了姨媽阿芙多西婭．斯捷潘諾芙娜．X公爵小姐。

她姨媽可是個強悍又高傲的女人，一來到外甥女家，就占了最好的房間。她怪癖很多，哪怕到花園散步也要帶上唯一的農奴，同時還要另一個僕人陪伴，而這個僕人又是那麼可笑——頭戴一頂三角帽，身穿天藍色鑲邊號衣，永遠是沮喪的表情。姨媽一天到晚都嘮叨個不停，挑三揀四，所有這些，安娜都忍受了……

冬去春來，眼看安娜就要在這荒僻的鄉村度過一生了，但等待她的是另一種命中註定的生活，一次偶然的機會，一個四十六歲的大富翁奧金佐夫看上了她，並向她求婚。

這個胖子很有錢，舉止裝扮都酸溜溜的。他患有憂鬱症，不過人倒很和氣，也不算笨。安娜答應了他的求婚。兩人結婚才六年，奧金佐夫就過世了，安娜繼承了他的全部財產。

接下來的一年裡，安娜就一直住在鄉村，哪兒也不去。她也曾帶妹妹去德國，但因寂寞又回到了她喜歡的尼寇里村，在已故奧金佐夫的宅院裡住了下來，這個宅院漂亮整潔，有個帶暖房的花園，可見奧金佐夫生前在居住方面挺捨得花費。

尼寇里村距離城市四十俄里，一般情況下，沒有要事，安娜是不會上城裡去的，即使去，也只待幾天。城裡人向來對她頗有微詞，什麼閒言碎語都有，說她以前幫父親在賭場作弊，她與奧金佐夫結婚並不是那麼簡單，她出國是迫於無奈，目的是掩蓋不幸的後果……

「您還不知道嗎？」一個喜歡到處散播謠言的人說：「她啊，是經歷了水火的人。」另一個胡說八道的人又添了一句：「甚至連風霜也嘗盡了。」安娜對這些流言蜚語並不在意，她知道城裡的人不喜歡她，何況她性格開朗，有獨立的人格。

剛開始，巴扎羅夫很不自然，這讓奧金佐娃感到很不高興，就像聞到一股怪味或是聽到刺耳的聲音，但很快，她看出這並非真相，只是他太緊張了，這讓她反而暗中得意起來。她靠著軟椅背，雙手疊放在腿上，認真地聽巴扎羅夫說話。

這個女人向來鄙視庸俗，而巴扎羅夫也沒讓她失望，和她滔滔不絕地討論起醫學、同種療法和植物學。這讓阿爾卡季驚呆了，他既沒有像往常一樣，別人問一句答一句，也沒有對這樣一位聰明才女大談自己的觀點。巴扎羅夫不停地說著，顯然是要吸引奧金佐娃的注意，但她臉上一直是關切的神情，一雙美麗的眼睛始終在仔細地看著對方，並無激動。

「從她的臉上看不出什麼來，不知巴扎羅夫的目的達到沒有。」阿爾卡季不禁暗中猜測。

談話很愉快，大家無所不談。奧金佐娃原本是想「見識一個對什麼都不相信的人」，這時也說著一口道地的俄語，跟巴扎羅夫聊起了科學，她讀過很多優秀著作，在鄉下全靠它們打發時間。

她曾試著把話題轉到音樂，但發現他否定藝術，就又放棄，繼續和他聊植物學。不過，這倒激起了阿爾卡季的興趣，他很想和他們談談民間音樂，便再次躍躍欲試，但奧金佐娃偏不配合，在她眼中，他就像個小弟弟，只是善良和單純而已。

三個小時過去了，兩個朋友起身作別。安娜伸出纖手，帶著迷人的微笑親切地看他們一眼，略帶猶豫地說：「兩位若不嫌棄的話，請到尼寇里村做客吧。」

「謝謝，安娜，」阿爾卡季愉快地說：「那真是我的榮幸……」

「您意下如何，巴扎羅夫先生？」

巴扎羅夫彎腰示謝，起身時臉居然紅了，這又令阿爾卡季吃驚不已。

「嘿，你還像以前那樣認為她『怎麼怎麼』嗎？」兩個朋友走在馬路上，阿爾卡季問巴扎羅夫。

「很難說，你沒看她冷冰冰的樣子嗎？」過了一會兒，他又補充說：「像她這樣一個大公爵的美少婦，若穿上一條曳地長裙，再給她一頂皇冠，她就是女王了。」

「我們這裡的公爵小姐可說不了那麼流利的俄語。」阿爾卡季嘆了一聲。

「兄弟，她吃的可是我們的麵包，是改造過的。」

「不管怎樣，她很討人喜歡。」

「不錯，那麼好的身材用來當解剖標本是最好不過的。」

「太不像話了，葉甫蓋尼！看在上帝的面上，別說了。」

「哦，別生氣，你這孩子！我是說她的身材是一流的。我們一定要去她家。」

「什麼時候去呢？」

「越快越好。反正我們在這裡也沒有事，總不能光和庫克申娜喝香檳，或者聽你那當大官的親戚──自由主義者唱高調……我們後天就去，那裡正好離我父親的小田莊不遠，在我回家的半路上。」

「那好。」

「好極了，只有傻瓜或者聰明人才會猶豫。啊，她那身材真是標緻極了！」

三天後，他倆租了輛馬車往尼寇里村出發了。

馬兒吃得飽飽的，在和煦的陽光下歡快地甩著牠們編成辮子的尾巴，邁著整齊的步子。阿爾卡季看著大路，獨自偷笑。

「祝賀我吧，」巴扎羅夫突然說：「今天是我守護天使的日子——六月二十日，我倒想看看天使是怎麼關心我的。家人肯定在等我回去，」他說著壓低了嗓門，「不過，讓他們再等兩天好了，也沒什麼要緊的！」

chapter 16 情愫萌生

兩座亞歷山大時期風格的建築物坐落在一片開闊的山坡上，它們綠瓦黃牆，支撐著白色的廊柱，一座是教堂，一座是安娜莊園裡的宅第，兩座建築相依而建，非常和諧。

教堂門前廊柱成排，繪著義大利風格的壁畫《耶穌復活》，有個長得肥碩的黑武士畫得圓鼓鼓的，活靈活現，戴著帽盔伏在前面。教堂後是兩排農舍，有的房子還帶著煙囪。莊園主的宅第大門上則綴著族徽，窗子上方都用三角形圖案裝飾，一條兩邊都栽著修剪齊整的樅樹的林蔭道從住宅前直通向正門，同時將古典式的花園和濃密的樹林隔開兩邊。

這裡的前任主人奧金佐夫不喜歡花哨的裝飾，當年省裡的建築師就按照他的實用原則設計了這兩幢房子，得到了他的讚許。

兩個穿制服的高個子僕人在前廳迎接客人，其中一位看到客人來了，便立刻跑去告知管家。

很快，身著黑禮服的胖管家出來了，兩個朋友跟著他，走上鋪著地毯的樓梯，來到二樓一個早已收拾好的客房裡，這裡有兩張鋪好的床和所有必需的洗漱用品。和樓下一樣，樓上所有的東西都很乾淨整潔，有條不紊，房子裡有一股皇家大臣會客廳特有的香味。

「安娜小姐希望在半小時後與兩位見面。」管家說，「請問，現在有什麼需要吩咐的嗎？」

「沒什麼了，」巴扎羅夫回答，「但如果允許的話，請爲我上一杯伏特加。」

「是，先生。」管家帶著詫異的腔調答道，然後踩著皮靴咯吱咯吱地退了出去。

「真氣派！」巴扎羅夫不禁評價起來，「你們是這樣說的吧？一句話，標準的公爵貴婦！」

「我們這兩個大貴族，很榮幸和公爵夫人第一次見面就被邀請了。」阿爾卡季順著他的話說。

「特別是我——一個軍醫的兒子，或者說未來的醫生，你或許還不知道吧，我爺爺是個教堂執事，我就和斯佩蘭斯基[33]一樣，是教堂執事的孫子……」他停了一下，抿了抿嘴巴，又說：「無論如何，她也是位養尊處優的闊太太！我們是否要換上一套禮服？」

阿爾卡季聳了聳肩膀沒說話……其實，他也是誠惶誠恐。

半小時後，兩個朋友準時來到樓下的客廳。這個客廳寬敞又豪華，卻不高雅。牆壁上糊著金花棕底壁紙，傢俱是奧金佐夫生前託他一個酒商朋友從莫斯科訂購回來的，都是上等木材製作的，但主人卻按過時的擺法把這些笨重的傢伙並排靠在了牆邊。沙發背後的那面牆上掛著一個男人的肖像，他皮肉鬆弛，髮色淡黃，瞪著他們，神色看起來並不友好。

「應該就是他了，」巴扎羅夫悄聲對阿爾卡季說：「我看我們還是走吧！」接著他又皺起鼻梁補充道。

女主人這時進來了。她穿著一件薄紗衣，秀髮披肩，垂在身後，臉上是純潔而有朝氣的少女風韻。

「感謝兩位如約而至，」她說：「這裡其實很不錯的。我會把我的妹妹介紹給你們

33. 斯佩蘭斯基（一七七二—一八三九），是俄國亞歷山大一世時的政治家。

認識，她的鋼琴彈得很好。當然了，巴扎羅夫先生，我知道您對這些沒興趣，不過我看基爾薩諾夫倒是喜歡音樂的人。除了我妹妹，還有一個老姨媽，偶爾會有一個鄰居來打牌，你看，我們的圈子就這麼小。現在請坐，我們談談。」

奧金佐娃這番開場白說得清晰流暢，像是事先準備好的一樣，接著，她和阿爾卡季聊了起來。原來，她的母親和阿爾卡季的母親還曾經是很親密的關係，阿爾卡季父母二人戀愛時，她母親就是阿爾卡季母親的閨蜜。

阿爾卡季熱情地談著他的亡母，巴扎羅夫則拿著一本畫冊，在旁邊靜靜地翻閱。

「我也變得文雅了。」他暗暗想道。

一條漂亮的獵狗跑了進來，四隻爪子不停地抓著地板。隨後進來一位拎著滿籃鮮花的少女，大約十八九歲，生著一張黧黑可愛的小圓臉，一雙不大的黑眼睛，頭髮烏黑亮麗。

「這就是我妹妹卡捷琳娜。」奧金佐娃抬起頭對兩人說道。

卡捷琳娜屈膝行禮，然後坐到姐姐身邊動手揀花。那條名叫菲菲的漂亮獵狗繫著天藍色的項圈，搖著尾巴走到客人面前，冷鼻子依次在他們手上嗅。

「這都是你自己採的嗎？」奧金佐娃問她妹妹。

「是的。」

「姨媽來喝茶嗎？」

「很快就來。」

卡捷琳娜說話時面帶微笑，又有幾分靦腆。她說完低下頭，卻又抬起眼皮看看大家，俏皮中帶著點嚴肅。她是那麼年輕，她的聲音和急促的呼吸，她臉上的茸毛和羞紅的臉蛋，她粉嫩的小手和潤白的掌心，還有略微消瘦的雙肩……無不顯示著青春氣息。

「葉甫蓋尼，放下那些畫冊吧，我知道您只是出於禮貌而不是興趣。您還是過來一些，我們來交流一點兒看法吧。」奧金佐娃扭頭對巴扎羅夫說。

「您覺得該說些什麼好呢？」巴扎羅夫向她挪近。

「您想說什麼就說什麼。不過您要有心理準備，我可是個愛爭論的人。」

「哦，是嗎？」

「對。怎麼？你感到很奇怪嗎？」

「我看您是一位沉穩鎮靜的人，不像有爭論的激情。」

「您這麼快就瞭解我了，不過，您問卡捷琳娜就知道了，我沒耐性，而且很固執，另外，我很容易執著於某件事。」

「或許吧，只有自己最瞭解自己。」巴扎羅夫看了她一眼說道：「既然你愛爭論，我們說說這畫冊吧。我剛才看了所有瑞士薩克遜群山的畫片，您說我不感興趣，也未必。如果是從藝術角度上看，它對我沒有任何現實價值，不過若從地理角度來看，像地貌的形成，我倒是覺得很有意思。」

「對不起，我覺得一個地理工作者，看專著要比看畫冊重要得多。」

「可對我而言，形象鮮明的一張畫片遠比十幾頁的長篇大論更生動。」

奧金佐娃沉思了一會兒。「難道您真的壓根兒不考慮它的藝術價值嗎？」她把雙肘撐到桌上，臉靠近巴扎羅夫問道。

「能否請教您，您覺得它到底有什麼用？」

「至少能幫助瞭解人、研究人。」

巴扎羅夫笑了笑。「如果只是這樣，有生活經驗就夠了。如果是研究個體，那就用不著費勁，因爲每個人都有大腦和脾臟，心、肺結構也完全一樣。至於外表也沒多少差別，不同的氣質並不能說明具體的東西。每個人都像森林裡的一棵樹，只要知道其中一個的構造，就能知道所有的人，您見哪位植物學家會一棵棵地研究白樺樹？」

卡捷琳娜一直在分理鮮花，此時抬眼疑惑地看著巴扎羅夫，但遇到他的目光，臉刷地紅了。

安娜搖了搖頭。「森林中的一棵樹，」她重複說道：「那您認爲人就不用分成聰明和愚蠢，善良和邪惡了？」

「不，這是精神上的區別，就像我們需要斷定一個人的身體是否健康一樣。一個人的肺在患病前和普通人的一樣，但生病後結構就變了，幸好我們能醫治身體上大多數的病，但精神上的病卻是因教養不好和各種充斥頭腦的譫妄造成的，總之，源於不良的社會，當社會被改造好的時候，病根就徹底消除了。」

巴扎羅夫眼睛看著牆角，一邊用手指慢慢地摸著鬍子一邊說道，那樣子似乎是說：「信不信由你，反正我是這麼想的！」

「您是說，假如社會改造好了，就沒有壞人和笨蛋了？」安娜問。

「在合理的社會中人人是平等的，無論聰明、愚蠢，友善、敵視。」

「是啊，我知道，每個人的脾臟都一樣。」

「不錯，夫人。」

奧金佐娃又問阿爾卡季：「阿爾卡季，您怎麼看？」

「我和葉甫蓋尼看法相同。」他說。

卡捷琳娜抬眼望了他一下。

「先生們，你們的觀點真讓我震驚。」奧金佐娃說道，「不過，今天就到這裡吧，我聽見姨媽來了，喝茶的時間到了，對她的聽力不要見怪。」

走進來一個瘦小的女人。安娜的姨媽原來是這樣的：滿臉皺紋，披著假髮，一雙兇狠的眼睛木然地掛在臉上。

這個X公爵小姐對兩位客人稍稍欠身算是行禮，隨後就坐進只有她才能佔有的天鵝絨大靠椅。卡捷琳娜給她拿了張小凳子墊腳，她不道謝，甚至連看都沒看卡捷琳娜一眼，只是手在黃披巾底下微微動了動。她虛弱的身體幾乎都在黃披巾下了。老公爵小姐的包髮帽帶子也是鵝黃色的，黃色看來是她鍾愛的顏色。

「姨媽，您休息得好吧？」奧金佐娃大聲問道。

菲菲剛遲疑地向老小姐走了兩步，就被她看到了。

「這條狗怎麼又在這兒？」老小姐嗔怪了一句，馬上嚷道：「去！去！」

卡捷琳娜打開門，叫著菲菲。

菲菲本以爲又要散步了，歡快地跑到門外，可當牠被孤零零地關在門外時，就用爪子抓門，一邊吠叫著。

老公爵小姐皺起了眉頭，卡捷琳娜正要開門，這時奧金佐娃說話了：「茶該準備好了，姨媽，去用茶吧，請，先生們！」

老公爵小姐吃力地從椅子裡站起來，然後帶頭走出客廳，大家緊跟其後來到餐室。一個穿制服的小僕人拉開神聖的扶手椅，老公爵小姐便坐在軟墊上。

卡捷琳娜給大家倒茶，她從一個刻有族徽的茶杯倒起，並捧給了姨媽。老太太往茶杯裡拌了些蜂蜜（她認為把糖放在茶裡是罪過也是浪費，雖然從不用她掏錢買糖），突然嘶啞著聲音問道：「伊凡公爵在信裡怎麼說的？」

沒人回答。巴扎羅夫和阿爾卡季都很明白，她們根本不把她當回事，只是表面上對她恭敬。

「不過是仗著公爵的名號。」巴扎羅夫暗想。

外面下起了零星小雨，安娜茶後散步的計畫只好取消，一行人又回到客廳，除了老公爵小姐。這時，那位喜歡玩牌，名叫波爾菲里．普拉托內奇的鄰居來了。他胖胖的，頭髮花白，一雙矮腿像是在刨床上刨出來的；他很有禮貌，聊天時常說些逗人的話。

安娜問巴扎羅夫是否願意一起玩老式的普列費蘭斯紙牌遊戲（所有人中只有她對他說的話最多），巴扎羅夫同意了，他說：「我以後是縣裡的醫生，也該事先多學點本領。」

「那你要留神我和波爾菲里，否則您會輸得很慘。」安娜提醒他，接著對妹妹說：「卡捷琳娜，你去彈首曲子給阿爾卡季聽吧，他喜歡音樂，我們也順便聽聽。」

卡捷琳娜不太情願地走去彈鋼琴。阿爾卡季跟在她後面，也一副不太情願的樣子，儘管音樂是他的愛好，但此時好像成了奧金佐娃故意支開他的理由。不過在他心中，一股朦朧的情感開始激蕩，像是在期待著什麼。這種感覺正是愛情的嫩芽，是所有在他這個年齡的人都會有的體驗。

卡捷琳娜打開琴蓋，低著頭小聲地問客人：「您想聽什麼曲子呢？」

「您隨便彈什麼都好。」阿爾卡季淡淡地說。

「您喜歡哪類音樂？」她仍低著頭問。

「古典的。」阿爾卡季也還是淡淡的語氣。

「那您喜歡莫札特嗎？」

「喜歡。」

卡捷琳娜拿出莫札特C小調奏鳴曲樂譜，翻到幻想曲一章，她兩眼直視，很認真地彈奏著，樂曲彈得很流暢，不過有些枯燥和嚴肅，但和她彈琴的樣子又很協調。她一直規矩地彈著，在樂曲尾聲的時候，一小綹卷髮突然垂到烏黑的眉毛上，她臉騰地紅了。

本來是無限歡娛迷人的曲調，可結尾卻突然跟上來一種讓人心碎的哀傷……這讓阿爾卡季感到驚訝。不過這是莫札特樂曲的悲情遐想，與卡捷琳娜無關。他看著卡捷琳娜，暗想道：「她彈得不錯，人長得也好看。」

一曲彈完了，卡捷琳娜雙手仍放在琴鍵上問道：「還想聽什麼？」

阿爾卡季不想再麻煩她，便婉言謝絕，他試著和她聊莫札特，可不管他說什麼，像問她是自己選的這首曲子還是別人的推薦，卡捷琳娜都只說是或不是，臉色也變得近乎固執。

阿爾卡季感到她在防備，她縮進自己的殼裡，不會很快出來。其實她並不是害羞，只是懾於姐姐教育的威嚴，對什麼都不信任——這種情況她姐姐卻沒有想到。阿爾卡季爲了緩和僵硬的氣氛，便把菲菲喚過來，笑著撫弄牠的腦袋。卡捷琳娜又繼續整理她的鮮花。

那邊打牌的三人中，安娜打得最好，波爾菲里剛剛保本，而巴扎羅夫總是拿不到什麼分，輸贏自見。巴扎羅夫雖然輸得不多，可心裡總有些不悅。晚餐時，安娜又聊起了植物學。

「我們明早去散步吧，」她對巴扎羅夫說，「我想向您請教一些植物的拉丁名和特性。」

「有必要知道拉丁名嗎？」巴扎羅夫問。

「一切都該有條理。」她說。

兩個朋友回到他們的客房。

「安娜真是個了不起的女人！」阿爾卡季忍不住稱讚起來。

「是啊，」巴扎羅夫也說，「這麼有主見的女人，想必見識不少。」

「你說的是什麼意思，葉甫蓋尼？」

「我說的可都是好話，阿爾卡季，我的少爺！我想，她的田莊在她的管理下定是井井有條。不過，最最出色的應該是她妹妹。」

「什麼？你是說那個皮膚有些黑的姑娘嗎？」

「是的，就是她，她純真而稚嫩，文靜又靦腆，一切都是那樣美，你可以按照你的想法去塑造。她才值得去關注，而另一個卻是飽經滄桑了。」

阿爾卡季沒有說話。兩人躺下後都沒有睡，各自想著心事。

當晚，安娜也滿懷心事，一直在想她的客人。她欣賞巴扎羅夫的率性自然，明辨是非，對他身上那種新的、從未接觸過的東西感到很好奇。

安娜與一般女人不同，她永遠都清楚地知道自己在做什麼。面對任何事物，她都能看得很清楚，既不會有偏見，也不會執著於某種觀念，因此她絕不會臨陣退縮，更不會隨波逐流。

她有一顆很好奇的心，想瞭解世上的一切，但沒有什麼能滿足她的求知欲，而她也不強求，既不會因欲望平息而將其擱淺，也不會被攪得波濤洶湧，她永遠心如止水，偶爾會有細波，好似她悠閒的生活一樣。

她每天從容地過著日子，難得會心潮激動，甚至有時還很無聊，要不是她有些財產，又這樣獨立自由，也許她會決定成為一個戰士，如今已在戰場上感受著戰鬥的激情了。其實她的生活中也不是沒有絢麗的彩虹，不過都是曇花一現，隨後她又重新享受眼下的悠閒，並不會對其念念不忘。

她喜歡想像，儘管有時想得超越了道德範圍，但她體內的血液並不會因此而加速流動。有時，當她剛出浴，裹好溫香酥軟的身體時，又突然想到這樣渺小的生命竟包藏了那麼多的苦澀和醜惡，不由渴望起美好的生活來，心中充滿了追求的力量。可是，當一陣寒風吹得她打寒戰時，她的勇氣也顫抖著消散了，只剩下懊惱和抱怨，心裡只求這該死的過堂風不要吹到她。

過去，她由於某些利害關係嫁給了奧金佐夫，無奈地忍受著與他共處的生活。漸漸地，她有了排斥男人的心理，就像厭惡骯髒的東西一樣，他們邋遢、懶惰、笨拙、萎靡不振。幸好前夫還不算壞，否則她真的不會嫁給他。

可厭惡歸厭惡，對於愛情，她還有著朦朧的憧憬，正如那些從未體驗過愛情的女人一樣。她並不清楚自己期望得到什麼，也許一切都想要吧，但實際上她也沒什麼需要的。她至今還記得在國外遇到的那個年輕的瑞典人，他寬寬的額頭，眼裡的藍光真誠而熱烈，像一個騎士，可她還是回到了俄羅斯。

她喜歡富貴生活，這一點像她的父親，卻又比他有分寸。她很愛父親，儘管他遊手好閒，但很和善，他是那麼寵愛她，那麼信賴她，把她當成朋友，和她有說有笑，有事總和她商量。相反，她對母親卻沒多少印象。

此刻，她就枕著鑲花邊的枕頭，蓋著柔軟的綢被，舒適地躺在床上想著巴扎羅夫的獨特。

「這是個少見的醫生！」她自言自語，說罷伸了個懶腰，微微一笑，在潔淨而芬芳的被子裡，看幾頁庸俗的法國小說，她漸漸睡著了，手裡的小說也滑落到地上。

第二天吃完早餐，安娜就和巴扎羅夫一起採集植物標本去了，直到中午才回來。

阿爾卡季一直待在家裡，有一小時是和卡捷琳娜在一塊，她這次主動彈了一次昨天的奏鳴曲。本來阿爾卡季和她一起時心情也很平靜，但一看到奧金佐娃拖著疲乏的步子穿過花園回來，巴扎羅夫跟在後面，他的心就突然一緊。

巴扎羅夫還是一副平時的隨便模樣，不過，今天他自信的臉上多出的那份高興和親切，卻讓阿爾卡季很不舒服。

巴扎羅夫淡淡地說了一句「你好」，就回房裡去了。

奧金佐娃回來時，手指拈著一根野花的小莖，臉紅撲撲的，眼睛比平時更亮，圓草帽的灰色寬帽帶鬆落到了胸前，薄薄的短披肩也滑落到手肘上。她隨意地握了握阿爾卡季的手，也從他的身邊走了過去。

「你好……」阿爾卡季心想，「難道這是我們今天第一次見面嗎？」

chapter 17

貴婦派頭

時間有時飛逝而過，像鳥一樣，有時又像蛆蟲一樣慢慢爬行，這是世人皆知的。但是如果有人察覺不到時間的快慢的話，那他真是幸福。

阿爾卡季和巴扎羅夫在奧金佐娃家裡度過的十五天就是如此。這部分原因是因爲奧金佐娃在家裡和生活上定下了一套嚴格的規則。她本人嚴格遵守，也強迫別人遵守這規定。

一天之中，一切的事情都要在一定的時間進行。上午八點整，所有的人集合起來喝茶；從喝完茶到吃早餐這段時間，誰想幹什麼就幹什麼，女主人則與總管（田產是採用收取地租的方式經營的）、男女管家商量工作。午飯前大家又分開活動，或閒談，或讀書看報；晚上散步、打牌、欣賞音樂；十點半，安娜便回自己的房間，發出命令安排第二天的工作，然後上床睡覺。

巴扎羅夫不喜歡把每天的時間做這樣有規律的安排，顯得有點機械。他總覺得這是讓人「沿著軌道滾動」。那些身穿僕人服裝的僕人、講究禮節的管家傷害了他的民族感情。他認為，既然一切都這樣，還不如像英國人那樣，吃飯的時候務必穿燕尾服，打上白領帶。

他有一次和安娜當面提過這個問題。她的態度是那麼平和，讓每個人在她面前都敢於發表自己的意見。她聽完他的話以後解釋道：

「依您看，您說出的意見是正確的，或許，我的貴婦派頭太足了，不過，在鄉下生活不能不講規矩，否則您會感到寂寞無聊的。」於是她還是照舊。

巴扎羅夫雖表示不滿，但是，他和阿爾卡季卻因此在奧金佐娃這裡生活得很輕鬆，而奧金佐娃家裡的一切「都像在沿著軌道滾動」。

所有這一切讓這兩位年輕人從他們來到尼寇里的頭幾天起，身上就發生了巨大的變化。安娜顯然對巴扎羅夫有了好感，雖然他們的觀點很少相同，而巴扎羅夫也開始出現與以往不同的驚慌狀態：他易怒，不願說話，見人就生氣，而且老是坐立不安，好像有個東西在推動他似的；而阿爾卡季呢，則自以為他已經愛上了奧金佐娃，開始慢慢地憂鬱起來。

不過，這種憂鬱並沒妨礙他與卡捷琳娜接近，甚至反而促使他與卡捷琳娜建立了親切的朋友關係。「她看不起我！讓她看不起吧！……可是這兒卻有一個好人並不討厭我。」他這麼想著，他的心又嘗到了寬容感情的甜蜜滋味。

卡捷琳娜隱約感到他在與她的交往中，是在尋找某種安慰，可是她並不阻止他或者她自己去享受那種羞澀又輕信的友誼帶來的純真的歡樂。安娜在場的時候，他們並不交談：在姐姐銳利的目光注視之下，卡捷琳娜總是隱藏自己；而阿爾卡季則像所有熱戀中的人一樣，在自己的戀愛對象身邊無法注意別的事情。可是他與卡捷琳娜獨處的時候，則感到心情很愉快。

他覺得他不能引起奧金佐娃的注意。當他與奧金佐娃單獨相處時他就感到羞怯，手足失措。她也不知道該對他說什麼好：對她來說，他太年輕了。恰恰相反，阿爾卡季同卡捷琳娜在一起卻感到很自然，就像在家裡一樣。

他對卡捷琳娜很遷就，並不妨礙她說出音樂、小說、詩歌和其他一些雞毛蒜皮瑣事在她心裡所激起的印象和感想，他自己可能沒有意識到，這些雞毛蒜皮的瑣事，也正是讓他感興趣的。從他自己來說，卡捷琳娜也不妨礙他發愁。

阿爾卡季同卡捷琳娜在一起感到心情舒暢，奧金佐娃同巴扎羅夫在一起也有同感。因此經常是這樣的：四個人在一起散步，沒多久便分成了兩對，各走一方，分散走開了。

卡捷琳娜酷愛大自然，阿爾卡季也愛好大自然，雖然他並不承認這一點；奧金佐娃對大自然是很冷漠的，幾乎與巴扎羅夫一樣。

我們的朋友幾乎總是分開走，結果就成了這樣：他們的關係開始發生變化了。巴扎羅夫不再和阿爾卡季談論奧金佐娃，甚至不再指責她的「貴族派頭」了。誠然他還是誇獎卡捷琳娜，不過規勸阿爾卡季適當地抑制她的傷感成分，但他的讚揚常常是匆忙說出，一語帶過，總而言之，他與阿爾卡季的談話比過去少多了……他好像在回避阿爾卡季，好像有愧於他……

所有這些，阿爾卡季都看在眼裡，但他卻總是把他的觀察隱藏在自己的內心深處，從不說出來。發生這些「新現象」的真正原因，是奧金佐娃在巴扎羅夫心上喚起了一種感情。這種感情讓他感到痛苦，感到憤怒。若有人哪怕是隱約地暗示他，他的心上已經可能產生了這種感情的話，他肯定會立刻否認，而且還會帶著輕蔑的神情，要麼大笑，要麼破口大罵。

巴扎羅夫對女性的美是很喜歡的。但他的這種愛是理想主義的，或者說，是浪漫主義的，他認爲這種愛是亂七八糟的東西，是不可饒恕的糊塗思想。在他看來，騎士的感情是一種好似畸形和疾病的東西，所以他總是表示自己的驚訝：爲什麼不把托更堡[34]和所有的騎士抒情詩人以及遊吟抒情詩人都送進黃色屋子中關起來呢？

「你喜歡一個女人，你就想辦法去弄明白究竟能不能在一起，」他常這麼說道：「如果不行，好，那就別去追求了，轉身走開就是，天底下大得很，不會走投無路的。」

他喜歡奧金佐娃：包括散播出來的她的謠言、她思想的自由和獨立，她對他一貫的好感——似乎，一切都對他有利。但是他很快就明白了，他對她「無法弄明白」，可是要轉身，他自己都很驚訝，他無法做到。只要一想起她來，他全身的血液就要沸騰。

讓他的血液平復下來倒也不難，但又有東西鑽進他的心裡，而這個東西他是從不容忍的，對這個東西他總要譏諷的，而且會傷害他的自豪感。在與安娜談話的時候，他更多地表露出對浪漫主義的冷漠與蔑視；但一旦他獨處的時候，他就憤怒地意識到他自己心中也有這種浪漫主義。

這時他向樹林裡走去，在那裡快步走來走去，把碰到的樹枝踩得稀爛，並且低聲

34. 庫勒的長詩《騎士托更堡》中的主角，死於所愛的女人的窗下。

罵她和他自己；或者爬到柴草棚裡的乾草堆上，執拗地閉上兩眼，強迫自己睡覺，當然，他總不成功。他會突然看到那雙貞潔的手在某個時候緊緊抱住他的脖子，那兩片高傲的嘴唇吻著他，那雙聰明的眼睛纏綿地——是的，纏綿地盯著他的兩眼，於是他的腦袋開始發暈，他就忘記了自己，直到憤怒又一次升起。

他又發現自己的腦中出現了各種各樣的「可恥」的想法，好像有一個魔鬼在戲弄他。他有時認爲奧金佐娃身上也在發生巨大的變化，她的面部表情有了某種特殊的東西，也許……但此時他通常是不停地跺腳，或者咬牙切齒地攥緊拳頭威脅自己。

然而此時巴扎羅夫並沒弄錯。奧金佐娃的芳心被他打動了，他佔據了她的心，引起了她的興趣，她時常想他。他不在的時候，她不感到寂寞，不會等他，但他一旦出現，她就馬上活躍起來。她喜歡同他面對面地待在一起，樂意同他交談，即使他怒氣沖沖，或者傷害她的情趣，批評她的高雅習慣，她也不怪罪他。她好似在考驗他，也在瞭解自己。

有一天，他們在花園裡散步的時候，巴扎羅夫突然低沉地說他想回去見他父親……她面色頓時蒼白，好像有個東西刺痛了她的心，而且這一刺痛讓她感到大爲驚訝，後來她還思考了好久，這到底意味著什麼。

巴扎羅夫告訴她要離開，並不是想考驗她，看看會有什麼結果；因爲他是從不

「撒謊」的。那天早晨，他見到了父親的總管，過去照看他的季莫菲依奇。

這個歷經風霜、動作靈敏的小老頭，黃頭髮已經變了色，一張紅臉飽經滄桑，一雙瞇起來的眼睛裡有幾顆小小的淚珠。他突然出現在巴扎羅夫面前，身穿一件粗呢做的短外衣，顏色深藍，繫一根破皮帶在腰上，腳上穿的是焦油味十足的靴子。

「啊，老人家，你好呀！」巴扎羅夫驚叫道。

「您好，葉甫蓋尼少爺。」小老頭說完就高興地笑了，此刻，皺紋把整張臉都蓋住了。

「你怎麼來了？是家裡派你來找我的嗎？」

「怎麼會，少爺，哪能呢？」季莫菲依奇緊張地說著（他想起了臨走時老爺的囑咐），「我是進城給老爺辦事，聽說您在這裡，就順便來，也就是——來看看您……不然，怎麼放心呢？」

「好啦，別裝啦！」巴扎羅夫打斷小老頭的話，「這哪是進城的路？」

季莫菲依奇站在原地猶豫了一下，什麼也沒說。

「父親身體好嗎？」

「上帝保佑，很好，少爺！」

「母親呢？」

「阿麗娜也好，謝謝主！」

「都在等我回去吧？」

小老頭把腦袋一偏。「哎呀，葉甫蓋尼，怎麼能不等呢？看在上帝的分上，看著他們，真叫人心痛啊！」

「嗯，好啦，好啦！別說了。回去告訴他們我很快就回去。」

「是，少爺。」季莫菲依奇嘆了一口氣答道。

小老頭走出房門，把帽子深深地罩在頭上，一直戴到了耳朵邊，然後爬上一輛破舊的賽跑用的敞篷馬車（這是他停在大門口的），慢慢地走了，不過並不是向進城的方向走去的。

當晚，奧金佐娃和巴扎羅夫都在自己房裡，阿爾卡季則在大廳來回踱步，聽卡捷琳娜的演奏。公爵夫人到樓上自己的房間去了，她討厭客人，特別是她稱爲「新無賴」的這兩個人。在客廳、飯廳那些正房裡，她只是嘟噥著嘴巴，然而到了自己房裡，在她的女僕面前，她就破口大罵，罵得她頭上戴著的帽子都蹦跳起來。所有這些，奧金佐娃都看在眼裡。

「您打算走嗎？」她說道：「您答應過的事怎麼兌現呢？」

巴扎羅夫身子抖了一下。「答應過什麼？」

「您不記得啦？您曾經說過教我化學的。」

「我有什麼辦法呢，夫人！父親在等我，我不能再耽擱下去了。不過，您可以自己看書。貝魯茲與弗列米合著的《化學概論》是一本好書，通俗易懂，那裡有您想瞭解的一切。」

「您還記得吧，您曾經對我說，一本書不能代替……我忘了您的原話了，但是您知道，我想說……您還記得嗎？」

「我有什麼辦法呢，夫人！」巴扎羅夫又重說了一遍。

「非要走嗎？」奧金佐娃降低聲音說道。

他看了她一眼。她仰起頭，靠在扶手椅的椅背上，她的兩隻裸露的手交叉在胸前。在孤零零的一盞紙燈罩著的暗淡的燈光下，她的臉色蒼白。一件寬大的白色連衣裙用柔軟的褶紋遮住了她的全身，只是交叉著的兩隻腳隱約露出一點腳尖來。

「可爲什麼要留下來呢？」巴扎羅夫說。

奧金佐娃輕輕動了一下頭。「怎麼？難道您在我這裡不快樂嗎？難道您覺得您走以後沒有人想念您嗎？」

「或許吧。」

奧金佐娃沉默了一會兒。

「您大可不必這麼想。不過，我不信您的話。您說這話不是認真的。」巴扎羅夫繼續一動不動地坐著。

「葉甫蓋尼，您怎麼不說話？」

「我說什麼呢？普通人都是不值得想念的，我就更不值了。」

「爲什麼？」

「我是個很實際又沒情趣的人，連話也不會說。」

「您這是在讓人說恭維話嗎，葉甫蓋尼？」

「那不符合我的習慣。難道您不知道，您那麼看重的生活的美好方向，和我完全沒有關係嗎？」

奧金佐娃咬著她的手絹的一角。「您怎麼想都行，不過，您走了，我會感到寂寞的。」

「阿爾卡季還在。」巴扎羅夫說道。

奧金佐娃輕輕聳了聳肩膀。「我會感到寂寞的。」她重複了一遍。

「是嗎？不過您不會寂寞很久。」

「您怎麼這麼說呢？」

「因爲您自己說過，只有您的秩序遭到破壞時，您才會感到寂寞。您把生活安排得那麼有規律，叫人無可挑剔，那裡既沒有給寂寞留下空間，也沒有給煩惱留下位置……不會讓任何鬱悶的情感滲入的。」

「您覺得我就沒有錯過嗎……也就是說我的生活安排得很正確嗎？」

「那還用說！比方說，再過一會就是十點了，那時您就會趕我走了。」

「不，我不趕您走，葉甫蓋尼，你可以多留一會兒。請你把窗戶打開……我覺得很悶。」

巴扎羅夫站起來，推了一下窗戶。那窗戶馬上就「砰」的一下打開了……他沒想到那窗戶那麼容易打開，而且他的兩手在不停地顫動。柔和的黑夜和它那幾乎是漆黑的天空，以及輕輕搖曳的樹木和清涼、潔淨、自由的新鮮空氣的香味，馬上鑽到屋子裡來了。

「把窗簾放下來，再坐一會兒，」奧金佐娃說道：「我想在你走前同你聊一聊，請你說說你自己，你從來不談自己。」

「我想和你說些有用的東西，安娜。」

「你太謙虛了……但是，我真的希望多瞭解一點你，你的家庭，你父親的情況，你正是爲這些要走的。」

「這些事沒什麼意思，」他大聲說道：「特別是對你來說，我們只是普通老百姓……」

「依你看，我是貴族？」

巴扎羅夫抬起頭來，兩眼直望著奧金佐娃。「是的。」他故作激烈地說道。

她淡然一笑。「我看你對我並不瞭解，雖然你總是讓人相信所有的人彼此都是很相似的，不值得去對他們進行研究。將來我會找時間和你談談我的生活……不過，你還是先講講你吧。」

「我並不瞭解你，」巴扎羅夫重複奧金佐娃的話，「也許你是對的；也許誰都像是一個猜不透的謎。拿你來說吧：你回避交際，覺得與人交往是一種負擔，可是卻把兩個大學生請到自己家裡來。憑你的智慧，憑你的美麗，你爲什麼非要住在鄉下呢？」

「什麼？你怎麼說？」奧金佐娃趕緊接住話頭，「憑我的……美麗嗎？」

巴扎羅夫皺起了眉頭。「這沒什麼不同，」他嘟囔地說：「我想說的是，我不明白爲什麼你要住在鄉下？」

「你不明白……但是你可以按自己的想法來解釋。」

「或許……我覺得你經常待在一個地方不動，是因爲你寵壞了自己，因爲你很愛舒適，愛方便，而對別的東西都很冷漠。」

奧金佐娃又是淡然一笑。「你不相信我也會動情嗎？」

巴扎羅夫皺起眉頭望了她一眼。「那或許是好奇吧，但是，爲別的事動情是不會的。」

「真的嗎？好啦，現在我知道我們爲什麼能談得來了，因爲你和我是一樣的人。」

「我們談得來……」巴扎羅夫低聲地說道。

「是的……不過我忘了你是要走的。」

巴扎羅夫站起身來。燈光在這間幽暗、芳香、孤寂的房間中間朦朧地亮著，透過間或搖動的窗簾，吹進來一陣陣沁人心脾的、清涼的夜風，帶來了黑夜神秘的悄悄私語。

奧金佐娃坐在那裡一動不動，但是內心的激動卻悄悄地控制了她……這種激動的心情也傳給了巴扎羅夫，他突然意識到在自己身邊的是一位年輕漂亮的女人……

「你去哪裡？」她緩慢地說道。

他並不回答，卻坐在椅子上。

「這麼說，你覺得我是一個平靜、溫柔、被寵壞了的女人了？」她繼續用同樣的聲音說道，兩眼直盯著窗戶。「我認爲我自己很不幸，只有我自己知道。」

「您不幸福？爲什麼？難道您對那些流言蜚語很在乎？」

奧金佐娃皺起了眉頭，她感到生氣的是他竟然這樣想。

「那些閒話，我一點兒也不在乎，葉甫蓋尼。我不會讓這些來打擾我，我的不幸是因爲……我對生活沒有希望，也缺乏熱情……你這樣不信任地望著我，您覺得，這是一位穿著花邊衣服、坐在天鵝絨扶手椅上的『女貴族』在說話。我不否認，我喜歡您所說的舒適，同時我又對生活沒有希望。你知道怎樣調和這一矛盾，但是在你看來這都是浪漫主義。」

巴扎羅夫搖了搖頭。「你身體健康，思想獨立，家財富有，你還缺什麼呢？你還要什麼呢？」

「我要什麼？」奧金佐娃重複一遍後，又嘆了口氣。「我累了，我也老了，我覺得我活得夠久了。是的，我老了。」她補充說了一聲，悄悄地將紗巾的一端蓋住她裸露的兩手。

她的目光和巴扎羅夫的目光碰在一起，於是她的臉紅了起來。

「我的回憶很多：彼得堡的生活，財富，後來是貧困，父親的死，出嫁，隨後是出國旅行……可以回憶的事很多，但值得回憶的事卻沒有，所以擺在我面前的是一條漫長的道路，可沒有目標……我真想停下來，不走了。」

「你真的這麼悲觀嗎？」

「不，」奧金佐娃一字一頓地說道：「但是，我覺得缺少什麼。如果能有什麼激發我的強烈興趣……」

「你要愛情，」巴扎羅夫打斷她的話，「可你又無法去愛，這就是你覺得不幸福的原因。」

奧金佐娃仔細看著她的短大衣袖子。「難道我不能愛嗎？」她說道。

「很難說！不過我認爲那是悲哀。恰恰相反，碰到這種事的人，才真是可憐呢。」

「碰到什麼事？」

「戀愛嘛。」

「你怎麼知道的？」

「聽說的。」巴扎羅夫有些生氣地回答。

「你賣弄風騷，」他心裡想，「你閒著沒事，覺得無聊便來挑逗我，我可……」實際上，他的心也快要碎了。

「不過，你抱的希望太大了。」他全身向前傾去，同時擺弄扶手椅的穗子說道。

「或許吧。在我看來，寧爲玉碎不爲瓦全，一命換一命，我的你拿去，你的交出來，那時就沒有遺憾，不能回頭，否則不如不要。」

「哦？」巴扎羅夫說道：「這個條件倒也公平，我感到驚訝的是，你現在還……還沒有找到您想要的東西。」

「你以爲把自己完全交給某種東西那麼容易嗎？」

「如果你開始這樣想，等待起來，給自己定了價，也就是珍惜自己，那完全交出自己確實不容易；如果不假思索就把自己交出去，那倒是輕而易舉的。」

「怎麼能不珍惜自己呢？如果我一點價值也沒有，那我的忠誠還有什麼用呢？」

「那與我無關。我值多少，那是別人去定的事情，最重要的是可以付出自己。」

奧金佐娃把背離開椅背。「聽你這麼說，」她說道：「好像這些你都親自經歷過似的。」

「我就是隨便說說，安娜，你知道，那不是我熟悉的事。」

「但是你可以付出自己嗎？」

「不知道，我不想自詡。」

奧金佐娃沉默了，於是巴扎羅夫也不說話。鋼琴的演奏聲從客廳裡傳進了他們的耳中。

「卡捷琳娜怎麼還在彈琴？」奧金佐娃說道。

巴扎羅夫站起身來。「對，確實已經很晚了，你也該睡覺了。」

「你等等，你要到哪兒去呢……我要和你說一句話。」

「什麼話？」

「你等會兒。」奧金佐娃悄聲說道。

她的目光停在巴扎羅夫身上，好像她在仔細觀察他似的。他在房裡來回踱著，然後突然走近她，緊緊地握了一下她的手，握得她差點痛得叫出聲來，匆忙說一聲「再見」，就走了出去。她把被捏痛了的手指送到嘴邊，對著吹了吹氣，然後突然從扶手椅上站起身來，迅速地走去，急忙走到房門口，好像要把巴扎羅夫拉回來似的……一個使女端著一個銀盤，托著一個玻璃瓶從外面走進來。奧金佐娃停了下來，吩咐她出去，然後坐下來，又開始沉思。她的一條辮子散放開來，像一條黑蛇似的，落到她的肩膀上。

安娜房裡的燈光亮了好久，她默默地那樣呆了很久，只是偶爾用自己的手指摸摸自己的臂膀，夜晚寒氣逼人，她感到刺骨的冷。

兩個小時以後，巴扎羅夫回到房中，露水打濕了他的靴子，他蓬頭散髮，面色憂鬱。

他見阿爾卡季正坐在寫字檯前，雙手捧著一本書，上衣的扣子一直扣到脖子那裡。

「還沒睡嗎？」他口氣中帶著懊惱。

「今晚你與安娜坐了很久。」阿爾卡季答非所問地說道。

「是的，當你和卡捷琳娜彈鋼琴的時候，我一直和她在一起。」

「我沒彈……」阿爾卡季本想說下去，卻沉默下來了。他覺得有淚要湧出來了，在他這個好譏諷人的朋友面前，他不願意哭出聲來。

chapter 18

表白

奧金佐娃第二天出來喝茶的時候，巴扎羅夫低頭對著茶碗坐了好久，他突然抬起頭來，看著她……她扭過頭來對著他，好像他推了她一下似的，他馬上感到，她的面容在一夜之間變得蒼白了一點。

她急忙回到自己的房裡，直到吃早飯時才出來。

從早晨起，天氣就變得多雨了，因此沒法出去散步。所有人都彙集在客廳裡。阿爾卡季掏出一份最新的雜誌開始閱讀。公爵夫人像往常一樣，先是臉上露出驚訝的神情，好像他做出了什麼不體面的事情，然後兇狠地瞪了他一眼，但他對她視而不見。

「葉甫蓋尼，」安娜說道：「到我房裡去吧……我想問問你……你昨天提到的一本參考書……」

她站起身來，向門口走去。公爵夫人看了看四周，那神態似乎說：「看吧，看吧，我有多吃驚呀！」隨後她又把眼睛盯住阿爾卡季，但阿爾卡季卻提高了聲音，而且還和身邊的卡捷琳娜交換了一下眼色，繼續閱讀。

奧金佐娃急匆匆走到了自己的書房前。巴扎羅夫緊跟其後，頭沒抬，只聽到她那絲綢衣服輕輕地從他面前的地面拖過發出的窸窸窣窣的響聲。奧金佐娃還是坐在昨晚坐過的那張扶手椅上，巴扎羅夫也同樣沒有換位子。

「那本書叫什麼？」安靜了一會兒後，她問道。

「貝魯茲與弗列米合著的《化學概論》，」巴扎羅夫答道：「不過也可以介紹你讀加諾的《物理初級實驗》，那本書的插圖比較清晰，通常來說，那是本教科書……」

奧金佐娃把手伸了過去。「葉甫蓋尼，原諒我！我叫你來，不是討論教科書。我想繼續昨天的談話。你突然走了……你不會厭煩吧？」

「就依你吧，安娜。但是，我們昨天談的什麼？」

奧金佐娃瞥了他一眼。「我們好像是談幸福問題。我對你談了我自己。哦，我提到了『幸福』這個詞。請問，爲什麼，比方說吧，甚至我們欣賞音樂、欣賞一個美好夜晚、與一些有好感的人談話的時候，爲什麼這些好像是暗示某種隱約的幸福，而不是暗示實際的幸福。也就是我們自己所擁有的幸福呢？這是爲什麼？可能你並不能感覺到吧？」

「俗話說：『這山望著那山高。』」巴扎羅夫反駁道：「昨天你說感到不滿足，可我從不這樣想。」

「也許你覺得這可笑？」

「不，不過，它們從來不到我的腦子裡。」

「是嗎？你知道嗎，我很想知道你在想什麼？」

「什麼？我不懂您的意思。」

「請聽我說吧，我早就想和你說清楚。我不想告訴你——你知道的——你與眾不同，年輕，前途光明。你自己準備幹什麼呢？你希望有什麼樣的前途呢？我的意思是——你想達到什麼目的？你想往什麼方向走？你心裡在想些什麼？一句話，你是個什麼樣的人？你想幹什麼？」

「您讓我很吃驚，安娜，您明知道我是研究自然科學的，至於我是什麼人……」

「是的，您是什麼人？」

「我已經說過了，我將來是一名醫生。」

安娜做出一個很不耐煩的動作。「別說了！這連你自己都不相信。阿爾卡季可以這樣回答我，你卻不該這麼回答。」

「爲什麼阿爾卡季……」

「別說了！你能滿足這樣不起眼的工作嗎？你不是不信任醫學嗎？你那麼自負，會甘心當一名鄉下醫生?!你這樣回答我，是敷衍我，因爲你對我不信任。你知道嗎，葉甫蓋尼，我是理解你的：我以前窮，也跟你同樣有雄心，也許，我已經經歷了你經歷的苦難。」

「這很好，安娜，不過，請原諒……我向來不喜歡談自己，況且我們之間還沒有親密到……」

「不算親密？你又要說我是貴族了吧？好了，葉甫蓋尼，我以爲自己已經向您證明過……」

「不說這些了，」巴扎羅夫打斷她的話，「我們談論或思考未來又有什麼用呢？何況我們的未來怎樣，並不取決於我們！將來要有機會幹成點什麼事——那當然很好；萬一沒機會——我們還可以慶幸我們沒有滿口大話。」

「你認爲友好的聊天只是一些廢話？……也許，還是你只是把我看成是一個女人，一個不值得你信任的女人？因爲你看不起女人。」

「我沒有看不起你，安娜，這一點你知道。」

「不，我根本不這樣想……不過，我們可以假設：我理解你不願意談論未來的心情，可是你現在心裡發生的是什麼……」

「發生的！」巴扎羅夫重複說了一下，「就像我是一個國家、一個社會似的！這沒一點意思；再說，難道一個人要經常大聲說出自己心裡『發生』的事嗎？」

「我不明白爲什麼你無法說出你心裡所想的一切。」

「你能嗎？」巴扎羅夫反問道。

「我能。」經過稍微猶豫以後，安娜答道。

巴扎羅夫低下了頭。「你比我幸福。」

安娜疑問地看了看他。「既然這樣，」她繼續說道：「不過，我仍然認爲我們並沒有白白地相識一場，我們會成爲好朋友的。我認爲你這種，怎麼說呢？你的這種緊張的心情，這種克制，最終會消失的，對嗎？」

「那麼你發現了我的克制……或者說，是你所說的緊張？」

「是的。」

巴扎羅夫站起來，走近窗前。「你想知道我克制的原因嗎，你想知道我心裡正在發生什麼嗎？」

「是的，」奧金佐娃重說了一遍，但心裡懷著一種她還不理解的害怕。

「你不會生氣嗎？」

「不生氣。」

「不生氣嗎？」巴扎羅夫背對著她站著，「那我告訴你吧，我愛你，像一個傻瓜，像一個瘋子那樣愛著你……你最終還是逼我說出來了。」

奧金佐娃雙手向前伸去，巴扎羅夫則用前額頂住玻璃。他開始喘氣，他的整個身子都在顫動。但是，這不是年輕人羞澀的顫抖，不是首次表白愛情甜蜜的驚慌在控制著他，這是一種激情在心中掙扎，強烈的、沉痛的激情——不像仇恨，或許又跟仇恨有關的一種激情……奧金佐娃開始對他又怕又憐。

「葉甫蓋尼！」她的聲音中有難以抑制的溫柔。

他急忙轉身，眼神像要把人吞下去——接著便抓住她的兩隻手，把她拉進自己的懷中。

她沒有立刻掙脫他。但是過了一會兒，她便在遠遠的角落裡望著巴扎羅夫了。他又走向她……

「你沒理解我的意思。」她惶惑地小聲說道。似乎他再朝她走出一步，她就要喊起來了……巴扎羅夫咬著嘴唇，出去了。

半個小時以後，一個女僕把巴扎羅夫寫的一張紙條交給安娜。紙條上只有一行字：「我是不是應該今天就走，還是允許我住到明天再走？」

「為什麼要走呢？我還沒有瞭解你——你也沒有瞭解我。」安娜給他這樣回信，可她心想：「我也不瞭解我自己。」

午飯以前，她一直沒有露面，總在自己的房間裡走來走去，兩手放在背後，一會兒在窗前停停，一會兒又到鏡子前站一站，用一條手帕慢慢地擦著脖子，好像脖子上面有一個地方在燃燒似的。她問自己，到底是什麼東西讓她「逼迫」（照巴扎羅夫的說法）他坦白？她是不是事前已猜到了一點兒……

「是我的錯，」她說出來了，「但是，我沒想到這一點。」她開始沉思，一想起巴扎羅夫向她撲過來，臉上的神情像野獸般，她不禁滿面紅潮……

「或許？」她突然說了出來，隨即又停下來，甩了一下鬢髮。鏡中自己向後仰著的頭，眼睛半張半開，嘴唇帶著神秘的笑容，似乎都在講述一件讓自己害羞的事……

「不，」她做了最後的決定，「誰知道這會導致什麼後果，這可不是鬧著玩的，無論如何還是保持平靜好。」

她保持了心境的平靜，但她還是感到傷心，甚至流淚了。她自己也不知道是什麼原因，但肯定不是因為受到了傷害，她並不覺得自己受到了什麼傷害，她倒是覺得是自己的錯。

在各種模糊的感覺（像對逝去的生活的覺悟，對新事物的渴望等等）的影響之下，她強迫自己走到了某一界線，強迫自己去看這條界線的那一邊——在那一邊她看到的不是深淵，卻是空虛……或者是醜惡。

chapter 19

暗潮

不管奧金佐娃的自制力有多強，不管她對所有偏見的態度有多麼超脫，當她來到飯廳吃午飯的時候，她還是感到不自在。不過巴扎羅夫倒是很坦然地走了過去。

波爾菲里·普拉托內奇來了，他說了很多笑話，他剛從城裡回來。他說省長布林達魯下令所屬官員都要在靴子上裝好馬刺，一旦他派他們去什麼地方執行特殊任務，就可以很快騎馬奔去。

阿爾卡季在與卡捷琳娜小聲說話，卻裝出一副恭聽公爵夫人吩咐的樣子。巴扎羅夫則沉著臉，頑固地沉默著。

奧金佐娃有兩三次——是直接而不是偷偷地——看了看巴扎羅夫的臉龐，他那張臉很嚴肅，滿臉怒容，眼睛垂著，每一根線條上都有著堅決蔑視的樣子，於是她想：

「不……不……不……」

吃完中午飯後，她陪著大家向花園走去，一見巴扎羅夫想和她談話，便向一旁走出幾步，停了下來。他走近她身旁，此時他並沒有抬起眼睛，而是低聲說道：

「我該向您表示歉意，安娜。你一定在生我的氣吧。」

「不，我沒有生你的氣，葉甫蓋尼，」奧金佐娃答道：「但是，我感到很傷心。」

「那就更糟了。無論怎樣，我已經受夠了懲罰。我的行爲是愚蠢的，你大概會同意我的看法。你給我寫信，問我爲什麼要走，可我不能，也不願意留下來。明天我就要離開這裡了。」

「葉甫蓋尼，爲什麼你……」

「爲什麼我要走嗎？」

「不，我不是那個意思。」

「過去的事已經無法挽回，安娜……而這種事遲早總要發生的。因此，我必須走。我明白，只有一個條件可以讓我留下來，但這個條件永遠也不會有。冒昧問一句，你不會愛上我，而且永遠也不會愛上我吧？」

巴扎羅夫的黑眉毛下面，眼睛瞬間眨了一下。

安娜沒有說話。「我害怕這個人。」在她的腦子裡突然有這種想法。

「再見吧，夫人！」巴扎羅夫似乎猜透了她的想法，說完這句話就向屋裡走去。

安娜悄悄地跟在他的身後，隨後把卡捷琳娜叫到身邊，挽起她的手來。

直到傍晚降臨，她一直沒和卡捷琳娜分開。她不去玩牌，而且笑得越來越多，這和她蒼白、不安的面容很不相稱。阿爾卡季疑惑不解，他像所有青年觀察家那樣，一直觀察著她，也總是問自己：「這是什麼意思呢？」

巴扎羅夫把自己鎖在房裡。然而，到喝茶的時候，他出來了。安娜很想對他說幾句安慰話，卻又不知從何說起……

一件意想不到的事情讓她擺脫了困境：管家進來稟報，西特尼科夫來了。這位進步分子像一隻小鵪鶉一樣飛進了房裡，那模樣實在難以形容。這人一向是惹人討厭的，這次他居然下定決心到鄉下來看一位他並不熟悉的女人，而這個女人又從未邀請過他，是因為據他瞭解，他認識的兩個聰明人正在那個女人家裡做客。

但是，儘管如此，他還是窘迫得要死，不僅把早已背得爛熟的問候語和道歉的話忘得一乾二淨，而且嘟囔了一大堆的胡話，說什麼他是庫克申娜派來問候安娜的健康的啦；阿爾卡季也經常當著他的面讚揚安娜啦……

說這話時，他結結巴巴，手足失措，結果竟坐在了自己的帽子上。然而誰也沒有趕他，安娜甚至把她的姨媽和妹妹介紹給他認識，所以他很快就恢復了常態，而且開始滔滔不絕地說了起來。

在生活中，庸俗的出現總是很有益處的：它可以將繃得緊緊的琴弦鬆弛下來，可以讓自以爲是或者自我健忘的情緒清醒過來，提醒它們庸俗原本和它們是緊密相連的。隨著西特尼科夫的到來，一切都變得不那麼尖銳，也簡單了。大家晚餐甚至都吃得多了一些，睡覺時間也提前了半小時。

「你以前對我說過的話，現在我要用它來問你了：『你爲什麼這樣憂傷？不會是履行了一個什麼神聖的義務吧？』」阿爾卡季躺在床上對巴扎羅夫說道。

巴扎羅夫此時也已脫下衣服。這幾天來，兩個年輕人之間經常假裝滿不在乎地開幾句玩笑，這常常是暗藏不滿或者猜疑的徵兆。

「我明天回家看我父親。」巴扎羅夫說道。

阿爾卡季微微抬起身子，用手肘撐著。他對巴扎羅夫的話感到驚訝，不知道爲什麼又感到高興。

「啊！」他說道：「你就是爲此事而憂傷吧？」

巴扎羅夫打了一個哈欠。「知道得太多，會老得快的。」

「那麼安娜怎麼辦呢？」阿爾卡季繼續說道。

「什麼安娜怎麼辦？」

「我是說，難道她肯放你走嗎？」

們有好幾分鐘一句話也沒說。

「我又不是她雇的人。」

阿爾卡季開始沉思，而巴扎羅夫則躺了下去，而且把臉轉了過去，對著牆壁。他們有好幾分鐘一句話也沒說。

「葉甫蓋尼！」阿爾卡季突然喊叫了一聲。

「嗯？」

「我明天和你一起走。」

巴扎羅夫什麼話也沒有回答。

「不過我回我家，」阿爾卡季繼續說道：「我們一起走到霍赫洛夫斯克村，在那裡你問菲多特要幾匹馬。我倒是很高興認識你的家人，但是我怕對他們和你都不方便。你還會到我們家去吧？」

「我的東西還留在你家呢。」巴扎羅夫回答道，但沒有轉過臉來。

「怎麼不問我爲什麼要走，而且和他一樣走得這麼突然呢？」阿爾卡季想，「真的，我爲什麼要走？他又爲什麼要走呢？」

他繼續思索。他無法對自己做出滿意的回答，而他的心裡則充滿了酸苦。他覺得，和已經習慣的生活分手，他心裡會難過的，但他一個人留在這裡，又有點奇怪。

「他們兩人一定發生了什麼事，」他推測著，「他走了，我還待在她面前有什麼意思呢？她只會對我感到更討厭，我也就失去了最後的一線希望。」

他開始想像安娜的模樣，後來另一張面孔慢慢地將這個年輕寡婦美麗的容貌掩蓋了。

「我也不願離開卡捷琳娜！」阿爾卡季悄悄地對著枕頭低語，那枕頭上已經滴下了一滴淚水……他突然把頭髮向上一甩，隨即就大聲說道：「西特尼科夫這個白癡到這裡來搞什麼鬼名堂呢？」

巴扎羅夫先是在被子裡動了一下，隨後說：「老弟，我看你更傻。我們少不了西特尼科夫這種人。你要明白，我就需要像他這樣的傻瓜。真的不是神仙才能燒瓦罐呢[35]！……」

「唉，嘿！」阿爾卡季暗自想，巴扎羅夫那諱莫如深的傲慢只到這一瞬間才顯露在他的眼前。「這麼說來，我倆都是神仙啦？或者你是神仙，我是傻瓜？」

「是的，」巴扎羅夫憂鬱地說道：「你更傻。」

第二天，當阿爾卡季告訴奧金佐娃要和巴扎羅夫一起離開的時候，奧金佐娃並未

35. 俄國諺語，意思是：傻瓜也是有用的。

感到特別的驚訝，她顯得心不在焉，而且似乎很疲倦。

卡捷琳娜默不作聲同時又很嚴肅地望了望他，公爵夫人倒是很高興，甚至在披巾下面劃起十字來，不料被阿爾卡季看見了。

不過，西特尼科夫可急了。他剛剛穿著一套華麗的衣服（這一次可不是斯拉夫派的服裝）下樓來吃早飯。昨天晚上他帶來很多衣服，使伺候他的那個僕人大吃了一驚，可現在他的同伴們卻突然要離他而去！他急忙走了一陣碎步，心慌意亂，就像一隻被趕到林端的小兔子——突然，他幾乎是帶著驚恐叫嚷著向女主人宣布他也要走了。奧金佐娃並沒挽留他。

「我有一輛很平穩的輕便馬車，」這位倒楣的青年人對阿爾卡季補充了一句，「我可以把您送回家，而葉甫蓋尼則可以用您的敞篷馬車，這樣大家都方便。」

「謝謝你的好意，你和我們不同路，而且離我家遠得很。」

「沒關係，沒關係，我的時間很多，正好我到那邊還有事要辦。」

「是包稅方面的事？」阿爾卡季語氣輕蔑地問道。

但是西特尼科夫感到很絕望，並沒像平時那樣笑出來。「你儘管放心，輕便馬車很舒服，」他喃喃地說道：「我們三個人坐得下。」

「你別拒絕西特尼科夫的好意，他會傷心的。」安娜說道。

阿爾卡季看了她一眼，意味深長地垂下了腦袋。

早飯後，客人們就走了。奧金佐娃與巴扎羅夫告別時，把手伸向他，說：「我們還會見面的，對嗎？」

「聽從您的吩咐。」巴扎羅夫回答道。

「那我們一定還會再見面的。」

阿爾卡季第一個走到臺階上，他上了西特尼科夫的輕便四輪帶篷車。管家客氣地服侍他坐好，他卻恨不得痛快地揍他一頓，要不就放聲大哭一場。

巴扎羅夫也坐上了四輪敞篷馬車。車到霍赫洛夫斯克村後，阿爾卡季等客棧店主菲多特把馬套好，就走到敞篷車前，帶著常有的微笑，對巴扎羅夫說道：「葉甫蓋尼，我跟你一起走吧，我想去你家。」

「上來吧。」巴扎羅夫擠出這麼一句。

西特尼科夫正繞著自己的馬車輪子走來走去，神氣十足地吹著口哨，一聽阿爾卡季和巴扎羅夫的對話，張開大口望著，阿爾卡季則很冷靜地從他的輕便馬車裡把自己的行李拿出來，坐到了巴扎羅夫的身邊——他很有禮貌地向自己原來的旅伴鞠了一躬之後，馬上叫了一聲：「走啦！」於是那輛敞篷馬車便開始跑動起來，很快就消失不見了……

西特尼科夫被弄得狼狽不堪，看了看自己的車夫，那車夫站在拉邊套的馬後顧自玩弄手裡的鞭子。

西特尼科夫馬上跳上輕便馬車，對著兩個過路的農民吼叫：「快戴好帽子，笨蛋！」車就往城裡駛去。

他很晚才到城裡，第二天他到了庫克申娜家裡，惡狠狠地大罵：「兩個討厭的傲慢的傢伙。」

坐進巴扎羅夫的敞篷馬車後，阿爾卡季緊緊地握著巴扎羅夫的手，好久沒說一句話。似乎巴扎羅夫對這種握手和沉默很理解，也很重視。昨晚他整夜沒睡，只是抽菸，幾天來他幾乎什麼也沒吃。在他那頂戴得很低的帽子下面，他那消瘦了很多的臉，顯得特別突出和陰沉。

「怎麼，老兄，」他終於開口說話了，「來支雪茄吧……看，我的舌頭黃了嗎？」

「黃了。」阿爾卡季說道。

「是啊……這雪茄抽起來也沒有味道，我這台機器好像出毛病啦。」

「最近你確實變化不小。」阿爾卡季指出。

「沒事！會好的。不過，有一件事很頭疼，我媽媽心腸軟：你一天不吃十幾次，肚子不吃得脹鼓鼓的，她就會很難過。嗯，父親倒沒有什麼，他哪兒都去過，見多識廣，經歷豐富。不，不能抽菸了。」他說著就把雪茄扔到路上的塵土裡。

「這裡離你家有二十五俄里嗎？」阿爾卡季問道。

「二十五俄里。問問這個聰明人吧！」

他指著坐在駕車座位上的農民，菲多特請的一位雇工。但是，聰明人卻說：「誰知道呢？誰也沒有量過。」說完就繼續輕聲地罵那匹轅馬「用腦袋踢人」，指那匹馬埋頭搖晃。

「對，對，」巴扎羅夫開口說，「我的朋友，這是給您上的有益的一課。鬼才知道哪兒有那麼多胡說八道。每一個人都被一根細繩子吊著，腳下是隨時都可能裂開的深淵，可他們仍然庸人自擾，破壞自己的生活。」

「你這是指什麼？」阿爾卡季問道。

「我什麼也不指，坦白說，我們都很愚蠢。這有什麼好說的呢！我在醫院裡就已經說過：誰和自己的病痛作對，誰就一定能戰勝病痛。」

「我不明白你的意思，」阿爾卡季說道：「你也沒什麼可抱怨的。」

「既然你沒有完全明白我的意思，那我就告訴你下面的情況。在我看來，與其讓女人控制你一個手指尖，也不如在馬路上砸石子。這就是……」

巴扎羅夫差點把他喜歡的詞「浪漫主義」說了出來，不過他忍住了，只是說：「廢話。你現在不信我的話，但我還是要對你說，我們都已經同女人打過交道了，而且我們都感到很高興；但一旦離開這種交往，無異於在大熱天洗一個冷水澡。男子漢哪有工夫去關注這種瑣事，男人應該兇狠，就像西班牙的諺語說的那樣。你，」他對著坐在駕車座位上的農民補了一句，「聰明人，有老婆嗎？」

那農民轉過臉來看著兩位朋友，他的那張臉是扁平的，眼睛有點近視。「老婆嗎？有啊，怎麼會沒有老婆呢？」

「你打她嗎？」

「打老婆？打是打過，可我不會無緣無故打。」

「很好，喂，她打你嗎？」

農民開始拉動韁繩。「您說的什麼話，老爺？您真愛開玩笑……」他顯然是生氣了。

「你聽到了吧，阿爾卡季！我們可是挨了一頓打……這就是受過教育的人的下場。」

阿爾卡季勉強笑了起來，可巴扎羅夫把頭扭了過去，一路上沒再張口說話。

二十五俄里在阿爾卡季眼裡像是有五十俄里那樣遠。在一個平緩的山坡上，終於看到了巴扎羅夫父母親所在的小村莊。

村子的旁邊，在一個年輕的樺樹林中，露出一座貴族小院，屋頂是麥草蓋的。第一家農舍旁邊，站著兩個戴帽子的農民，他們正在罵架。

「你是一頭大肥豬。」一個對另一個說道：「比豬崽子還要壞。」

「你老婆是個巫婆。」另一個反駁他說。

「以他們兩人放肆的態度來看，」巴扎羅夫對阿爾卡季說道：「你可以判斷出我父親並不曾過分壓迫他的農民。你看，他已經在宅第門口的臺階上了。顯然他是聽到了鈴聲。是他，是他，我認出他了。唉，唉！他的頭髮白了那麼多，可憐的人！」

chapter 20

傳統之家

巴扎羅夫從車中探出身，阿爾卡季從同伴後面探頭望去，見這宅子的小臺階上叉腿站著一個人，瘦高個，頭髮亂蓬蓬的，長著瘦削的鷹鉤鼻子，敞懷穿了件舊軍服。他正抽著長煙斗，太陽照得他瞇縫著眼睛。馬停了下來。

「你可回來了，」巴扎羅夫的父親說道，他還在抽菸，菸袋在他指間抖動。「喂，下來吧，下來，讓我來抱抱你。」

他抱住兒子……

「葉紐沙[36]，葉紐沙！」一個女人顫抖的聲音傳來。大門被打開了，門檻出現了一個矮胖的老婦人，戴著白色便帽，穿著花短衫。她一邊驚訝地發出「哎呀，哎呀」的

36. 葉紐沙是葉甫蓋尼的愛稱。

聲音，一邊踉踉蹌蹌走過來，要不是巴扎羅夫一把扶住她，她幾乎要摔倒。

她那渾圓的胳膊一把摟住兒子的脖子，頭緊緊地貼著他的胸膛，一切都沉寂下來，只聽見她斷斷續續的抽泣聲。老巴扎羅夫呼吸沉重，眼睛比之前瞇縫得更厲害了。

「好了，夠了，夠了，阿麗娜！放開吧，」他說著，和阿爾卡季對視了一下，阿爾卡季正靜靜地站在車邊，連那個車夫也背過臉去，「別哭了，真不用這樣。」

「唉，瓦西里！」老太太喃喃地說：「我多少年都沒看見我親愛的好兒子葉紐沙了……」

她沒鬆開胳膊，只是身子稍稍離開了些，抬起那張佈滿淚痕和皺紋的臉，用帶有稚氣的、可笑的眼光看看他，然後又把臉貼在他胸前。

「唉，人之常情啊，」瓦西里說：「不過最好先進屋吧。還有位客人和葉甫蓋尼一起來了。請多包涵。」

他轉向阿爾卡季，腳跟稍稍一碰，行了個禮道：「請您諒解女人的弱點，啊，慈母心腸……」可他自己的嘴唇和眉毛還在顫動，下巴也在抖著……不過顯然他想控制自己，儘量顯出漠然的樣子來。阿爾卡季向他鞠了一躬。

「進去吧，媽媽，真的。」巴扎羅夫說道，攙著全身無力的老太太進了屋。讓她在一張舒適的安樂椅上坐下，他又忙和父親擁抱一下，給他介紹阿爾卡季。

「很榮幸認識您，」瓦西里說：「請別見怪，我們這兒一切都很簡單，和軍隊一樣。阿麗娜，冷靜點吧，拜託了，怎麼這麼脆弱！客人會見怪的。」

「少爺，」老太太含淚道：「請教您的大名和父稱……」

「阿爾卡季．尼古拉耶維奇。」瓦西里恭敬地輕聲說。

「請原諒我這老太婆。」老太太擤淨鼻涕，把頭向兩邊一歪，仔細地擦乾了一雙淚眼，「請您多包涵。您要知道，我原以爲這輩子都見不到我的寶貝兒子了呢。」

「現在我們不是把他等回來了嘛，太太，」瓦西里接過話，「塔紐什卡，」他轉向一個約十三歲、光著腳丫的小女孩，她身穿鮮紅的印花連衣裙，正膽怯地從門外探著頭，「給太太端杯水來——用托盤，聽見沒？——還有兩位先生的，」他帶點舊式的調侃說道：「請來參觀一個退伍老兵的書房吧。」

「讓我再擁抱你一次，葉紐謝奇卡[37]，」阿麗娜呻吟著，巴扎羅夫向她俯下身去。

「唉，你真英俊！」

「噢，我倒不管他英俊不英俊，」瓦西里說：「不過他已經長大成人了，就是人們說的『奧莫非[38]』，現在我希望，阿麗娜，你滿足了當母親的心了，該關心一下他們的

37. 葉紐謝奇卡也是葉甫蓋尼的愛稱。
38. 法語：homme fait（真正的男子漢）的俄語音。

肚子了吧，要知道，夜鶯不是靠寓言吃飽肚子的[39]。」

老太太從椅子上站起身。「馬上，瓦西里，飯馬上就好，我要親自下廚，讓人燒好茶炊，一切都會準備好，要知道，我已經三年沒有見他，沒給他準備吃的了，這可不是容易的事啊。」

「好啦，快去忙吧，好太太，別丟人了；先生們，跟我來吧。季莫菲依奇來給你請安了，葉甫蓋尼。這老傢伙看來也挺高興的，喂，老傢伙，你高興嗎？請跟我來。」瓦西里在前面急匆匆地走，腳上的鞋子吧嗒吧嗒地響著。

他的宅院共有六個小房間。他領著我們的朋友去的那間，便是所謂的書房。一張粗腿桌子把兩窗間的空隙都填滿了，上面堆滿了文件，滿是灰塵，像被煙熏黑了似的；兩面牆上掛了幾支土耳其槍，幾根皮馬鞭，一把馬刀，兩幅地圖，幾張解剖圖，一張胡費蘭德[40]的肖像，用頭髮編成的花字嵌在黑框裡，一張文憑配著玻璃鏡框，兩個白樺木做成的大櫃子間放了一張皮沙發，有些地方已被壓壞扯破，架子上亂七八糟地堆了些書、盒子、鳥標本、罐子和小玻璃瓶，角落裡堆著一架廢棄的發電機。

「我告訴過您，親愛的客人，」瓦西里道：「在我們這兒可以說是兵營生活，就湊

39. 俄國諺語，意思是空談不能充饑。
40. 胡費蘭德（一七六二—一八三六），德國學者，《長壽術》一書的著者。

合著住吧……」

「好了，別說了，有什麼值得道歉的？」巴扎羅夫插了句嘴，「基爾薩諾夫很明白，我們不是大財主，你也沒有宮殿。我們把他安排在哪裡住，這才是主要問題。」

「那不是問題，葉甫蓋尼，我那邊還有間不錯的廂房，他會住得很舒適的。」

「你蓋了廂房了？」

「是啊，少爺，就在澡堂那兒。」季莫菲依奇插嘴說。

「就是說，浴室旁邊，」瓦西里急忙補充道：「如今是夏天了……我這就去那兒安排一下；季莫菲依奇，你把他們的行李搬進來。葉甫蓋尼，我把書房留給你住，各得其所。」

「如今你知道了，他真是個很有趣的老頭兒，心腸很好，」瓦西里前腳剛走，巴扎羅夫就說：「和你父親一樣是個怪人，不過是另一類型的，他總是嘮叨。」

「你母親也是個好人。」阿爾卡季說。

「沒錯，她很實在，等會看看她給我們弄什麼樣的午飯了。」

「沒想到您今兒回來，少爺，沒買牛肉。」季莫菲依奇道，他正把巴扎羅夫的箱子拖進來。

「沒牛肉也行。沒有就算了。俗語說：貧窮不是罪惡。」

「你父親有多少農奴？」阿爾卡季忽然問。

「田莊不是他的，是我母親的。記得好像有十五個農奴吧。」

「共二十二個。」季莫菲依奇不滿地說。

隨著鞋子的吧嗒聲，瓦西里又出現了。

「再過幾分鐘，您的房間就準備好了，可以好好接待您了，」他揚揚得意地叫道：「阿爾卡季……尼古拉耶維奇？您的父稱是這樣的吧？這是您的僕人。」他指著和他一起進來的短髮男孩道。

那孩子穿了件雙肘破爛的藍色長衣，拖著雙別人的皮靴。

「他叫費季卡。雖然兒子不讓說，我還是要再告訴您，請別見怪。不過他會裝菸斗，您肯定吸菸吧？」

「我一般抽雪茄。」阿爾卡季答。

「這挺好。我自己也更偏愛雪茄，不過在我們這窮鄉僻壤很難弄到。」

「好了，別再哭窮了，」巴扎羅夫截住了他的話，「你還是坐到沙發上，讓我看看你。」

瓦西里笑著坐在沙發上。兒子長得很像他，只是他的前額更低更窄，嘴稍大了一點。他不停地動著，不時抖抖肩膀，好像衣服箍得他腋下痛，一會兒眨巴一下眼睛，咳嗽幾聲，又動動手指，而兒子卻始終是一種漫不經心的冷靜。

「哭窮！」瓦西里重複了一遍，「葉甫蓋尼，你別認爲我想——怎麼說呢——想博得客人的同情：說我們住在多麼偏僻的地方，正相反，我認爲一個有頭腦的人看來，不存在窮鄉僻壤。至少我儘量不讓自己像個老古董，不讓自己過時。」

瓦西里從口袋中掏出一方新的黃綢手絹，這是他到阿爾卡季房間時拿著的，他一邊輕輕揮動著手絹，一邊接著說：「我說的不是指下面這些事實：比如我實行納租制，讓他們耕種我的土地，然後他們把一半收成當租金交給我，這對我來說損失很大。我認爲這是我的職責，這也是人之常情，即使別的地主連想都不曾想到這點。我現在說的是科學和教育。」

「是啊，我看見你這兒有本一八五五年的《健康之友[41]》。」巴扎羅夫說。

「是個老朋友寄來的，」瓦西里急忙答道：「不過我們還知道一點兒骨相學[42]，」他轉向阿爾卡季說，指著櫃子上有編號的小方格的小石膏頭像模型，「就連申列因[43]的名字我們也不陌生，還有拉德馬赫爾[44]。」

41.是一八三三年至一八六九年在彼得堡出版的一份醫界報紙。
42.認為根據頭顱測量的資料即可判斷人的心理，是一種反科學的理論。
43.申列因（一七九三—一八六四），德國醫生，教授。
44.拉德馬赫爾（一七七二—一八四九），德國醫生，學者。

「這個省裡還有人信拉德馬赫爾嗎？」巴扎羅夫問。

瓦西里咳嗽起來。「這省裡……當然，先生們，你們瞭解得更多，我們怎麼比得上你們呢？要知道，你們是要接我們的班的。當年擁戴體液病理學的霍夫曼[45]和持活力論[46]的布朗[47]，我們也嘲笑過，可要知道他們也曾威名遠揚。你們有新人代替拉德馬赫爾了，你們對這些新人頂禮膜拜，可二十年後的人恐怕又要笑話他了。」

「跟你說實話吧，免得你不高興，」巴扎羅夫道：「我們現在壓根兒不信醫學，我們不崇拜任何人。」

「怎麼回事？你不是想當個醫生嗎？」

「是，可這並不衝突。」

瓦西里用中指捅了捅菸斗，那裡的餘燼還熱著。

「好吧，或許吧，或許吧——不和你辯論。我是誰？一個退伍的軍醫，如此而已，如今我是農業家。我在您祖父的隊伍裡幹過，」他又轉向阿爾卡季道：「是的，先生，不錯，我當年也見過很多世面。去過各種社交場合，什麼人沒結交過！我，我自

45. 霍夫曼（一六六〇—一七四二），德國醫生，學者。
46. 一種古老的理論，認為生病是體內液體失調的結果。
47. 布朗（一七三五—一七八八），蘇格蘭著名內科醫生。

己，您面前的這個人，還給維特根施泰因公爵[48]和茹科夫斯基[49]號過脈！就是那些參加過十四日[50]的南軍裡的人，您懂嗎？（此時瓦西里意味深長地抿著雙唇。）那些人我都認識。噢，可我是另外一回事，和那沒關；我只管好我的手術刀！您祖父是個很可敬的人，一個真正的軍人。」

「你說實話吧，他還是個大老粗。」巴扎羅夫懶懶地說道。

「哎呀，葉甫蓋尼，怎麼這麼說！……當然，基爾薩諾夫將軍不是個……」

「好了，別提他了，」巴扎羅夫打岔道，「我坐車來時，看到你那片小白樺林了，長得挺好，我真高興。」

瓦西里活躍起來。「你再看看我的小花園！每棵樹都是我自己栽的。有水果、漿果和各種草藥。不管你們多麼聰明，年輕的先生們，可還是老巴拉塞爾蘇斯[51]道出了神聖的真理：**in herbis, verbis et lapidibus**（拉丁語：在草、言語和石頭裡面。意思是：應當治病。）……我，你知道，已經不行醫了，可每週還得有兩三次重操舊業——總不能

48. 維特根施泰因（一七六八—一八四二），俄國元帥，一八一二年衛國戰爭中任彼得堡方面的步兵軍長。
49. 茹科夫斯基（一七八三—一八五二），俄國浪漫主義詩人。
50. 指一八二五年十二月十四日聖彼德堡十二月黨人發動的武裝起義。參加起義的多數是軍官，分為南方協會和地方協會。
51. 巴拉塞爾蘇斯（一四九三—一五四一），瑞士著名醫生和化學家，他批判地修改了古代醫學思想，促使化學製劑應用到醫學上來。

把他們拒之門外。有時窮人跑來請我幫忙。況且這裡一個醫生也沒有。想不到，這兒有個鄰居是退伍少校，他也給人治病。我問過別人：『他學過醫嗎？』人們說：『不，他沒學過，他主要是爲了行善……哈哈！爲了行善！啊，你怎麼看？哈哈哈！』

「費季卡，把菸斗幫我裝好！」巴扎羅夫厲聲道。

「這裡還有另外一個醫生，他去看病人，」瓦西里有點失望地說道：「而病人已經去世了；僕人不讓醫生進來，說：『如今用不著了。』這人沒想到這一層，很尷尬，問：『嗯，你們老爺臨終前打嗝了嗎？』『打了。』『打得多嗎？』『多。』『啊，那就好。』說完就回去了。哈哈哈！」

老人獨自笑著，阿爾卡季陪著笑臉。巴扎羅夫只是深吸了一口菸。就這樣，聊了大概一個小時；阿爾卡季還回了趟自己的房間，那原是浴室的外間，倒也很潔淨舒適。最後塔紐莎進來說，午飯已經準備好了。

瓦西里頭一個起身。「走吧，先生們，如果你們被打擾了，請多包涵。我太太大概會讓你們滿意的。」

午飯雖是匆忙預備的，卻很好，甚至稱得上豐盛；只是葡萄酒像俗語說的「差點勁兒」：這是一種近乎黑色的西班牙酒（烈性白葡萄酒），有點像青銅又像松脂的味兒，是季莫菲依奇在城裡相熟的商人那裡買的；蒼蠅也在邊上搗亂。平時有個家童拿著一大蓬綠枝在旁邊轟，可今天瓦西里怕招來年輕人的指責，就把他打發走了。阿麗娜已經打扮好：戴了頂帶綢帶的高包髮帽，披著淺藍花披肩。看見自己的葉紐沙，她又落下淚來，不過還沒等丈夫來勸，很快就自己擦去了淚水，因爲怕滴濕了披肩。只有兩個年輕人在吃，老兩口早就吃過了。

費季卡在一旁伺候，由於穿不慣那雙靴子，覺得很不舒服，還有個長著男人相的獨眼女人幫他，她叫安菲蘇什卡，做些管家、餵雞、洗衣的活兒。在整個午飯中，瓦西里一直在房間裡踱步，很幸福、甚至很陶醉地說著拿破崙政策及複雜的義大利問題所引起的嚴重憂慮。

阿麗娜沒注意阿爾卡季，也沒招呼他。她用小拳頭支著自己的圓臉，她那櫻桃色的厚嘴唇，臉頰和眉毛上的痣使臉顯得非常和善溫厚，她目不轉睛地盯著兒子，一直在嘆息。她很想知道這次回來他會待幾天，可又不敢問他。

「唉，他要是說只住兩天呢？」她想著，心便縮成一團。

烤肉後，瓦西里出去一會兒，馬上拿了半瓶已打開的香檳來了。

「瞧，」他叫道：「雖說是窮鄉僻壤，可碰到盛大喜慶時，也有點東西可以慶賀呢！」

他斟滿了三個高腳杯和一個小酒杯，提議爲「尊貴的客人們」的健康乾杯，就按照軍人的習慣一口把自己那杯乾了，他還讓阿麗娜喝了她那一小杯酒。

當端上果醬時，阿爾卡季雖不能忍受任何甜食，可也認爲自己有責任把那四種剛熬好的果醬每樣嘗嘗，特別是看到巴扎羅夫斷然拒絕並抽起雪茄的時候。然後茶和奶油、黃油、小點心一塊兒端了上來。

喝完茶，瓦西里領著所有人去花園領略落日之美，他們路過一條長凳時，他低聲對阿爾卡季說道：「我喜歡在這裡看著落日想些哲學問題：這對一個隱士是很合適的。在那兒，稍遠點的地方，我種了幾棵樹，是賀拉斯[52]喜歡的。」

「什麼樹？」巴扎羅夫聽到後問。

「啊……洋槐。」

巴扎羅夫開始打起呵欠。

「我想，是旅行者投入摩爾甫斯[53]懷抱的時候了。」瓦西里道。

「就是說該睡覺了！」巴扎羅夫插嘴道：「這主意不錯，確實是時候了。」

他和母親道晚安時，吻了她的額頭，她卻擁抱了他，並在他背後偷偷地畫了三次十字，爲他祈福。

52. 賀拉斯（西元前六十五年—前八年），羅馬詩人，他用詩歌讚頌在大自然懷抱中的生活樂趣。
53. 希臘神話中的夢神。

瓦西里送阿爾卡季回他的房間，祝他「睡個好覺，就像我在您這個幸福的年紀時一樣」。

阿爾卡季在那浴室的外間睡得很香：屋裡散發著薄荷的清香，兩隻蛐蛐在爐子後比賽似的鳴叫，讓人昏昏欲睡。

瓦西里從阿爾卡季那裡回到了自己的書房，他身子蜷曲著，倚靠在沙發上兒子的腳邊，想和他再聊聊，可巴扎羅夫說自己很睏，很快把他打發走了，其實巴扎羅夫直到天亮才入眠。

他睜大著雙眼，生氣地盯著黑暗。他不是陷入了兒時的回憶，而是沒法擺脫新的痛苦感受。

阿麗娜先祈禱到自己心滿意足了，然後和安菲蘇什卡聊了很久，安菲蘇什卡柱子似的站在老太太面前，用那隻獨眼凝視著她，神秘地小聲說著她對葉甫蓋尼的種種觀察和看法。老太太已被快樂、葡萄酒和雪茄的煙味沖昏了頭，她丈夫本想和她談談，也只好揮揮手作罷。

阿麗娜是個道地的俄羅斯舊式貴族：她應該早生兩百年，生在舊時莫斯科時代[54]。

54. 指莫斯科做帝國首都的時期，在她這時候俄國首都在聖彼德堡。

她信任上帝，很虔誠，也多愁善感，她相信各種預兆、占卜、咒語和夢幻；也相信聖癡[55]的預言、家神、樹精、不吉利的相遇、中邪和民間土方，還相信星期四不吃鹽[56]和世界末日很快降臨；她相信假如復活節通宵燭光不滅，蕎麥一定有好收成，假如蘑菇給人看見了，就不會再長；她相信鬼愛在有水的地方出沒；相信每個猶太人的胸口都有一塊血印；她怕老鼠、蛇、青蛙、麻雀、水蛭，怕雷聲、冷水、穿堂風，還怕馬、羊、棕紅色頭髮的人和黑貓，覺得蛐蛐和狗都是不潔之物。

她向來不吃小牛犢肉、鴿子[57]、蝦、乳酪、蘆筍、洋薑、兔肉，也不吃西瓜，因爲切開的西瓜讓人想到施洗的約翰的頭[58]；一提起牡蠣她就顫抖；她愛美食——也嚴格吃齋[59]；一晝夜要睡十個小時，可假如瓦西里頭疼的話，她就徹夜不眠；她除了讀《阿列克西斯或林中茅舍[60]》外，什麼書也不念；她一年頂多寫一兩封信，可對做家務，做乾果、乾菜、果醬，她卻很在行，雖然她自己從不親自動手；她不愛動，一坐下來就再

55. 當時迷信的人認為這種半瘋的低能人得到了神的感召，能夠跟神交流。
56. 古時俄國農村舊俗，星期四不吃鹽。
57. 從前，許多俄國人認為鴿子是聖靈的象徵，不吃鴿子，也不殺鴿子。
58. 耶穌以前的傳道者，被希律王鎖在監裡。希律根據他弟媳希羅底的要求，吩咐在監裡斬了約翰，把頭放在盤子裡，拿來給希羅底的女兒。（見《聖經・新約》中《馬可福音》和《馬太福音》。）
59. 即齋期中不吃肉的規定。
60. 是法國小說家狄克烈・狄米尼爾（一七六一——一八一九）的一本感傷小說，有俄譯本。

不願移動。

阿麗娜心地很善良，而且一點也不蠢。她知道，世上有主人和平頭百姓，主人該發佈命令，百姓就該服從——因此她並不討厭卑躬屈膝和跪拜的禮節；可她對手下人卻很溫柔、和氣，從不讓一個乞丐空手而回，她也從不責怪別人，雖然偶爾也說說閒話。

年輕時她容貌俊俏，會彈奏擊弦古鋼琴，還能說些法語，可不情願地出嫁了，和丈夫漂泊多年後，體態漸漸臃腫，音樂和法語也忘了。她很愛兒子，也說不出地怕他；她把田產完全交給瓦西里管理——自己不再插手；當老伴一說起要實施的改良和計畫時，她就唉聲嘆氣，揮著手帕，嚇得眉毛越抬越高。

她很多疑，老感到大禍臨頭，一想到什麼悲傷的事，就馬上哭起來……這樣的女人如今快要絕跡了。天知道這究竟該不該慶賀！

chapter 21

代溝

清早一起床，阿爾卡季打開窗戶，第一眼便瞧見瓦西里奇。老頭身穿布哈拉[61]的家常長衫，腰裡束著條手絹，正勤快地刨著菜園子。他看到年輕客人，便扶著小鐵鍬，大聲道：「祝您健康！睡得好嗎？」

「很好。」阿爾卡季答道。

「看我在這兒像新納塔斯[62]一樣刨土種晚蘿蔔呢。如今就是這麼個年代——感謝上帝！——每個人都要靠自己的雙手謀生，別人是靠不住的，要自己勞動。看來讓·雅克·盧梭[63]是對的。半小時前，我親愛的先生，您就會看到我完全是另一副樣子。有

61. 地名，在中亞細亞。
62. 西元前五世紀古羅馬的一個貴族、將軍和獨裁者，他曾恭身務農。
63. 讓·雅克·盧梭（一七一二—一七七八），法國著名作家和思想家。他認為人的教育和幸福生活的條件之一是勞動。

個農婦來說她鬧肚子——這是她的說法，照我們的說法是痢疾，我……怎麼說呢……我給她用了點鴉片，又給另一個女人拔了顆牙。我建議她上些麻藥……可她卻不同意。這些我都是**gratis**（拉丁語：免費的。）——阿納馬焦爾[64]，不過這對我來說，也沒什麼奇怪的；要知道我是個老百姓，**homo novus**（拉丁語：新人。），不像我老婆出身世襲貴族……在喝早茶以前，願不願到這樹蔭下，呼吸一下新鮮空氣？」

阿爾卡季走到他身邊。

「再次歡迎您！」瓦西里說，把手舉到油膩的小圓便帽旁，行了個軍禮，「我知道，您習慣了富貴生活，不過當代偉人也會高興住上幾天茅舍的。」

「您見外了，」阿爾卡季大叫道：「我怎敢和當代偉人並肩呢？我也不習慣富貴生活。」

「對不起，對不起，」瓦西里有點做作地答道：「我如今雖說已過時了，可也是走南闖北過的——從飛行姿勢就能看出是隻什麼鳥兒。我也算是心理學家，也懂得點面相。如果沒有一技之長——斗膽說吧——我早就完蛋了；像我這種小人物早就被排擠了。不是我當面恭維：我很高興，您和我兒子間的友情。我剛看到了他，通常——大

64. 法語en amateur（業餘的），用俄語腔調發音。

概您也知道——他起得很早，到附近去散步了。請允許我好奇地問聲——您和我的葉甫蓋尼認識很久了嗎？」

「去年冬天認識的。」

「哦，是這樣，先生。請讓我再問一句——我們何不坐著呢？請恕我這個做父親的直言不諱，您對我的葉甫蓋尼怎麼看？」

「您兒子是我碰到的最優秀的一個人。」阿爾卡季忙答道。

瓦西里的雙眼突然睜得老大，雙頰微紅，小鐵鍬從他手中滑落。

「那麼您認爲……」他開口道。

「我相信，」阿爾卡季搶過話頭，「您兒子前程似錦，他會給您帶來光榮的。從我們首次見面我就深信不疑。」

「這……這話怎麼說呢？」瓦西里不知該說什麼好。他的嘴巴張開，露出一個幸福的微笑，這微笑一直沒有消失。

「您想知道我們是怎麼認識的嗎？」

「當然……請大致說說……」

阿爾卡季開始談起巴扎羅夫來，比那晚跟奧金佐娃跳瑪祖卡舞時還說得起勁，還津津有味。

瓦西里聽得著迷了，一會兒擤擤鼻涕，一會兒雙手將手帕揉成一團，一會兒咳嗽幾聲，一會兒又搔得頭髮蓬鬆凌亂，——終於他忍不住，低下身吻了一下阿爾卡季的肩頭。

「您讓我太高興了，」他說，笑意還在臉上，「我要告訴您，我……我崇拜兒子；我那老太婆就更不用說了，母親嘛！可我不敢對他說出我的感受，因爲他不喜歡。他反對任何感情表露；很多人甚至指責他性子太硬，認爲這是驕傲、無情的表現，可像他這種人不能用常人的標準來衡量，對吧？就打個比方說吧，換了別人，會成爲父母的負擔，可他呢，您相信嗎？他自打生下來就沒多拿過一個戈比，老天最清楚！」

「他是個無私、正直的人。」阿爾卡季說。

「確實無私。而我呢，阿爾卡季，我不僅崇拜他，還以他爲榮，我所有的虛榮心就是，有朝一日他的傳記裡有這麼幾行字：『一個普通軍醫的兒子，不過他父親從小就看出他的不凡，更爲了培養他而不惜一切……』」老人的嗓子像被什麼堵住了。

阿爾卡季緊緊握住了老人的手。

「您怎麼看，」沉默了一會兒，瓦西里問：「他能否在醫學界功成名就呢？就像您說的那樣。」

「當然不是在醫學界，儘管他在這方面也會首屈一指。」

「那您指哪方面，阿爾卡季？」

「現在不好說，不過他會出名的。」

「會出名的！」老人重複了一遍，陷入深思。

「阿麗娜請你們去喝茶。」安菲蘇什卡上前說道，端著一大盤的覆盆子走過來。

瓦西里猛地驚醒過來。

「有沒有涼奶油來拌覆盆子？」

「有，老爺。」

「記住，要涼的啊！別客氣，阿爾卡季，多來點兒。葉甫蓋尼怎麼還沒來？」

「這兒呢。」巴扎羅夫的聲音從阿爾卡季的房裡傳出。

瓦西里急忙轉過身去。

「哈！你想探望你的朋友，你可遲到了，葉紐沙，我們已經聊了很久了。現在得去喝茶了：你母親在招呼我們過去。哦，還有件事要和你說一下。」

「什麼事？」

「這兒有個農民得了黃疸……」

「就是說黃疸病？」

「是，慢性黃疸，慢性的。我給他開了百金花和金絲桃，讓他吃紅蘿蔔，給他蘇打；可這都是治標不治本，我們要給他弄點更有效的藥。儘管你嘲笑醫學，可我還是相信你會給我提些有用的建議。以後再說這個吧。先去喝茶吧。」

瓦西里興奮地從長凳上一躍而起，哼起了《羅伯特》[65]裡的歌：

法則，法則，我們給自己定法則，

快……快……讓我們快活地生活！

「真有活力！」巴扎羅夫說著，就從窗口離開了。

正午時分，連綿的白雲像薄薄的幔子，遮著似火的驕陽。一片寂靜，只有村裡的公雞好鬥地鳴叫著，每個聽見這聲音的人，都奇怪地直打盹，感到寂寥；在某棵樹頂上有隻雛鷂鷹不斷發出哀鳴。

阿爾卡季和巴扎羅夫躺在一個小乾草垛的蔭處，身下鋪了兩三抱青草，雖然已乾得沙沙響，可還帶著綠意和青草的芳香。

65. 全名《羅伯特與惡魔》，是德國作曲家麥耶伯爾（一七九一——一八六四）創作的一個歌劇。

「那棵白楊，」巴扎羅夫道：「讓我想起童年；它長在土坑邊，那裡有個燒磚的板棚，我在兒時就相信，那個坑和山楊是種特殊的護身符：在它們身邊我從不厭倦。那時我還不明白，我不厭倦只因爲還小。唉，如今我是成年人了，法力也就消失了。」

「你在這兒總共住了多久？」阿爾卡季問。

「連續住了兩年左右，然後我們就外出旅遊。我們過的是一種漂泊生活，總在不同的城市裡搬遷。」

「這宅子早就有了吧？」

「很早了，還是我外祖父蓋的。」

「你外祖父是什麼人？」

「鬼才知道，好像是個準少校吧。在蘇沃洛夫[66]手下服過役，總愛說穿越阿爾卑斯山脈的故事——也沒準兒是在吹牛呢。」

「難怪你們客廳裡掛著蘇沃洛夫肖像呢。可我喜歡你們住的這種小宅院，既古老又溫暖，還有種別致的氣味。」

「那是燈草和苜蓿的混合味道，」巴扎羅夫打著呵欠說：「但是這可愛小宅院裡竟

66. 蘇沃洛夫（一七二九—一八〇〇），俄國統帥，一七九九年在義大利打敗了拿破崙一世，同年他統率的俄國軍隊在向瑞士進軍時完成了越過阿爾卑斯山的行軍。

然有蒼蠅……呸！」

「告訴我，」停了會兒，阿爾卡季又道：「小時候父母對你管得嚴不嚴？」

「你已看到我父母是什麼樣的人了。他們並不嚴厲。」

「你愛不愛他們，葉甫蓋尼？」

「愛，阿爾卡季！」

「他們非常愛你！」

巴扎羅夫沉默了。「你知道我在想什麼嗎？」他將雙手往腦後一放，又開口道。

「不知道。想什麼？」

「我在想：我父母在這世上活得很幸福！父親六十歲了，還在到處忙碌張羅，談著治標不治本，爲人治病，對農民慷慨大方——總之，很滿足；我母親過得也不錯，她一天到晚總有幹不完的活，還不時地唉聲嘆氣，始終想不到自己；可我呢……」

「你怎麼了？」

「我想：我躺在這乾草垛下……占著這塊小地方，和沒有我存在或者與我無關的空間相比，是那麼渺小；我度過的時光，和我出世之前和去世之後的永恆歲月相比，又是那麼短暫……在這個原子裡，這個數學的點上，血液在循環，大腦在工作，在期待著什麼……哎，真是太可笑了！無聊至極！」

「我覺得，你講的這些對任何人都適用……」

「對，」巴扎羅夫搶過話頭：「我想的是，他們——我的父母，忙忙碌碌，從不關心自身的渺小，並沒有因此傷心……可我……我卻覺得無聊和憤怒。」

「憤怒？爲什麼？」

「爲什麼？你怎麼能夠問爲什麼？你忘了嗎？」

「我都記得，可我還是不覺得你有憤怒的權利。你很失落，我知道，可……」

「哎！你，我看出來了，阿爾卡季，你對愛情的理解和那些時髦的年輕人沒什麼不同。你拼命地吸引著母雞，可當母雞真的靠近了，你卻趕緊溜走！我偏不這樣。夠了，別說這些了。既然沒什麼幫助，再說就可恥了。」他翻身側躺著。「看！這有隻螞蟻真棒，拖著一隻半死的蒼蠅。拖，老弟，使勁！不管牠怎麼抵抗，你這個動物，有權不承認同情心，不像我們這些人自我葬送。」

「你不該這樣說，葉甫蓋尼！你何時自我葬送了？」

巴扎羅夫抬起頭。「這是我唯一自傲的。我自己沒有毀掉自己，那個女人也毀不掉我。阿門！一切都結束了！這事我從此不會再提一個字。」

兩個朋友靜靜地躺了一陣兒。

「是的，」巴扎羅夫又開口道：「人真是奇怪的生物。要是我們從遠處、從側面觀察『父輩們』在這裡過的這種隱居生活，會認爲還有什麼比這更好呢？吃喝玩樂，知道自己的舉止是最正確、最明智的。可是不然，苦悶、憂鬱抓住了你。你想和人交往，哪怕是吵架，也總想和人打交道。」

「生活就該好好安排，讓它時刻都有意義。」阿爾卡季深思著說。

「誰說的！有意義的事就算是假的，也是美滿的，而且沒意義的事還能容忍……而那些無謂的口角，那些閒言碎語……這才最煩人。」

「如果一個人不在乎這些無謂的口角，那它就不存在了。」

「哼……你總是把常規說法倒過來說。」

「什麼？你什麼意思？」

「就是說：比如，說教育是有益的，這是常理；可偏說教育有害，這就是和常規相悖了。它聽上去更時髦漂亮，其實和常規同義。」

「那麼真理在哪兒，在哪一邊？」

「在哪兒？我只能回聲給你：在哪兒？」

「你今天真憂鬱，葉甫蓋尼。」

「真的？太陽曬得我渾身沒勁，可能是覆盆子吃得太多了。」

「那你不如睡一會兒。」阿爾卡季道。

「好吧，你別看我：每個人的睡相都很傻。」

「你不是不在乎別人怎麼看你嗎？」

「該怎麼對你說，一個真正的人不該關心這個；對一個真正的人，別人沒什麼好議論的：或者順從他，或者恨他。」

「奇怪！我誰都不恨。」阿爾卡季想了想說道。

「而我恨的人可多了。你心腸軟，又優柔寡斷，怎麼會恨別人呢？……你不自信，害怕……」

「那你呢，」阿爾卡季打斷道：「很自信嗎？你對自己的評價太高了吧？」

巴扎羅夫沉默了。「等我遇著一個在我面前不服輸的人，」他一字一頓地說道：「那時我會改變對自己的看法。哼！比如，今天經過菲力浦，就是我們的管理人的那所可愛的小白木屋時，你說過，當最後一個農民也住上這樣的房子時，俄國就完美了，我們每一個人都該讓它實現……可我卻痛恨這最後一個農民，不管他叫菲力浦還是西多爾，我該爲他拼命努力，他卻連聲『謝謝』都不說……本來我爲什麼要他感謝我呢？嗯，他會住在小白房裡，而我的墳頭卻長滿牛蒡，以後呢？」

「夠了，葉甫蓋尼……今天要是別人聽了你的話，就會和那些罵我們不講原則的人站在一起了。」

「你和你伯父的話一樣。根本就沒什麼原則——你至今還不明白這個嗎？只有感覺，感覺決定一切。」

「怎麼會這樣呢？」

「就是這樣。拿我來說吧，用一種否定的態度——這是出於我的感覺。我喜歡否定，我的大腦結構就是這樣的——這就夠了！我爲什麼喜歡化學？你爲什麼喜歡蘋果——這也是靠感覺。一切都是這樣。比這再深奧一點兒，人們就根本看不透了。不是誰都會對你說這些，我也只對你說這一次。」

「怎麼？誠實正直也是感覺嗎？」

「當然了！」

「葉甫蓋尼！」阿爾卡季憂鬱地說。

「啊？怎麼了？聽不慣嗎？」巴扎羅夫說：「不，老弟！既然決定放棄一切，那就把自己的腿也砍掉吧！可我們也太哲理了。普希金說得好：『大自然營造夢的寂靜。』」

「他沒說過這樣的話。」阿爾卡季道。

「噢，如果沒說過，他作爲一個詩人也該說得出這話。順便說一句，他在軍隊裡待過。」

「普希金從沒當過軍人！」

「好了吧，他在每一頁都寫著：『為了俄羅斯的榮譽，去戰鬥，去戰鬥！』」

「你真是胡扯！這可是誹謗了。」

「誹謗？太嚴重了吧！你嚇唬我！不管你怎麼去誹謗，實際上他總比你說的要壞上二十倍。」

「還是睡會兒吧。」阿爾卡季懊惱地說。

「很樂意。」巴扎羅夫答道。

可是兩人都睡不著。一種似乎是敵意的感覺絆住了這兩個年輕人的心。五分鐘後，兩人睜開眼，默默對視了一下。

「你看，」阿爾卡季突然說：「一片枯萎的槭樹葉落下來，它飄著像蝴蝶在翩翩起舞。不奇怪嗎？最悲傷的死亡的東西——卻跟最快樂的活的東西一樣。」

「哎呀，朋友，阿爾卡季！」巴扎羅夫叫道：「求你了，別用華麗辭藻了。」

「我想說什麼就說什麼……你太專制了。我腦子這樣想，幹嘛不讓我說出來呢？」

「是啊，可我為什麼就不能說出自己的想法呢？我覺得華麗辭藻什麼也不是。」

「那你說什麼話才好？罵人話嗎？」

「哎，哎！我看你和你伯父越來越像了。那個白癡要是聽見這些話，說不定有多高興呢！」

「你怎麼這樣稱呼巴維爾？」

「我就叫他——白癡。」

「你這也太過分了！」阿爾卡季叫道。

「哈！親情發揮作用了，」巴扎羅夫冷靜地說：「我發現這種情感在人們心中很頑固。一個人可以拒絕一切，敢於放棄所有偏見；可是如果，要他承認偷別人手帕的自家兄弟是個小偷——他就不幹了。確實：我的兄弟，我的——並非天才……這可能嗎？」

「我心中只有單純的正義感，絕不是親情，」阿爾卡季激烈地反駁道：「既然你不理解這種情感，又沒有這種感覺，你就不該指責它。」

「或者說，阿爾卡季真是高深，我是理解不了的——我只好沉默了。」

「好了，葉甫蓋尼，我們會吵起來的。」

「啊，阿爾卡季！求你了，我們就痛快地吵一架吧。」

「要是這樣，我們會……」

「打架？」巴扎羅夫打斷道：「怎麼？就在這兒，在乾草上，在田野裡，遠離塵世和人們的視野——沒關係，不過你估計贏不了我，我一下子就能掐住你的喉嚨……」

巴扎羅夫張開他那長硬的手指……阿爾卡季轉身走開，開玩笑似的做出準備抵抗的姿勢……可他的朋友確實一臉凶相，唇邊掛著怪笑，目光炯炯，讓阿爾卡季感覺到這絕非是逗著玩的恐嚇，他不禁有些害怕……

「啊！原來你們在這兒！」正在此時響起了瓦西里的聲音，老軍醫隨即來到年輕人的面前，他穿著日常的亞麻布衫子，頭戴一頂自編的草帽。

「我到處找你們……你們可真會選地方，會找自在。背靠『大地』，仰望『天空』……知道嗎，這句話有特殊意義？」

「只有想打噴嚏時，我才仰望天空，」巴扎羅夫發著牢騷，他轉向阿爾卡季低聲說：「真可惜他打斷了我們。」

「好了，夠了，」阿爾卡季低聲道，偷偷握了一下朋友的手，「要知道多麼堅固的友誼都不能長久承受這種衝突。」

「我看著你們，我的年輕朋友，」瓦西里說，他晃著腦袋，兩手交叉搭在一根他自製的手杖上，那手杖很精緻地彎著，柄上沒鑲頭，而是雕了個土耳其人頭像，「我只要一看見你們，就忍不住要欣賞。多有活力啊！那麼輝煌燦爛的青春，那麼多的才能和天賦啊！簡直是……卡斯托耳和波魯克斯[67]！」

「瞧，又說神話了！」巴扎羅夫道：「看得出當年是個了不起的拉丁語學者！我

67. 希臘神話中宙斯和勒達生的雙生子。此處指一對非常親密的朋友。

記得從前你的拉丁語作文還獲得過銀質獎章，對吧？」

「狄俄斯古里兄弟[68]，狄俄斯古里兄弟！」瓦西里還在念叨著。

「好了，父親，別再深情了。」

「偶爾這樣也不爲過，」老頭嘟噥道：「不過先生們，我找你們可不是來恭維誰的。首先通知你們馬上就開午飯；其次我想預先告訴你一聲，葉甫蓋尼……你是個聰明人，善解人意，也懂得女人的心事，你該原諒……由於你回來，你媽媽想做一次彌撒感恩，你別覺得我是來叫你去參加的，它已經結束了，可阿列克謝神父……」

「傳教士？」

「啊，是，傳教士。他要在咱家……吃午飯……我沒想到甚至也沒有想過邀請他……也不知怎麼回事……他沒明白我的意思……哎，阿麗娜……不過他倒是個善解人意的好人。」

「他該不會吃掉我的那份午餐吧？」巴扎羅夫道。

瓦西里笑了起來。「哈，看你說什麼啊！」

「那我就無所謂了，和誰一起吃飯都行。」

68. 狄俄斯古里是卡斯托耳和波魯克斯二神的合稱。

瓦西里正了正草帽。

「我早就知道，」他說：「你沒什麼成見。就說我吧，一個六十二歲的老頭兒，我也沒有成見。（瓦西里不敢承認，他自己也想做這次彌撒……他對宗教的虔誠並不亞於妻子。）阿列克謝神父很想認識你。你肯定會喜歡上他的。他也玩牌，甚至他——這話我們就私下說說——還抽菸呢。」

「那好。飯後我們就打一圈兒，我肯定贏他。」

「嘿嘿！等著瞧吧，那可不一定。」

「怎麼？難道你會像年輕時那樣？」巴扎羅夫有意加重語氣說。

瓦西里古銅色的雙頰微微紅了。「你怎麼好意思啊，葉甫蓋尼……還提那些陳年舊事幹嘛？不錯，在這位先生面前我承認，我年輕時有這嗜好——確實也爲此付出了慘重的代價！哎，天真熱！我和你們坐一會兒。不妨礙你們吧？」

「不會。」阿爾卡季答。

瓦西里哼哧一聲坐到了乾草上。

「我的先生們，」他又說：「你們此時的這個臥榻讓我回憶起我的部隊的野營生活，我們包紮所也在這樣的乾草垛邊上，這還要感謝上帝呢，」他嘆了口氣，「我一生經歷的事很多。舉個例子吧，讓我想想，我就給你們講講比薩拉比亞鬧鼠疫時的那件趣事。」

「你就是那次榮獲了弗拉基米爾勳章吧？」巴扎羅夫插了句嘴，「知道了……你怎麼不戴它？」

「不是說過我沒成見嗎？」瓦西里含糊地說（昨天他剛讓人把紅綬帶從長禮服上拆下來），接著便說起鼠疫時發生的那件事來。

「喲，他睡著了，」他突然指著巴扎羅夫，對阿爾卡季小聲說，還友好地給他使了個眼色，「葉甫蓋尼！起來吧！」他提高嗓門叫道：「該吃午飯了……」

阿列克謝神父是個身材魁梧富態的人，一頭濃髮油光可鑑，淡紫色綢長袍上束了根繡花腰帶，看上去是個圓滑、機靈的人。一見面他就握住阿爾卡季和巴扎羅夫的手，好像早知道他們不需要他的祝福[69]。

總之，他的舉止也不拘謹。他既不損害自己的尊嚴，也不招惹旁人；偶爾還拿神學院裡的拉丁文課取笑一番，卻又很注意維護他的主教；兩杯葡萄酒下肚，他就不再喝了；他接過阿爾卡季的雪茄，卻不吸，說要把它帶回去。只有一點讓人微感不悅：他不時小心翼翼地抬手去捉自己臉上的蒼蠅，有時還真把牠們捻死了。

---

69. 通常教士看見人不握手，只給他們祝福，他們便吻他的手。

他坐在牌桌邊，含蓄地顯出幾分喜悅，最終從巴扎羅夫手中贏了兩盧布五十戈比：在阿麗娜家裡沒人會算這該合多少銀幣……阿麗娜依舊坐在兒子旁（她從不玩牌），依然用小拳頭托著腮，只有當吩咐僕人擺上新菜肴時才起身。她不敢去愛撫巴扎羅夫，兒子也不希望這麼做；況且瓦西里勸過她別過於「打攪」兒子。

「年輕人不喜歡這樣。」他和她反覆交代了幾次。（不消說這頓午餐多麼豐盛：季莫菲依奇大清早就親自駕車去買一種特別的哥薩克上等牛肉，管理人去另一地方買江鱈、鱸魚和大蝦，光蘑菇就花了四十二戈比。）可是阿麗娜目不轉睛地盯著巴扎羅夫，雙眼飽含忠誠和溫柔，也夾雜著幾分好奇與畏懼的憂傷，還有些溫和的責備。

不過巴扎羅夫可無心關注母親眼中的情感，他很少轉向她，只偶爾簡短地問上一句。有一次他要借她的手來換換「運氣」，她就默默地把自己柔軟的小手放在他那粗硬的手掌上。

「怎樣，」她過了會兒，問：「有用嗎？」

「更糟了。」他隨意地笑著回答。

「他打得太冒險了。」阿列克謝神父摸著漂亮的鬍子，惋惜地說。

「拿破崙的方針，好神父，拿破崙的。」瓦西里接過話頭，說著出了張「愛司」。

「可拿破崙被送到了聖赫勒拿島。」阿列克謝神父說著，用王牌把愛司吃了。

「要不要來點醋栗水，葉紐沙？」阿麗娜問。

巴扎羅夫只是聳聳肩。

「不行！」第二天他對阿爾卡季說：「我明天就要走。真寂寞，煩悶，我要工作，可在這兒不成。我還到你們的田莊去，我把所有實驗標本都擱在你那兒了。在你們家至少還可以關起門來。可這兒雖然父親老反覆強調：『我的書房歸你用——不會有人妨礙你。』可他自己和我寸步不離，我怎好意思把他關在門外。母親也這樣，她在隔壁的嘆氣我都聽得見，可去找她吧——又沒什麼可說的。」

「她肯定很難過，」阿爾卡季道：「他也是。」

「我還會回來的。」

「什麼時候？」

「嗯，去彼得堡的時候。」

「我很同情你母親。」

「爲什麼？是因爲她請你吃了很多漿果嗎？」

阿爾卡季垂下眼簾。「你真不瞭解自己的母親，葉甫蓋尼。她不僅是個出色的女人，還確實很聰慧，今天早晨我們聊了半個小時，談話非常中肯有趣。」

「你們肯定在聊我的事吧？」

「也不是只說你。」

「可能，旁觀者清。如果一個女人能談上半個小時，那總是好的現象，可我還是要走。」

「可你要開口告訴他們可不容易，他們總在討論我們住兩禮拜後會幹什麼。」

「是不容易。我今天真是見鬼了，把父親挖苦了一番：他前兩天叫人把他的一個佃農鞭打了一頓，他做得很對；不錯，是的，你別這樣驚訝地看我——他打得對，因爲那個人是個慣竊、醉鬼；只是父親沒想到我『知道』了這件事。他很尷尬，而如今我又該讓他難過了……沒事！他很快就會好起來的。」

巴扎羅夫雖說「沒事」，可都過了一天了，他還猶豫著該怎樣告訴瓦西里這件事。最後，在書房裡和他父親道過了晚安，他才不自然地打了個呵欠，說：「嗯……差點兒忘了……明天讓人把我們的馬帶到菲多特那兒去預備著。」

瓦西里大吃一驚。「難道基爾薩諾夫先生要走嗎？」

「是，我和他一起走。」

瓦西里原地轉了下身。「你也要走？」

「是……我得走了，請讓人把馬備好。」

「好……」老人嘟噥著，「備下馬……好……不過……不過……怎麼會這樣呢？」

「我要去他那裡住上一陣子，然後再回來。」

「啊！住上一陣兒……好。」瓦西里掏出手絹，擤擤鼻涕，腰幾乎彎到地上了，「好吧，這……都會給你辦好的。我還以爲，你會……在家多住幾天的。三天……三年沒見了，這太少，太少了呀，葉甫蓋尼！」

「可我和你說了，很快就回來。我必須得去。」

「必須……那還能怎樣呢？首先要完成職責……那麼得派馬吧？好。當然，阿麗娜和我都沒想到。她還從鄰居那兒要了點花，想給你佈置佈置房間呢。（瓦西里沒提自己每天清晨天剛亮時，他就赤腳提著拖鞋找季莫菲依奇商議，用顫抖的手指掏著一張張破爛的鈔票，吩咐季莫菲依奇去採購，特別關照他多買食品和紅葡萄酒，據他觀察，這兩個年輕人很愛喝紅葡萄酒）主要是——自由；這是我的原則……我不能束縛你……不……」他突然不說了，朝門走去。

「我們很快會再見的，父親，真的。」

可瓦西里並未回頭，只是揮揮手，便走了出去。他回到臥室，發現妻子躺在床上進入了夢鄉，就開始輕聲細語地祈禱，以免驚醒她。可她還是醒了。

「是你，瓦西里？」她問。

「是，孩子媽。」

「從葉紐沙那兒來？知道嗎，我擔心他在沙發上睡不好。我叫安菲蘇什卡給他鋪上你的行軍床墊，放上新枕頭；本來想著把我們的羽絨褥子給他的，可我記得他不習慣睡軟床。」

「沒關係，孩子媽，不用擔心。他很好。主啊，寬恕我們這些罪人吧。」他又接著低聲禱告了。瓦西里可憐自己的老伴，他不忍心現在告訴她那個讓她悲傷的消息。

巴扎羅夫和阿爾卡季第二天走了。一大早全家人都很喪氣；安菲蘇什卡手中的碗碟摔碎了，甚至費季卡也莫名其妙地把靴子脫了下來。

瓦西里從未如此慌亂，他顯然在竭力裝著堅強，說話高門大嗓，腳踩得咚咚作響，可他的臉卻很消瘦，目光不時在兒子身上滑過。

阿麗娜悄悄哭泣，若不是丈夫一大早勸了她整整兩個小時，她會完全驚慌失措，不能自制了。巴扎羅夫一再答應說一定在一個月內回來，最後終於從挽留他的擁抱中擺脫出來，馬兒揚蹄，鈴兒叮噹，車輪轉動——他們的身影消失在視野中了，直到塵埃落定，季莫菲依奇才彎腰駝背，蹣跚地回到了自己的小屋；只剩下了這對老人，這宅子彷彿也突然變得破舊衰敗，瓦西里剛才還在臺階上使勁地揮著手帕，如今跌坐在椅子上，頭垂到胸前。

「扔下我們，扔下我們了，」他嘟囔道：「扔下了，他和我們在一起很煩悶。現在我們就像一根手指那樣孤單[70]！」

他重複了好幾遍，每次都伸出一隻食指。

後來阿麗娜靠近他，兩位白髮老人頭靠著頭，她說：「沒辦法啊，瓦夏[71]！兒子是離開了家，過慣了獨立生活。他就像隻鷹，想來就來，想走就走；而我們就像一隻樹洞裡長出的兩朵菌子，緊靠一起，從不挪窩兒。只有我們彼此永遠眷戀。」

瓦西里從臉上拿下手，抱著自己的老伴，抱得那麼緊，比年輕時還要緊：悲傷時刻她總是撫慰了他。

70. 像手指一樣孤單，俄國諺語。
71. 是瓦西里的小名。

chapter 22 逃亡者

我們的這兩個朋友一路沉默，只是偶爾交談幾句無關痛癢的話，這樣一直到菲多特的客店。

巴扎羅夫對自己很不滿意。阿爾卡季也對他不滿。而且阿爾卡季心中充滿了年輕人才有的莫名的憂鬱。

車夫換好了馬，爬上趕車座位，問：「向右還是向左？」

阿爾卡季看了一下。向右是進城的路，從那兒可以回家；向左是去奧金佐娃的家。

他看了一眼巴扎羅夫。

「葉甫蓋尼，」他問：「向左嗎？」

巴扎羅夫扭過頭去。「這也太傻了！」他嘟囔道。

「我知道這很傻，」阿爾卡季答，「可有什麼壞處呢？這是第一次嗎？」

巴扎羅夫把帽子拉到前額。「隨你的便。」他最終說。

「向左！」阿爾卡季叫道。四輪敞篷車向著尼寇里駛去。可這兩個朋友決定了這件蠢事後，比之前更沉默了，甚至是在賭氣。

從奧金佐娃的管事在臺階上迎接他們的那副表情看，這兩個朋友也能猜到，他們憑一時衝動的來訪是多麼愚蠢。人家顯然並沒料到他們來。他倆在客廳裡傻乎乎地坐了很長時間，奧金佐娃終於來到了他們面前。

她帶著平日的客氣歡迎了他們，可很詫異他們這麼快就回來，從她那遲緩的舉止和言語可以看出，她並不太高興他們的這次造訪。他們趕快聲明只是順路來這兒，四個小時後他們就要動身進城去。

她只是輕輕地驚嘆了一聲，請阿爾卡季轉達她對他父親的問候，然後叫人請姨媽來。老公爵小姐睡眼惺忪地出現了，這讓她那滿是皺紋的臉顯得更凶了。卡捷琳娜身體不適，沒出臥室。阿爾卡季突然覺得他同樣強烈地想見卡捷琳娜。

在閒聊中四個小時過去了。安娜聽著，說著，一直面無笑容。只有在告別之前那種友情才似乎在她心底閃過。

「我最近心情不好，」她說，「你們可別介意，過段時間請再來，我是說你們兩位。」

巴扎羅夫和阿爾卡季默默地鞠了個躬作答，然後登上馬車而去，一路不停地駛向瑪麗伊諾，次日傍晚他們順利到家了，一路上誰也沒提奧金佐娃，巴扎羅夫只是冷冷地、緊張地一直凝望著路的另一方向，幾乎沒說過話。

在瑪麗伊諾，所有人都很高興看到他們歸來。兒子久未回家，已讓尼古拉開始感到不安，當費多西婭雙目炯炯地向他宣布「年輕的先生們」回來了時，他大叫了一聲，抖著雙腿在沙發上蹦了起來；巴維爾也感到有些愉快和激動，和這兩個歸來的遊子握手時露出了寬厚的笑容。接下來就是問長問短和閒談，阿爾卡季話最多，特別是晚飯時，這頓飯吃到半夜。

尼古拉吩咐人拿出從莫斯科剛捎來的黑啤酒，連他本人也喝得滿臉通紅，不時發出天真又神經質的笑聲。這種歡樂氣氛也感染了僕人們。

杜尼亞莎發瘋似的跑前跑後，把門開得砰砰直響；彼得在凌晨兩點多還拿著吉他彈哥薩克圓舞曲。靜寂的空氣中，琴弦發出如怨如訴的聲音，可除了開頭的幾個裝飾音外，這個有教養的貼身僕人就彈不出別的了：他沒有音樂才能，就像他沒有別的本事一樣。

此時瑪麗伊諾的日子並不太妙，可憐的尼古拉處處不順心。田莊裡的麻煩越來越多——這些事說不清楚，讓人發愁。雇工給他帶來的操心事簡直讓他受不了。有的要求辭工算帳或增加工錢，還有人拿到訂金後跑得沒影了；馬也病了，馬具像是在火裡烤過一樣；活兒幹得馬虎；從莫斯科訂購的脫粒機笨重得沒法用；另一台才用一次就壞了；牲口棚被火燒去一半，因為一個瞎老太婆在起風的天裡，拿一塊炭火去熏自己的牛……這個老僕還肯定地說，是因老爺想做幾種從來沒有的乳酪和別的乳製品才引起這災禍的。

總管突然變懶了，還開始發福，凡是「衣食無憂」的俄國人都會長胖。當遠遠看到尼古拉時，他要麼用小木塊去打在旁邊跑過的小豬，要麼就嚇唬赤膊的孩子來證明他正勤勉地工作，別的時候他多半在睡覺。

那些貨幣代役租的佃農不僅不按期交錢，還偷伐林子裡的木材；守林人幾乎每晚都在田莊的牧地上逮住農民的馬，有時要爭鬥一番才能將馬帶走。尼古拉本來規定了一筆罰金作為賠償，可往往是馬白白吃了主人一兩天草，又讓原主領走。

除了這些倒楣事外，農民之間又發生了爭吵：兄弟鬧著分家，妯娌不能住在一個屋簷下，忽然激烈地打起架來。彷彿聽到命令一樣，全村都跑到村事務所的臺階前，纏住老爺，有的被打得一臉傷痕，有的醉醺醺的，都讓老爺裁決。女人的尖叫哭訴，間雜著男人的斥罵，吵鬧不堪。主人此時得把敵對雙方分開，自己的嗓子都給喊啞了，雖然早知道不可能有什麼好的解決辦法。

莊稼收割時缺人手，附近的一個獨院小地主[72]，長得儀表堂堂，說可以提供人手割麥子，講定價錢是兩盧布一畝，可他卻用最卑鄙的手段欺騙了尼古拉。他自己村裡的農婦漫天要價，叫出從來沒有的高工錢，此時麥子散落田中，收割的事還沒應付完呢，監護院[73]也來逼著尼古拉要立即清算借款的利息……

「我沒辦法了！」尼古拉多次絕望地哀鳴，「我不能去打架，叫警察來吧，又不符合我的原則，可如果不嚴加懲處，只是懼怕，什麼事也幹不成！」

「Du calme, du calme.（法語：安靜點兒，安靜點兒。）」巴維爾只會這樣說，他自己也會哼哼幾聲，皺皺眉頭，扯扯自己的小鬍子。

巴扎羅夫遠離這些「無謂的爭吵」，他是客人，更不好插手主人的事。到瑪麗伊諾的第二天，他就忙著工作，研究青蛙、纖毛蟲和化合物。

阿爾卡季正相反，他就算幫不了父親，至少也得做出準備幫父親忙的樣子，他認爲自己有這個義務。他耐著性子聽父親講，有一次還幫著出了個主意，倒不是真讓父親照他的辦，而是爲了表示他的參與。

阿爾卡季並不厭惡管理田莊，甚至很知足地想著將來從事這一行，可此時的他，

72. 俄國農奴時代低級官吏後裔出身的小地主，土地不多，可蓄農奴，並與農奴同樣負擔賦役。
73. 監護院是帝俄時代管理照顧孤兒、寡婦和私生子的慈善機構，用它的基金放款生息。

腦子裡都裝滿了別的念頭。連自己都奇怪，他腦子裡一直有尼寇里村。要是之前有人跟他說，他和巴扎羅夫在一個屋簷，而且是在他父親的屋簷下生活，他會感到寂寞無聊的，他肯定會聳聳肩，可如今他確實感到無聊，心神不定。

他想散步，直到走不動爲止，可這也無濟於事。有一次他和父親交談，得知父親那兒有幾封有趣的信，是奧金佐娃的母親寫給他母親的，便纏住父親，直到尼古拉翻遍了所有的箱子、櫃子，把信找出來交給他才罷。

幾張半腐爛的信箋到手後，阿爾卡季才很安心，就好像他看到了自己面前的目的地。

「我是說你們兩位，」他低聲念叨著，「是她親口說的。我要去，非去不可，真見鬼！」可他又記起上次的造訪，那冷冰冰的接待和自己的那份尷尬又讓他打起退堂鼓，但年輕人好「碰運氣」，對幸福有著殷切的追求，總想在無任何人監護下試試自己的鋒芒。

回到瑪麗伊諾不到十天，他就藉口研究星期日業餘學校[74]的機制，先進城，從那兒轉到尼寇里。他不停地催著車夫飛奔，像年輕的軍官奔向戰場一樣既害怕又快活，心

74.是為了一般做工的人開辦的補習學校。

急如焚。

「最主要的是——我不該亂想。」他反覆對自己強調。他碰上了個慓悍豪放的車夫，每個酒館前車夫都要停下問：「來一杯？」或「難道不來一杯？」不過他來一杯後，就不心疼馬了。那熟悉的宅子的高屋頂終於出現了……

「我幹什麼呀？」阿爾卡季腦子裡突然閃過這個念頭，「可也不能回頭了！」

三匹馬齊齊飛奔，車夫吆喝著，吹著口哨。時而小橋被馬蹄和車輪壓出很大的響聲，時而修剪過的樅樹林蔭道撲面而來……一片濃蔭中閃出女人粉紅的衣衫，嫩嫩的臉從傘的細穗子流蘇下張望著……他認出了是卡捷琳娜，她也認出了他。

阿爾卡季叫車夫勒住馬，他從馬車上跳下來，走向她。

「是您呀！」她說著，漸漸地臉紅了，「到我姐姐那兒去吧，她在花園裡，見到您她肯定很高興。」

卡捷琳娜領著阿爾卡季進了花園。和卡捷琳娜的相遇讓他覺得很幸運。見到她很興奮，就像見到了自己的親妹妹。一切都很順利：無需管事通報。在一條小路拐彎處他看到了安娜。她背對著他站著。聽到腳步聲，她便慢慢地轉過身來。

阿爾卡季又緊張了，可她一開口就讓他安下心來。

「您好，逃亡者！」她平靜溫柔地說著迎向他，微笑著，溫暖陽光讓她雙眼瞇了起來：「你在哪兒找到他的，卡捷琳娜？」

「我給您帶了件東西，安娜，」他開口道：「您肯定想不到……」

「您把自己帶來，那就是最好的。」

chapter 23

風流少年

阿爾卡季離開時，巴扎羅夫帶著嘲諷爲他送行，這是向對方表明，他當然清楚他出行的真正目的。

阿爾卡季走後，他把自己關在房裡專心工作，不再和巴維爾爭論。巴維爾也不說什麼，只是在巴扎羅夫面前用哼哈來表示意見，同時擺出一副貴族氣派。不過有一次，他們在談論日前的熱門話題，即波羅的海沿岸俄籍日爾曼貴族問題時還是爭吵了，但巴維爾及時停住，只是禮貌而又冷冷地說了一句：

「當然，我們無法彼此理解，至少我不能理解您。」

「沒錯！」巴扎羅夫回敬道：「人能夠理解太陽的構成以及上面發生了什麼，理解一切，唯獨在別人擤鼻子和自己不同時，他無法理解。」

巴維爾咕噥了一句：「這算什麼，開玩笑嗎？」便走開了。

在晚上，巴維爾有時請求巴扎羅夫允許他觀看實驗，甚至有一次，他還將那張洗得很乾淨又灑了香水的臉貼近顯微鏡，觀察透明的鞭毛蟲怎樣吞噬綠色塵粒，又怎樣用喉管裡的拳狀纖毛靈巧地把塵粒消化。

尼古拉比他哥哥來得勤快，他每天必到，除非身有要事，他說他是來「學習」的，在房間的角落裡一坐，就專心致志地觀看，還偶爾小心地問一兩個問題，他的存在並不影響年輕的自然科學實驗家的情緒。

在大家午餐或晚餐的時候，他盡力談物理學、地質學或者化學方面的問題，因爲別的話題，即使不引起爭執也會讓雙方不愉快，連土地經營方面的問題都這樣，就更別說是政治問題了。

他還從哥哥的種種表現中，看得出他仍對巴扎羅夫抱有敵意，其中有一件事就可以證明他的猜想不錯。那時霍亂肆意蔓延，瑪麗伊諾甚至有兩人「走了」。有天晚上，巴維爾發起了高燒，可他熬了一晚上也不願請巴扎羅夫醫治。隔一天，巴扎羅夫問他爲何不派人找他，這個病人雖然病得臉色蒼白，但還是把臉刮得乾乾淨淨，頭髮也梳得整整齊齊，他給出的回答是：「我似乎還記得，您說過您不相信醫學？」

時光流逝，巴扎羅夫一直帶著憂鬱努力地工作。不過在尼古拉家裡，有一個人他很樂意去交談，儘管他不能向這個人訴說憂鬱——這個人就是費多西婭。他只有在和她談話的時候才會友好和善、開朗隨和，也會隨便開玩笑。

他總是清晨時，在花園或院裡遇見她。他從不去她的臥室，她也只有一次爲了米佳而走到他門口，問他能否給米佳洗澡。她不怕他，並且信任他，在她眼中，他是個有出色醫術的樸實無華的好人。

在他面前，她是那麼的自由，她可以當著他面毫無顧忌地擺弄孩子。有一回突然頭暈，還喝了他親自用湯匙餵的藥水，而這是連尼古拉也不能比的。

她難以說清爲什麼，或許潛意識裡感到巴扎羅夫沒有貴族氣吧，就是上流貴族那種既讓人嚮往又讓人害怕的威勢。要是尼古拉在場，她就躲著巴扎羅夫，這不是她害怕，而是避嫌。在這個家裡，她只怕一個人，那就是巴維爾。

不知是從何時起，巴維爾開始經常注視她，有時又突然出現在她身邊，像從地底下冒出來一樣。他一副英式裝扮，手插在褲兜裡，傲然的臉上射出犀利的目光。

「那感覺就像澆了一盆涼水。」費多西婭向杜尼亞莎傾訴。杜尼亞莎也只是嘆氣，心裡卻想著另一個「冷酷的人」——那個被她看成是「暴君」的巴扎羅夫。巴扎羅夫當然不知道杜尼亞莎心中的想法。

巴扎羅夫和費多西婭彼此喜歡對方，他和她開玩笑的同時也在悄悄觀察她：她真是越來越漂亮了。一個年輕的少婦在她的生活裡常有這樣的階段：好似夏天的玫瑰，突然間吐蕊綻放。費多西婭此時正處於這樣的時期，所有的一切，包括七月的炎熱，都在爲她的美豔動人助興。

夏天，她換上了白色的薄裙衫，連她自己也感覺輕盈起來。太陽沒有把她曬黑，暑熱卻直逼著她，讓她的臉和耳朵泛起一層紅暈，身子裡多了一份慵懶，也給她美麗的眼睛帶來了昏昏欲睡般的困倦。她幾乎什麼也幹不了，手會不由自主地落到膝頭上，走路時也是有氣沒力，她老是帶著可笑的無奈的樣子整天嘆氣。

「你最好經常洗澡。」尼古拉對她說。他在一個還沒乾涸的池塘上用麻布搭起帳篷，把那兒變作浴池。

「天啊，尼古拉，那路上連一點樹蔭也沒有，還沒到池塘就沒命了，更別說再走回來。」

「那也是，哎，沒有樹蔭。」尼古拉皺著眉頭說。

一天早上，大約六點多鐘，巴扎羅夫散步回來，見費多西婭獨自坐在涼亭裡。涼亭覆滿了丁香樹的枝丫，花雖已謝，綠蔭卻在。她坐在一條長椅上，身邊是一大束帶著露水的紅玫瑰和白玫瑰。他向她問好。

「噢，葉甫蓋尼！」費多西婭說著，稍微掀起她每天都披著的白頭巾一角，好看清來人。袖子隨之滑到胳膊肘上。

「您在做什麼？」巴扎羅夫說著在她身邊坐了下來，「紮花嗎？」

「嗯，紮成花束，放到早餐桌上，尼古拉喜歡花。」

「早餐還早呢。這麼多花！」

「剛採來的，趁我還能喘氣，要不晚點兒天一熱，我就不能出門了。暑熱讓我沒有一點勁兒，我是不是病了？」

「別胡說！來！我給你把把脈。」巴扎羅夫說著拿過她的手，按到她的脈上，「你能長命百歲哩。」他沒數她脈搏的分率就說道，然後放下她的手。

「啊？」

「怎麼了？難道你不想長命百歲嗎？」

「哎！一百歲……我奶奶活了八十五歲，真是活受罪！她耳聾，腰又彎，咳嗽不斷，瘦得像顆乾棗，連她自己都覺得活著沒意思。您說這算什麼生活啊！」

「那還是年輕好？」

「當然啦！」

「那你說說，年輕有什麼好呢？」

「年輕的好處多啦！像我如今還年輕，什麼都能自己做，來去自由，想要什麼就自己去拿，不用求人，您說還有比這更好的嗎？」
「可在我心裡，年老和年輕都一樣。」
「怎麼可能一樣？」
「那你為我想一想，費多西婭，我一個人孤孤單單，年輕有什麼用呢？」
「這完全取決於您自己。」
「這是我決定不了的！要是有個人來安慰我多好。」
費多西婭沒有回答，只瞄了他一眼。過會兒才又問道：「您看的什麼書啊？」
「這個嗎？學術方面的，寫得很好。」
「哦？您一直用功，不覺得枯燥嗎？我想您已經知道了一切。」
「不可能知道一切，你也試著看看。」
「我看不懂的。」說著，她雙手捧起厚重的書，「這書真厚！是俄文的吧？」
「俄文。」
「這沒什麼不同，反正我都看不懂。」
「我也沒想讓你讀懂它，只是想看看你讀書的模樣。你讀書的時候，小巧的鼻子會動，可愛極啦！」
說這話的時候，費多西婭已把書隨手翻到《論雜酚油》那章，原本打算低聲讀讀的，聽了這話，不禁笑了起來，把書一放，書從長椅上滑落到地上。

「我也喜歡你的笑。」巴扎羅夫說。

「您別說了。」

「還有你說話的時候，像溪水在潺潺流動。」

費多西婭轉過臉，手理著花束。「看您說的！您總是聽那些聰明的太太小姐們說話，哪會聽我的話呢？」

「哎，世上所有聰明的太太小姐都比不上你這美麗的胳膊肘。請相信我，費多西婭。」

「你胡亂想什麼呢？」費多西婭收攏了雙手，壓低聲音說。

巴扎羅夫撿起地上的書。「你怎麼扔了？這是醫書呢。」

「醫書？」費多西婭又轉過臉對著他。「還記得上次您給米佳開的藥水嗎？他喝了睡得香香的！我真不知道該怎麼謝您，您那麼好。」

「是啊，是要好好謝我。」巴扎羅夫說完一笑，「你知道，醫生都是貪心的。」

費多西婭不知他是否在開玩笑，她抬起頭望著他，乳白色的光線照到她臉的上半部，讓她的眼睛看起來更黑了。

「如果您願意，我們會很高興付的，要先去和尼古拉商量一下……」

「你以為我要錢？」巴扎羅夫打斷她，「不，我不要錢。」

「那您要什麼呢？」

「要什麼？」巴扎羅夫說：「你猜猜？」

「我怎麼猜得著呢？」

「還是告訴你吧，我要……一朵這樣的玫瑰花。」

費多西婭差點拍手笑起來，巴扎羅夫的要求原來這麼有意思。她得意地笑著。巴扎羅夫緊緊地盯著她。

「好吧，」她說罷彎下腰，在椅子上挑選著玫瑰。「您要哪朵？紅的還是白的？」

「紅的，花不要太大。」

她直起腰。「就這朵吧。」她說，但又突然縮回手去，抿著嘴，瞅了瞅涼亭的入口，又側耳聽著。

「怎麼了？」巴扎羅夫問：「尼古拉來了嗎？」

「不是，他去田裡了。他沒什麼可怕的，但……巴維爾……我似乎聽到……」

「怎麼樣？」

「我覺得好像大老爺來了。哦……沒有人，哪，拿著。」費多西婭把手裡的那朵玫瑰交給了巴扎羅夫。

「你怕巴維爾?爲什麼?」

「我一見他就害怕，他倒沒說什麼，只是奇怪地看著我，我知道你也不喜歡他，老和他爭論，我不知道你們在爭什麼，就只看見你把他弄得轉來轉去。」費多西婭說著，還做起了巴維爾被折騰得轉來轉去的樣子。

巴扎羅夫微微一笑，說:「如果我輸了呢，你會幫我吧?」

「我怎麼幫你啊?哦，不，誰能鬥得過您呢!」

「您真這麼想?可我知道，有個人只需動下手指頭就能把我打倒。」

「誰啊?」

「您真不知道?啊，您的這朵玫瑰真香!您來聞聞。」

費多西婭伸長脖子，把頭湊近花朵。頭巾落到肩上，露出了烏亮而又稍微散亂的髮絲。

「等等，我和你一塊兒聞。」

巴扎羅夫說著傾身向前，緊緊地吻上了她稍微張開的雙唇。她很吃驚，雙手去抵他的胸，但卻沒什麼力量。他又趁機延長了接吻的時間。

一聲乾咳從後面傳來，費多西婭快速閃到長椅一邊。巴維爾從丁香花叢後出現了。他略低頭鞠了個躬，皺著眉說:「哦，你們原來在這兒。」說完就走開了。

費多西婭立刻收拾起所有玫瑰，走出涼亭。臨走前，她對巴扎羅夫說：「葉甫蓋尼，這是您的錯。」她說得很小聲，但卻是真的責備。

巴扎羅夫想起了最近的另一幕，不由得心生慚愧。他有點沮喪，但又馬上搖搖頭，嘲笑自己是真的扮演了「風流少年塞拉東[75]的角色」，隨後就回到自己的房裡了。

巴維爾走出花園，踱著步子走到林子邊，久久地站在那裡。最後，他陰沉著臉回來用早餐，尼古拉見他臉色那麼可怕，關心地問他是否身體不舒服。

「你知道，有時我的黃疸病會發作。」巴維爾不動聲色地答道。

75. 法國作家狄爾非（一五六八—一六二五）所寫的長篇小說《阿斯特列亞》中的男主角，是一個人們通常說的「風流少年」。

chapter 24 決鬥

兩個小時後，巴維爾敲開了巴扎羅夫的房門，在他跨進房門那一刻，一絲難言的陰影從巴扎羅夫臉上掠過。

「很抱歉，打擾了你的研究工作。」巴維爾邊說邊在靠窗的凳上坐下，雙手支在象牙頭手杖上（他通常不帶手杖走路），「但我請您給我五分鐘時間，不會太久。」

「您可以支配我所有的時間。」巴扎羅夫說。

「我只要五分鐘，我是來向您請教一個問題的。」

「哦？關於什麼？」

「請聽我說。從您初來我弟弟家裡起，我就從未放棄過和你交談的榮幸，也曾恭聽過你對很多事物的見解，但在我記憶裡，不管我們是否對面交談，我們從未說過決鬥這一話題。請問你對此事有什麼看法？」

「我的看法是，」他說，他本應站著迎接巴維爾的，此時卻在胸前交叉起雙手坐到桌角上，「決鬥在理論上講是很荒謬的，可從實際上講則是另外一回事了。」

「我是否可以理解，你要說的是，在理論上你無論是什麼態度，可現實中，當你被別人侮辱後絕不會忍氣吞聲？」

「這正是我的看法。」

「很好，先生，你的回答免去了我種種猜測，我很高興。」

「是免除了猶豫吧。」

「沒什麼不同，先生，你明白就好。總之，你的話避免了讓我做出令人不快的舉動，我也不是神學院裡的老鼠[76]——我決定和你決鬥。」

「我？」巴扎羅夫瞪大了眼睛。

「是的，和你。」

「爲什麼呢？」

「我可以說出原因，」巴維爾說：「但我覺得還是不說破更好些。我鄙視你，不能容忍你，你在這裡是多餘的，這些理由還不夠的話……」

76. 意思是：我不是鑽在舊紙堆裡咬文嚼字的。

巴維爾眼露凶光，巴扎羅夫也一樣。

「足夠了。」巴扎羅夫說：「你突然有興趣拿我來試驗你的騎士精神，這很好，先生，本來我可以不答應，不過……就按你說的辦！」

「非常感激，」巴維爾說：「你不用我動用激烈的手段便接受挑戰，成全了我。」

「說實話，你是指這根手杖嗎？」巴扎羅夫問：「真不錯，不過採取這種方式恐怕未必有用。其實你大可不必這麼做，你只要保持你的紳士風度，而我也將紳士地接受你的挑戰。」

「這樣最好，」巴維爾把手杖放到牆角裡。「那麼談談決鬥的條件。我先問一下你的意見，我們是否來一次形式上的爭吵，作爲我挑戰的緣由。」

「沒必要，形式主義。」

「我覺得也是，而且也根本不必說明我們決鬥的原因，眾所周知，我們一向不和。」

「眾所周知！」巴扎羅夫以同樣的話回敬他，充滿嘲諷。

「對於決鬥的具體條件，由於找不出合適的公證人……」

「是啊，此刻難找合適的人。」

「那麼請允許我提議：明日一早在小林子後面決鬥，具體時間可訂在六點，我們用手槍，距離十步……」

「十步？不，這不足以斃命，只能留下遺恨。」

「或者八步。」巴維爾改正道。

「沒什麼不妥！就這樣。」

「我們都有兩次射擊機會，同時，爲避免事後糾紛，要準備好一封遺書放在自己口袋，說明是自殺。」

「不，這有點做作，您以爲在演法國小說嗎？」巴扎羅夫說：「我不同意這一項。」

「你說的也有道理，但你一定也不想有謀殺嫌疑吧？」

「不錯，不過還有別的方法可以避免這種悲劇性的責難——不需要公證人，而是目擊證人。」

「誰？」

「彼得。」

「哪個彼得？」

「你弟弟的隨從。他處於現代文明的高峰，在這種情況下，他定能盡責。」

「親愛的先生，我想你是在開玩笑。」

「不，我的想法合情合理，你仔細想想吧，紙終究包不住火，我會先給彼得開導一下，到時直接帶他去決鬥地點。」

「你還在說笑呢！」巴維爾說著站了起來，「但是，有了你的慷慨承諾，我也不再有別的請求了。就這樣，一切都說定了。順便問問，你沒有手槍吧？」

「我哪來的槍呢，巴維爾？我又不是軍人。」

「這樣的話，我可以借給你用。你儘管放心，我也有五年沒開過槍了。」

「聽起來倒讓人安慰。」

巴維爾拿起手杖，說：「敬愛的先生，現在我該告辭了，不再妨礙你的科研工作。最後，我深表謝意。」

「期待與你的愉快的會面，我尊敬的先生。」

巴扎羅夫邊說邊把客人送至門口，客人走後他還站在那裡。突然，他嚷了起來：「呸！見鬼去吧！在這演什麼喜劇，連我也跟著像受過訓練的狗，一起用後腳跳舞。哼！看起來文雅，實則愚蠢！但又不能拒絕，那樣的話他肯定要用手杖，那我……」一想到這樣的情形，巴扎羅夫的臉立刻變白了，「那我就會像掐死一條狗那樣把他掐死！」他惱怒地說。

他回到顯微鏡前，才發現實驗需要的平靜心態已被打破，再也不能安心觀察。

「他一定是看到了，」他想，「可是，接吻了又怎樣？他這麼做是爲了維護他弟弟嗎？不，不會這麼簡單。難道他愛上了……嗯，是這樣，很明顯了。真糟……糟糕透了……」

他又仔細分析著，「不管怎樣都糟透了。首先要伸出頭挨子彈，就算不死也得離開這裡，可是，又該怎麼對阿爾卡季，和他那老實巴拉的父親說呢？糟糕！真是該死！」

這一天特別鬱悶，靜得出奇。首先是費多西婭整天都坐在她房裡，像耗子鑽進了洞，從世上消失了一般。尼古拉則被告知麥子生了黑穗病，那可是他的希望啊，他爲此愁眉苦臉的。而巴維爾冷冷的，連高雅的舉止都蒙上了一層冰霜，這讓家裡上下，包括老僕普羅科菲伊奇在內都感到壓抑。

至於巴扎羅夫，他想給父親寫信，但才開了個頭，就把信紙撕了扔到桌底。他想：「假如我死了，他們終究會知道的，更何況我死不了。不，我死不了！」

他吩咐彼得明早來伺候，天色吐白就必須來，要辦急事。彼得以爲要帶他去彼得堡哩。

夜晚，巴扎羅夫很久沒睡，後來又做怪夢：奧金佐娃在他跟前使勁地轉悠著，她忽而又變成了他的母親；一隻黑鬍子貓跟在她身後，卻又是費多西婭；巴維爾就像一片黑壓壓的樹林，但還是要和他決鬥。

怪夢一個接一個，直到彼得來叫他，他立刻穿戴好出門了。

清晨四點多是美麗而清涼的。天空已泛起魚肚白，朵朵雲彩像一群羊羔在那裡閒蕩；朝霞的粉紅還沒褪盡，在濕潤黝黑的大地上還可尋見它的蹤跡；露珠散落在樹枝、草尖和蛛網上，點點滴滴，閃著銀白的光；天空裡滿是雲雀的歌聲。

巴扎羅夫選了個小叢林邊的陰涼處坐下，而後把要辦的差使向彼得說明，嚇得這個受過教育的僕人差點兒昏倒，然而巴扎羅夫馬上安慰他說：

「你只要站在遠處看就得了，無論發生什麼都與你無關，你不需負任何責任。另外……」巴扎羅夫更深入地引導，「你要想想，你的角色多麼重要！」

彼得把手一攤，往白樺樹上一靠，垂下了眼瞼，臉都青了。

林子裡有條蜿蜒小路，是出村的必經之地。今天它還沒被人踩過和被車輪碾過，所以路面還有層薄薄的塵埃。

巴扎羅夫拔下一根青草銜在嘴裡，不時打量一下小路，心裡尋思：「做這種蠢事！」早晨的涼氣讓他不禁打了兩次寒戰。一旁的彼得哀傷地看著他，而他卻臉帶微笑，絲毫不懼！

樹叢後的路上有馬蹄聲響起……一個農民趕著兩匹拴在一起的馬出現了。他經過他們身邊時，好奇地向巴扎羅夫瞥了一眼，帽子也沒脫就過去了。這可惹惱了彼得，他覺得這是不祥之兆。而巴扎羅夫卻想：「他起碼有事要做，而我們呢？」

「大老爺好像來了。」彼得小聲地說道。

巴扎羅夫抬眼就看見巴維爾正匆忙走來，他穿著花格子薄上裝和雪白的褲子，腋下夾著一個用綠呢包住的匣子。

「讓你們久等了，請原諒。」他說著，向巴扎羅夫躬身致意，接著又對彼得鞠了一躬，因為此時的彼得是見證人，該得到尊重。「我不想麻煩我的隨從。」

「沒關係，我們也剛到。」巴扎羅夫說。

「哦，那就好。」巴維爾朝周圍環顧了一下，「沒看見有人，可以開始了嗎？現在不會有人打擾我們。」

「開始吧。」

「我想你也不要什麼新的解釋吧？」

「不需要。」

「你是否親自上子彈？」巴維爾邊問邊從匣子裡拿出兩支手槍。

「不用了，你上就行，我來量步數。」巴扎羅夫笑笑，然後又說道：「我腿長。一——二——三……」

此時，彼得使勁地打著哆嗦，像是得了傷寒似的。他結結巴巴地對巴扎羅夫說：「葉甫蓋尼，無論如何，我必須走了。」

「四——五——你儘管走開，老弟，走開就是，你還可以站到樹後面捂著耳朵，不過不能閉眼，不管誰倒下了，你都要過來扶著。六——七——八。」巴扎羅夫收攏腳步，「可以了嗎？」他問巴維爾：「還是再多加兩步？」

「隨便你。」巴維爾回答，他已在裝第二顆子彈。

「好吧，那就多兩步。」巴扎羅夫又走了兩步，伸出腳尖在地上畫了一條線。「就以此爲界。我再問問，我們要在各自的界線後面退開幾步呢？這個問題很重要，我們昨天沒有討論。」

「我看就各退十步吧。」巴維爾回答道，同時將兩支手槍朝巴扎羅夫遞去，「請你挑選。」

「好吧。但是，巴維爾，您不覺得我們這次決鬥不同尋常，非常可笑嗎？您看看目擊證人那張臉就知道了。」

「你真是愛說笑。」巴維爾回答道：「我不否認您剛才說的，我們這次決鬥是有些不同尋常，即便這樣，我也會很認真，關於這點，我有義務提醒您。A bon entendeur, salut!（法語：對明白人不必太囉嗦。）」

「噢，我從來沒懷疑過我們都要置對方於死地，但爲何不笑一下呢，把utile dulci（拉丁語：有用的和可笑的。）結合在一起呢？你跟我說法語，我就對你說拉丁語。」

「我跟你決鬥可是很認真的。」巴維爾再次強調，同時走到自己的位置。巴扎羅夫也退到距自己界線十步之遙處站定。

「準備好了嗎？」巴維爾問。

「好了。」

「我們可以互相走近了。」

巴扎羅夫慢慢走過去，巴維爾也迎面走過來，只見他左手插著褲兜，右手慢慢舉起手槍瞄準對方……

「他在瞄準我鼻子呢。」巴扎羅夫暗想：「還裝模作樣地瞇著眼睛，這混蛋！這種感覺真鬱悶，讓我也來瞄準他胸口的錶鏈……」

砰的一聲，一個東西從他耳邊擦過，同時聽見一聲槍響。

「聽見了，就是說我沒事。」他腦子裡快速地閃現了這個念頭。緊跟著，他逼近一步，沒瞄準就扣動了扳機。

巴維爾顫了一下，用手扶住了大腿，血沿著雪白的褲管流下來。

巴扎羅夫拋開手槍，奔向敵方。「你受傷了？」他問。

「一點輕傷，沒關係。」巴維爾急促地呼吸，「按規定我們都還有一次機會。」

「下次吧，對不起。」巴扎羅夫說著抱住了巴維爾，看見對方的臉色越來越白，又說：「我現在是醫生，而不是決鬥者，我要先看看你的傷口。彼得，過來，彼得！你躲到哪兒去了？」

「小事一樁……不用幫忙，」巴維爾斷斷續續地說：「應該……再……」他剛想抬手捻捻鬍子，但沒一點勁，突然眼珠一翻，就昏過去了。

「昏了？真新鮮！不過好辦多了！」巴扎羅夫說罷，就把巴維爾往草地上一放，「我來看看他傷得怎樣。」

他掏出手帕把血拭去，又在傷口周圍按了按，「傷口不深。」他半抿著嘴，「沒有傷到骨頭，只是擦過vastus externus（拉丁文：肌肉股外筋。），三周就能恢復了……可是，他怎麼昏了，嘿，這人皮膚可真嫩！神經也真脆弱！」

「大老爺死了？」彼得在身後低低地說。

巴扎羅夫回過頭。「快，老弟，找點水去。他會比我們都活得長呢。」

這個善良的聽差絲毫不動，好像沒聽懂他說的話。他見巴維爾慢慢睜開了眼睛，嘴裡嘟囔著「他快死了」，便畫起十字來。

「沒錯……瞧我這副傻臉！」受傷的紳士強笑著說。

「你這傢伙！快去取水！快！」巴扎羅夫嚷了起來。

「不用……我只是有點頭暈，等會兒就好了……請扶我坐起來……好，行了。這點小小的擦傷，敷點藥就沒事了，我還可以自己走回家，要不派輛車來接我也行。如果你同意，決鬥就此結束，你今天光明磊落……我只說今天——今天。」

「事情過去就不用再提了，」巴扎羅夫答道：「至於將來就更不用費神了，我已打算離開這裡。現在，我給你包紮一下傷口。你的傷沒有大礙，但還是要止血，不過先要讓這傢伙醒過來再說。」他說罷，揪住彼得的衣領猛推了幾下，命他去叫一輛馬車。

「小心別嚇著我弟弟。」巴維爾對著彼得的後背補充道：「千萬別讓他知道。」

彼得走了，剩下兩個仇敵坐在草地上，兩人一直沉默著。

巴維爾儘量不看巴扎羅夫，他對自己的失敗感到羞愧，但若就此握手言和，他又不願意。現在的結局，都是他的驕傲、他的愚蠢行爲造成的，可又沒有比這更好的結局了。他安慰自己：「謝天謝地，至少他要離開這裡了。」

沉默是那麼漫長，那麼令人難耐，兩人心裡都不是滋味——明知對方在想什麼，卻又不肯說破。如果是朋友，這樣心照不宣當然令人愉快，但對於仇敵，就只有痛苦了，特別是現在既不能說清楚，又不能分開。

「我沒把你的腿裹得太緊吧？」巴扎羅夫先打破沉默。

「沒有，很好。」巴維爾回答。過了一會兒又說：「這事瞞不過我兄弟，我們就說是因爲政見不合。」

「沒問題，」巴扎羅夫說：「你就說因爲我把所有親英派都罵了一通。」

「很好。你瞧，那傢伙會怎麼看我們？」巴維爾指著一個路過的農民問。他就是剛才巴扎羅夫在決鬥前看到的那個農民，現在又回來了，看見「老爺」在，便脫帽表示尊敬。

「誰知道！」巴扎羅夫說：「很可能什麼也沒想。俄國農民是猜不透的，拉德克利甫夫人[77]就曾論證過多次，可誰知道到底是怎樣的？連他自己也不清楚。」

「啊，你又說笑了！」巴維爾還沒說完，就突然嚷了起來：「瞧那個混蛋彼得做的好事！我弟弟來了！」

巴扎羅夫回頭一看，果然看到尼古拉坐在兩輪馬車裡，臉色蒼白。沒等馬車停穩便匆忙跳下來，直奔哥哥而來。

「發生什麼事了？」他驚慌失措，「葉甫蓋尼，請問到底爲什麼？」

「沒什麼。」巴維爾代爲回答，「我和巴扎羅夫先生發生了口角，我受了點小小

---

77. 安・拉德克利甫（一七八四—一八二三），英國女作家。

的懲罰。」

「天啊，到底是怎麼引起的？」

「該怎麼說呢？巴扎羅夫先生說了對皮爾・羅伯特爵士不恭敬的話，所以……但我該說清楚，這都是我的錯，是我先挑起的，與巴扎羅夫先生無關。」

「哎呀，你還流著血呢！」

「我血管裡流的難道會是水嗎？流點血有益健康，對吧，大夫？別急，扶我上車吧，很快就會好的。好，就這樣坐，走吧，趕車的！」

尼古拉在馬車後面跟著，巴扎羅夫本來是打算走在最後的……

「我得託您照顧一下我哥哥，」尼古拉對他說：「我立即去省城另請醫生。」

巴扎羅夫沒有說話，只鞠了個躬表示接受。

一小時後，巴維爾已躺在床上，腿也包紮好了。他戴著尖頂帽，換了一件麻紗襯衣，還在外面套了件漂亮的短外衣。

這時，一家人從上到下全都驚動了。尼古拉搓著雙手，一言不發；費多西婭總感到全身不對勁；巴扎羅夫也沒個好臉色，一整天都獨坐房裡，又氣又惱，每次去看病人時都是很匆忙，其間有兩次他碰見了費多西婭，但她都避開了；唯有巴維爾還嬉笑著和大家開玩笑，尤其是和巴扎羅夫，他笑著訴苦說他不得不禁食，還不讓放窗簾。

可到晚上他就發起了高燒，頭也疼了起來。正好城裡的醫生趕來了。（尼古拉沒聽哥哥的話，堅持請了醫生，況且巴扎羅夫也覺得該請個新人來。）新來的醫生和巴扎羅夫的診斷一樣：沒有什麼危險。他建議多喝冷飲幫助散熱。

起初，當尼古拉向他說是哥哥不小心自己打傷了自己時，醫生「哼」了一聲，可後來，當他接過二十個銀盧布時，就開口說：「是呀，這樣的事也常有。」

晚上，巴維爾睡不好，他輕輕呻吟著，不斷要水喝。尼古拉讓費多西婭給他端一杯檸檬水，他細細看了她一眼，把水一飲而盡。

整個晚上，全家沒有一人脫衣上床，尼古拉一會兒踮起腳尖去看看哥哥，一會兒踮著腳尖離開，巴維爾用法語對他說：「你去睡覺吧。」

次日清晨，他燒得更嚴重了，小聲斷斷續續地說著夢話。後來突然睜開眼睛，正看見他弟弟在床頭俯著身，便說道：「尼古拉，你說費多西婭是不是和奈利長得有點像？」

「奈利是誰啊，巴維爾？」

「那還用問！P公爵夫人啊！特別是她臉的上半部，就像一家人。」

尼古拉沒有說話，他從來不知道哥哥還這樣癡情，這太讓他驚訝了。「他肯定又想起往事了。」他暗中對自己說。

「哎！我是那麼愛她！」巴維爾雙手撐在腦後，自顧自地說。頓了一會兒又道：「絕不能讓一個無賴碰她一根指頭，我絕不容忍。」

尼古拉怎麼知道這話的意思，他只嘆了一口氣。

八點左右，巴扎羅夫來辭行，他已整理好行裝，搜集來的所有昆蟲、青蛙和鳥都被他放生了。

「你來辭行嗎？」尼古拉起身迎接。

「是的。」

「我瞭解你，也完全同意你的做法，我可憐的哥哥自然不對，他已經受到懲罰了，他親口告訴我說是他強迫你那麼做的。我確信您無法逃避這場決鬥，這……這多半是因爲你們總是針鋒相對……您別無選擇（他越說越糊塗了。）當然，這是他的錯。我哥哥是個老派的人，脾氣暴躁，固執己見……感謝上帝。這事終於結束了，我已經安排好了，不會傳出去的……」

「我把我的地址留給你，萬一出什麼問題的話……」巴扎羅夫冷冷地說。

「希望不會出什麼問題。葉甫蓋尼……很抱歉，你是我家的客人，結果卻……誰也不想這樣。更讓我傷心的是阿爾卡季……」

「我們還會見面的，」巴扎羅夫打斷了他的話，他實在對他的「解釋」和「遺憾」很不耐煩了，「但假如我沒見著他，請代我致歉。」

「我也請你……」尼古拉鞠了一躬，答道。但巴扎羅夫不等他說完，轉身就走了。知道巴扎羅夫要離開的消息，巴維爾表示要和他見一面，握手言和，但巴扎羅夫此刻卻冷若冰霜，他知道他只是想顯示一下自己的寬容。彼得則不同，他是動了真情，甚至伏到巴扎羅夫肩上慟哭，直到巴扎羅夫開玩笑說他的眼睛是不是水做的時，他才收起了淚水。而杜尼亞莎為了不當眾哭出來，不得不到小樹林後面躲起來。

還有費多西婭，巴扎羅夫來不及和她道別，只隔窗對望了一眼，看見她似乎很憂傷。

「也許她會被毀掉的！」他暗自說：「但她會熬過去的！」

這位痛苦的製造者坐上馬車，點上雪茄，走了三俄里後，他在拐彎處朝基爾薩諾夫家的莊園和那一排地主的新屋最後望了一眼，吐了口唾沫：「該死的小紳士！」說罷把大衣裹得更緊了。

巴維爾很快就好了，但他還需在床上休養近一個星期。他心平氣和地忍受這種被稱爲「囚徒」般的生活。但他在打扮上也用了不少時間，經常吩咐人給他灑香水。

尼古拉給他讀報，費多西婭像往常一樣侍候他，給他端肉湯、檸檬水、熟雞蛋等等。可她只要一進他房間就覺得害怕，因爲他這次意外的舉動嚇壞了全家的人，尤其嚇壞了她。

只有普羅科菲伊奇不以爲意，他說：「我那個時代，男人們決鬥很常見，有身分的老爺才會這麼做，至於賤人，不規矩時讓人發落到馬廄痛打一頓就是了。」

費多西婭並未受到良心的譴責，可是當想起他們決鬥的真正原因時，心中就充滿痛苦。巴維爾看她的眼神那麼奇怪，甚至背對他的時候，她也能感到他的目光在自己身上……這種不安讓她日漸消瘦了，但又讓她更加迷人。

一天早晨，巴維爾感覺身體好多了，他弟弟得知了這個情況後，便去了打穀場。巴維爾從床上挪到沙發中，此時費多西婭把端來的茶放到小桌上，正要離開，巴維爾叫住了她。

「你要上哪兒啊，費多西婭？你這麼匆忙，還有事嗎？」

「沒……可我……要去倒茶。」

「沒有你，杜尼亞莎也能應付的。你來和我這病人旁坐一坐吧，我有話要跟你說呢。」

費多西婭默默坐下了。

「聽我說說吧，」巴維爾捋了捋鬍子，「我早就想問你了，你好像很害怕我？」

「我？」

「是啊。你老是不敢面對我，好像內心有什麼不安一樣。」

費多西婭的臉紅了，巴維爾今天真夠怪的，她看了他一眼，心裡怦怦亂跳。

「你的良心安寧嗎？」他問。

「我幹嘛不安寧呢？」她低聲說道。

「這也是。不過，你有對不起別人嗎？對不起我嗎？這是不可能的。難道是對不起我弟弟？可你不是愛他嗎？」

「我愛他。」

「全身心的？」

「我全身心地愛著尼古拉。」

「真的嗎？請你看著我，費多西婭（他還是頭一次這麼稱呼她）……你知道，撒謊是最大的罪過！」

「我沒撒謊，巴維爾。要是我不愛尼古拉，我現在就可以去死！」

「那你會拋棄他，去愛別人嗎？」

「我會愛上誰呢？」

「不管是誰！比如說那位剛離開的先生。」

費多西婭霍地站起來。

「上帝做證。巴維爾，您為什麼要這樣折磨我？我什麼地方得罪您了嗎？您怎麼可以這麼說？……」

「費多西婭，」巴維爾的聲音帶著哀傷，「我都看到了……」

「您看到什麼了，老爺？」

「就在涼亭那兒……」

費多西婭霎時漲紅了臉，好不容易才說出一句：「可我有什麼錯呢？」

巴維爾坐直了身子。「你沒有錯？真的沒錯嗎？難道一點兒也沒有？」

「在這個世上，我只愛尼古拉一個人，一輩子都愛他！」突然，費多西婭的淚水湧到了喉頭，字字鏗鏘地說：「您說的那件事，我沒有罪過，即使是在審判，我也這麼說，我沒有罪！沒有！如果您堅持認為我欺騙了恩人尼古拉，我現在就死……」

她因激動而失聲了。

突然，巴維爾抓過她的手緊緊握住，眼裡閃著淚光，臉色也變得更加蒼白。她一看便怔住了，更驚奇的是，她竟看見他臉頰上掛著一顆大大的淚珠。

「費多西婭！」他低低的聲音讓人感動，「愛我弟弟吧！千萬不要愛別人，不要聽信花言巧語！我弟弟是個好人，那麼善良！你想想，如果他愛著一個不愛他的人，那是多麼可悲！什麼時候都不要拋棄我可憐的弟弟尼古拉！」

費多西婭沒有了眼淚和恐懼，只剩下一臉驚奇。當巴維爾——不錯，正是他，當他把她的手貼到他嘴唇上，沒有吻它而是顫抖著嘆息的時候，她更是驚呆了。

「主啊，」她想，「難道又犯病了？……」

而實際上，巴維爾身上已熄滅的生命之火又燃了起來。

伴隨著急促的腳步聲，樓梯軋軋作響，他推開她，把頭仰靠到枕墊上。門開了，是尼古拉，臉色紅潤的他是那麼快活又有生氣。他抱著米佳，孩子只穿件襯衣，和他父親一樣臉色紅潤又快活。他在父親懷裡活蹦亂跳，光著的腳丫在他外衣的大扣子上蹭來蹭去。

費多西婭一下就撲到了尼古拉身上，雙手環抱著他和兒子，頭靠在他肩上。尼古拉感到很驚奇，因爲向來矜持的費多西婭經常表現得很害羞，從不會當著第三個人的面對他表示親熱。

「怎麼啦？」他問道，又瞄了哥哥一眼，把孩子交給費多西婭，然後走向哥哥：「是不是又不舒服了？」

對方用麻紗手帕捂著臉。「不……沒什麼……我倒是覺得好了很多。」

「你不該這麼早就到沙發上來。」說完，他轉身想和費多西婭說話，但她已抱著米佳匆忙走出門口，砰的一聲帶上了房門。

「怎麼把他帶走了，我還想著抱孩子來給你瞧瞧呢，他可想念他的伯父了。哎，你怎麼啦？你們發生什麼事了嗎？」

「弟弟！」巴維爾莊重地喚了他一聲。

尼古拉不覺打了個寒噤，感到事情不妙。

「弟弟，」巴維爾再次喚道：「請你發誓，答應我一個請求。」

「什麼事？儘管說。」

「這是一項很重要的事。我已經考慮很長時間了，我認爲它關係著你生命裡的所有幸福……弟弟，負起你的責任，像一個正直高尙的人那樣盡到你的職責吧！你不同流俗，不應拘泥於世俗的偏見。」

「你指什麼，巴維爾？」

「和費多西婭結婚吧……她愛你，她是你兒子的母親。」

尼古拉驚得向後退了一步，拍手說道：

「這真是你說的嗎，巴維爾？你真的說了這樣的話？我一直以爲你反對這種婚姻呢！你知道嗎，你剛才公正地指出的責任，我之所以沒能完成，純粹是出於對你的尊重。」

「在這種事上，你尊重錯了。」巴維爾反對道，憂傷地笑著，「我現在覺得巴扎羅夫是對的了，他批評了我們的貴族氣派，他說得沒錯，親愛的弟弟，我們也該改改那些陳腐之見了！我們快要老了，該追求本真，該拋開一切浮華換來幸福啦。」

尼古拉撲了上去，一把抱住了哥哥：「我真是高興！」他大聲地說：「我相信，你是世界上最聰明善良的人，另外，我還看到了你深明事理的高貴之心……」

「輕點，輕點，你把你那深明事理的哥哥——一個年將半百卻還像一個陸軍準尉般和人決鬥的人——弄疼了，很好，就這麼定下了，費多西婭就要成爲我的……belle soeur（法語：弟媳。）了。」

「我親愛的巴維爾！可你覺得阿爾卡季會怎麼想呢？」

「阿爾卡季？他肯定會很高興。這樣的婚姻從禮法上來說，雖不符合他的原則，但卻能與他的平等觀相符合。事實上，au dix-neuvième siècle（法語：在十九世紀。）還說什麼門第觀念呢？」

「噢，巴維爾！巴維爾！請允許我再吻你一次，我會很小心的，你就放心好了。」兄弟倆擁抱著。

「現在就去把你的決定告訴費多西婭，你覺得怎樣？」巴維爾問。

「急什麼呢？是不是你們已經談過了？」尼古拉說。

「我們談過？Quelle idée（法語：想到哪兒去了！）！」

「很好。喜事早晚是要辦的，不過得先等你身體好了，另外我也要好好想想，準備一下……」

「這麼說，你已經決定了？」

「當然決定了，還要謝你呢。現在，你該保證充分的休息，激動可對你不利……我們今後會詳細談談的。睡吧，親愛的，祝你健康！」

只剩巴維爾一人待在房裡時，他心中想道：「他爲何這樣感激我？好像這個事他自己沒法決定似的！好吧，等他辦完婚禮，我就離開這兒，到德國德雷斯登或義大利佛羅倫斯去，就在那兒過完餘生吧。」

他靠在枕墊上，在額上灑了點兒香水，閉上了眼睛。白天明亮的光線照在他漂亮、消瘦的臉上，看起來就像死人一般——心如死灰的他的確是個死人了。

chapter 25 誤會

在尼寇里花園的一株高大的梣樹樹蔭下，卡捷琳娜和阿爾卡季兩人坐在一條用草皮鋪成的凳子上。菲菲橫躺在他們身邊的地面上，讓牠瘦長的身子有了一種漂亮的曲線，獵人把牠稱爲「兔伏式」。

阿爾卡季也好，卡捷琳娜也好，都沒有說話。阿爾卡季手中捧著一本打開的書，卡捷琳娜則從籃子裡挑選裡面的白麵包屑，把牠扔去餵一小群麻雀。這些麻雀又大膽、又害怕，老在她的腳邊蹦來跳去，嘰嘰喳喳。一陣微風刮來，把梣樹的葉子刮得輕輕搖動，在黑暗的小徑上，把菲菲黃色背上的淡金色的光點。吹得輕輕地前後擺動，均勻的陰影罩住了阿爾卡季和卡捷琳娜的全身，只在她的頭髮上偶爾現出一條光亮的線。

他們兩個都沒說話，正是從他們的沉默中，從他們並排坐在一起的模樣中，反映出他們互相信任的親密態度：他們似乎都沒有想著對方，但卻暗暗地為對方的親近感到高興。自從我們上次見到他們以來，他們的面貌都有了改變：阿爾卡季顯得更平靜，而卡捷琳娜則顯得更活潑、大膽了。

「你發現了嗎，」阿爾卡季開口說道：「梣樹的俄文名字取得很好，沒有哪種樹像它那樣在空中看起來那麼輕盈、明朗[78]。」

卡捷琳娜抬起眼向上望去，接著就說了一聲：「是的。」

阿爾卡季則想：「你看，這位姑娘並未責備我用了美麗的辭藻。」

「我不喜歡海涅，」卡捷琳娜用眼睛示意阿爾卡季手中捧著的書說道：「不管是他笑的時候，還是他哭的時候，我只喜歡他沉思和憂傷的時候。」

「可我喜歡他笑的模樣。」阿爾卡季說道。

「這是因為你身上還保留著愛諷刺人的痕跡……（「痕跡！」阿爾卡季心想，「要是巴扎羅夫聽到了會怎麼想呢？」）你等著看吧，我們會把你改造過來的。」

「誰來改造我？你嗎？」

「誰？我姐姐呀。還有你已經和他吵過架的波爾菲里．普拉托內奇，還有您前天

---

78. 俄文裡「梣樹」與「明朗」兩個詞的詞根相同。

送她上過教堂的姨媽。」

「我能拒絕嗎？至於說到安娜，你肯定清楚記得，她在很多問題上都是贊同葉甫蓋尼的意見的。」

「我姐姐和你一樣，當時都是處在他的影響之下。」

「也同我一樣！難道你沒有發現，我已經擺脫了他的影響嗎？」

卡捷琳娜沒有回答。

「我知道，」阿爾卡季繼續往下說道：「你們是永遠不會喜歡他的。」

「我沒法對他做出判斷。」

「知道嗎，卡捷琳娜，我每次聽到這樣的回答時，總是不相信這種說法……世界上根本就沒有一個這樣的人是我們每一個人都無法做出判斷的！這樣的回答不過是一個藉口而已。」

「好吧！這麼說吧，他……不是說我不喜歡他，不過我認爲他和我格格不入，他也覺得我同他格格不入……其實，你同他也是不相容的。」

「那是爲什麼？」

「怎麼說好呢？……他很兇猛，而你、我卻很溫順。」

「我也是溫順的？」

卡捷琳娜點了點頭。

阿爾卡季抓了抓自己的耳朵。「你聽我說，卡捷琳娜，這實際上是一種侮辱。」

「難道您想當一個兇猛的人嗎？」

「兇猛的人倒是不想，但是我想成為堅強的人物。」

「這點並不是可以想望到的……你看，你的那位朋友並不想做到這點，但他的身上卻有這種東西。」

「哼！這麼說，你認為他對安娜有過巨大的影響了？」

「是的，誰也不能長時間控制她的。」卡捷琳娜低聲補充了這麼一句。

「為什麼你這麼想呢？」

「她很驕傲……我的意思不是這樣……她很珍惜獨立人格。」

「誰又不珍惜獨立的人格呢？」阿爾卡季反問一句，可自己的腦海中卻閃過一個想法：「獨立人格又有何用呢？」

卡捷琳娜的腦海中也閃出了這個想法：「獨立人格又有什麼用呢？」通常友好相處的年輕人總容易產生同樣的想法。

阿爾卡季微微一笑，然後悄悄地靠近卡捷琳娜，低聲說道：「你得承認，你有點怕她。」

「誰？」

「她。」阿爾卡季意味深長地重複了一遍。

「那麼你呢？」卡捷琳娜反過來問道。

「我也是，請你記住，我說的是：我也是。」

卡捷琳娜舉起一個手指對他威脅了一下。「這事我倒認爲挺奇怪的，」她開始說道：「我姐姐以前從未像現在這樣對你好過。如今比起第一次來，對你的態度要好得多了。」

「真的嗎？」

「這一點你還沒覺察出來嗎？你難道不高興嗎？」

阿爾卡季沉思起來。「我憑什麼贏得了安娜的好感呢？難道是我給她帶來了你母親的那幾封信？」

「這是部分原因，還有別的原因，我不告訴你。」

「爲什麼？」

「我不說。」

「哦！我知道你很固執。」

「是很固執。」

「還很會觀察。」

卡捷琳娜從側面望了阿爾卡季一眼。「或許，這事讓你生氣啦？你在想什麼呢？」

「我在想，你身上確實有這種觀察力，這到底是從哪兒來的呢？你膽怯，不相信人，而且不與人交往……」

「我長期過孤單的生活，不得不想得多。但是，難道我真的是回避和所有人接近嗎？」

阿爾卡季向卡捷琳娜拋去感激的一瞥。

「這很好，」他繼續說道：「但是，處在你這種地位的人，我是想說，有你這麼多財產的人，很少具有這種觀察力，他們就像沙皇一樣，你很難真正瞭解他們。」

「可你知道我沒有錢。」

阿爾卡季很驚訝，他沒能立刻明白卡捷琳娜的話。「的確，財產都是她姐姐的！」他突然想到了，但這一想法並沒使他感到什麼不快。

「你說得好極了！」他說道。

「你指什麼？」

「你說得很好，言簡意賅，直言不諱，又不裝模作樣。我是說，一個明白並承認自己窮的人，他身上一定有一種特質，一種驕傲吧。」

「幸虧姐姐好心，我可從來沒有過這種感覺。我剛才提到我沒有財產，只是順口說出來的。」

「好吧，不過，你要承認，你身上確實有點我剛才所說的驕傲。」

「舉個例子？」

「比方說，你不是，請你原諒，你不會嫁給富人，是吧？」

「如果我很愛他的話……不，即使那樣，我也不會嫁的。」

「啊！你看！」阿爾卡季大聲叫道，過了一會兒他又補充說道：「爲什麼你不肯嫁給他呢？」

「因爲不平等的婚姻，歌裡也唱過。」

「可能你願意支配別人，或者……」

「啊不！我爲什麼要這樣呢？恰恰相反，我倒願意聽從別人，讓人痛苦的不過是不平等。一個人自尊又聽從別人，這我能理解，這是幸福……不過，我已經受夠了依賴別人的生活。」

「受夠了，」阿爾卡季跟著卡捷琳娜重複了一遍，「是的，是的，」他繼續說道：「難怪你和安娜同一個血統。你和她一樣，都是獨立性很強的。不過，你比較內向。我相信，你無論如何是不會首先表達出自己的感情的，不管這種感情多麼強烈，多麼神聖……」

「那你怎麼看呢？」卡捷琳娜問道。

「你們同樣很聰明，你的性格與你的姐姐同樣強，即使不比她更有個性……」

「請你不要把我和我姐姐相提並論，」卡捷琳娜急忙打斷阿爾卡季的話，「這對我不好。你應該知道我姐姐漂亮又聰明，所以……特別是你，阿爾卡季，不該說這樣一本正經的話。」

「『特別是你』是什麼意思？你爲什麼斷定我是在開玩笑？」

「當然，你是在開玩笑。」

「你這樣想嗎？如果我相信我所說的話，那又能怎樣呢？如果我還沒有完全表達出來我的意思呢？」

「我不明白。」

「是嗎？好啦，如今我發現我確實過高地估計了你的觀察力。」

「怎麼？」

阿爾卡季沒說話就轉過身走了，卡捷琳娜在籃子裡又找出幾片麵包屑扔給麻雀吃，但她揮手時用力過猛，嚇跑了牠們。

「卡捷琳娜，」阿爾卡季突然說：「或許在你眼裡沒什麼不同，但你要知道，我認爲，你不僅比你姐姐優秀，甚至比世界上任何人都優秀。」

他站起身來，很快走了，好像被他剛才說的話嚇跑了似的。而卡捷琳娜則把兩隻手和籃子放在膝蓋上，垂著頭，久久地望著阿爾卡季的背影。臉漸漸地紅了，但她的嘴上沒有笑意，黑亮的眼睛裡充滿了惶恐和別的不可名狀的東西。

「你一個人嗎？」她身旁響起了安娜的聲音，「我原以爲你和阿爾卡季一起在園子裡呢。」

卡捷琳娜緩緩抬起眼睛看著她的姐姐（她打扮得很雅致，甚至穿著很講究，站在小路上，用張開的傘尖去搔菲菲的耳朵），從容地回答：「我一個人。」

「我看見了，」姐姐笑著回答，「他大概回自己房裡去了。」

「是的。」

「你們一起讀書啦？」

「是的。」

安娜捉住卡捷琳娜的下巴，把她的臉龐稍稍抬了起來。「我希望你們沒有吵架吧？」

「沒有。」卡捷琳娜說完輕輕把姐姐的手推開。

「你回答得一本正經！我原想在這裡找到他，然後一起去散步。他說過多次讓我陪他散步。城裡的皮鞋送來了，你快去試試看，我昨天發現你原來穿的那雙鞋子已經完全磨破了。總的來說，這種事你總是不太在乎，實際上你的腳很漂亮，手也很好，就是有點大，因此你要特別呵護這雙小腳，可你卻不愛打扮。」

安娜沿著小路繼續向前走去，漂亮的衣裙發出輕微的窸窣聲。卡捷琳娜從凳子上站起身來，拿起那本海涅的作品也走了，不過不是去試皮鞋。

「一雙漂亮的小腳，」她邊走邊想，輕巧地沿著被太陽曬得灼熱的石級，登上涼臺，「你說一雙漂亮的小腳……好吧，他以後要在這雙腳前跪下的。」但她馬上就害羞起來，匆忙上樓去了。

阿爾卡季穿過走廊朝自己的房間走去，一個管事的趕上他，報告說巴扎羅夫先生正坐在他房中等他。

「葉甫蓋尼嗎？」阿爾卡季幾乎是帶著驚慌的表情說道：「他到了很久了嗎？」

「他剛到，他吩咐不要告訴安娜說他來了，直接把他帶到您的房間。」

「難道我們家裡出了什麼不幸的事？」阿爾卡季想著，他急忙登上樓梯，跑到門口，一下子就把房門打開了。

巴扎羅夫的神態立刻讓阿爾卡季放下心來。儘管這位不速之客依然精神飽滿，但樣子顯然有點消瘦，一位有經驗的人，肯定會看出他內心激動不安的一些跡象。他肩上披一件滿是塵土的軍大衣，頭上戴一頂有遮簷的便帽。

他坐在窗臺上，就連阿爾卡季大聲驚叫跑到他跟前摟住他的脖子時，他也沒有站起身來。

「真想不到！你怎麼來了？」阿爾卡季在房裡顯得手忙腳亂，一直不停地說著，就像那種他認爲自己很高興，也希望別人看到他很高興的人一樣。「我的家裡都平安順利吧，人們都好嗎？」

「你們家平安順利，只是並非每個人都好！」巴扎羅夫說：「可你別儘管說話，叫人給我送杯克瓦斯來，你先坐下，好好聽著，我希望把事情簡明扼要地告訴你。」

阿爾卡季安靜下來了，於是巴扎羅夫給他講了與巴維爾決鬥的情況。

阿爾卡季很吃驚，甚至感到很痛心，但他認爲沒必要表露出來。他只是問他伯父的傷是不是真的沒事。巴扎羅夫告訴他，傷得很有意思，不過不是指的醫學方面。聽了這樣的回答後，他勉強笑了笑，心裡卻感到很痛苦，甚至覺得有點可恥。巴扎羅夫好像猜出了他的想法。

「是的，老弟，」巴扎羅夫說道：「和封建人物住在一起就是這下場。你自己落到了封建人物堆裡，你自然要參加騎士式的決鬥。好啦，我現在就要到『父親們』那裡去了。」

巴扎羅夫最後說道：「我是在路上拐到這裡來的……目的是把這些轉告你。如果我不認爲無益的謊言是愚蠢的話，我就會說的。不，我拐到這裡來，鬼知道到底是爲什麼！你知道嗎，有時候一個人抓住自己頭髮，把自己像從菜園拔蘿蔔似的提離地面，有時也是不錯的。這就是我近來所做的……可我又放不下剛被我丟掉的東西，丟不下我生長的菜園。」

「我希望這話不是針對我，」阿爾卡季激動地反駁，「我希望你不是想把我丟掉！」

巴扎羅夫的眼睛轉向他，專注地近乎審視地望了阿爾卡季一眼。

「你會因此難過嗎？我覺得你早已把我拋開了。看上去你氣色不錯，英俊整潔……你和安娜的事情進行得很順利吧？」

「我和安娜的什麼事呀？」

「難道你從城裡到這裡來不是爲了她嗎，小鳥兒？順便問一句，星期日學校的情況調查得怎麼樣了？難道你沒愛上她嗎？或者你認爲該三思而後行？」

「葉甫蓋尼，你知道，我對你一向是坦誠相見的，我向你保證，我向你發誓，你搞錯了。」

「哼，以前可從沒這麼說過，」巴扎羅夫低聲說道：「可你別著急，你知道，這事和我無關。要是浪漫派，他肯定會說：我覺得我們的道路馬上就要開始分開了，而我認爲我們是相互厭倦了。」

「葉甫蓋尼……」

「我的好兄弟，這並不是壞事。世界上討厭的事不是很多嗎？我想，我們現在該分道揚鑣了，是嗎？自從我來到這裡，就渾身不舒服，好像我讀了果戈里致卡盧加省長夫人的信[79]。而且，我並沒有讓他們解下馬！」

「對不起，這不可以！」

「爲什麼？」

「我暫且不說，可是對安娜來說，將是最大的無禮，她一定想見你。」

「啊，你錯了。」

「恰好相反，我確信我是對的，」阿爾卡季表示反駁，「你爲什麼要掩飾呢？既然話說到了這裡，那麼請問，難道你不是爲了她才到這裡來的嗎？」

「或許是的，但你總的來說是錯的。」

阿爾卡季說得沒錯。安娜想見巴扎羅夫，並通過管事，邀請巴扎羅夫到她那裡

79. 此處指俄國作家果戈理於一八四六年六月六日致斯米爾諾娃的信，題目是《什麼是省長夫人》。

去。巴扎羅夫在去見她前換了衣服，原來他早將新衣服放好，隨手就可以拿到。

奧金佐娃不是在巴扎羅夫出人意料地向她表白愛情的那間房裡見他的，而是在客廳裡。她客氣地向他伸出自己的指頭，但她卻情不自禁地緊張起來。

「安娜，」巴扎羅夫匆忙說道：「首先我要你放心，在你面前的是一個早已清醒過來，並且希望別人忘掉他所做的傻事的人。我這次一走，時間會很長，請你同意，儘管我不是一個心地脆弱的人，可一想到你心裡對我還厭惡，我就得離開了，心裡也很難過。」

安娜長嘆了一口氣，像是剛剛到達山頂的登山者，她微微一笑，這讓她更嫵媚了。她再次把手伸給巴扎羅夫，並且作爲回答，也握了一下他的手。

「過去的事就讓它過去吧，」她說道：「更何況，說實話當時我也有錯，即使算不上調情，至少也有別的什麼。總之，我們還是做朋友吧。那是一場夢，對嗎？夢裡的事誰還會記得呢？」

「誰還會記得？可是愛情……要知道，那只是一種裝出來的感情。」

「真的嗎？聽你這麼說我很高興。」

安娜這麼說，巴扎羅夫也這麼說，他們兩人都以爲是在說真話。他們的話裡有多少真實呢？都是真的嗎？這一點他們自己不知道，作者就更不必說了。但是他們就這樣談了開來，似乎他們互相完全信賴對方。

安娜詢問巴扎羅夫在基爾薩諾夫家幹什麼，他差點把他與巴維爾決鬥的事告訴她了，但一想到她會覺得他是在有意炫耀自己，便把話打住了，接著就回答她說，他這段時間都在進行科學研究工作。

「而我，」安娜說道：「剛開始很鬱悶，上帝知道是什麼原因，甚至打算出國呢，您想想看吧！……後來，這一切都過去了。您的朋友，阿爾卡季來了，於是我又回到了自己的軌道上，扮演起自己真正的角色來。」

「請問到底是什麼角色呢？」

「姑媽、女老師、母親這類的角色——你想說什麼都行。順便說一句，你知道嗎，我以前並不真的瞭解你同阿爾卡季的親密友誼，我覺得他很平凡、不起眼，但是現在，我對他有了更好的瞭解，並相信他很聰明……而主要的是他很年輕，很年輕……不像我們，葉甫蓋尼。」

「見了你，他還是那麼羞澀嗎？」巴扎羅夫問道。

「他是那樣嗎？」安娜本想開口，但想了一會兒以後，補充說道：「他現在和我很熟，經常和我談話。以前他老是回避我，不過我也想和他交談。他和卡捷琳娜相處得不錯。」

巴扎羅夫有些厭煩了，他想：「女人註定是要欺騙人的！」

「你說他回避你，」他帶著冷冷的微笑說道：「不過，他愛你，大概你也知道吧？」

「怎麼？他也……」安娜脫口而出。

「他愛你，」巴扎羅夫恭敬地鞠了一躬之後重說了一遍，「難道你不知道這事？我對你說的難道是新聞嗎？」

安娜垂下了兩眼。「你弄錯了，葉甫蓋尼。」

「我不認爲，我或許不該提起這事。」「你以後別在我面前耍花招了！」他在心中暗暗地補充了一句。

「怎麼不應該呢？不過，我認爲，你對那個瞬間即逝的印象看得太重要了，我甚至懷疑你有誇張的愛好了。」

「我們還是別談這個了，安娜！」

「爲什麼？」她回答說，卻又自動把談話引向另一條道路上。儘管她對巴扎羅夫說她已把過去的事都忘了，而且也反覆說服自己，過去的事都已忘掉，但仍感到同巴扎羅夫在一起不大自在。即便是同他交談幾句極普通的話，甚至是和他開開玩笑，她都感到有點輕微的恐懼。

這就像人們坐船航行在大海上，談笑風生，無憂無慮，既不給予，也不索取，就像站在堅硬的陸地上一樣，但是，只要稍微出點毛病，把船停下來，或者出現一點很小的反常徵兆，大家的臉上很快就會露出特別驚慌的表情，證明他們時刻都在擔心有危險。

安娜和巴扎羅夫的談話的時間沒有持續很久。她開始思索了，回答問題心不在焉，因此建議他到大廳裡去，於是他們在那裡找到了公爵夫人和卡捷琳娜。

「阿爾卡季到哪裡去了呢？」女主人問道，一聽說他已經有半個多小時不曾露面，便派人去找他。

去的人找了很久才把他找到。原來他走到了花園的最深處，下巴頦支在兩隻交叉的手上，正坐在那裡冥思苦想。

他的那些想法很深刻，也很重要，但並不悲傷。他知道安娜和巴扎羅夫單獨坐在一起，但他並不像以前那樣感到忌妒，恰恰相反，他的臉上漸漸地出現了光彩，似乎他在爲什麼事感到驚訝，同時也感到高興，而且慢慢地下定決心，要去做一件別的什麼事情了。

chapter 26
永別

已故的奧金佐夫（奧金佐娃的丈夫）不喜歡標新立異，但是也不反對搞一點「情趣高尚的活動」，因此他在自己的花園裡，溫室和池塘之間，用俄國磚砌了一個類似希臘柱廊式的建築物。在這個柱廊或者畫廊的後山牆上，做了六個放雕像的底座，奧金佐夫打算訂購六個雕像運回來放在裡面。這六個雕像分別代表孤獨、沉默、思考、憂鬱、羞恥、敏感。

其中一個代表沉默的女神，嘴裡銜著一個手指，一運回來就放好，可就在當天，就有幾個農奴的孩子打掉了它的鼻子，雖然附近的一個雕匠給它又做了一個「比原有的好兩倍」的鼻子，可奧金佐夫還是吩咐將它搬走了，於是這尊雕像便出現在脫粒棚房的角落裡，在那裡一放就是好些年，讓鄉下的女人產生了迷信，嚇得要死。

柱廊的前面部分，早就被密密的灌木叢蓋住，在濃密的綠葉上只露出柱廊的圓柱頂。柱廊裡面，就算是正午時候也是非常清涼的。

自從在那裡看到一條蛇以後，安娜就不喜歡光臨這個地方了。但是卡捷琳娜卻常來這裡，坐在一條嵌在一個底座上的石凳上。她在這空氣清新的樹蔭底下讀書報或做別的事情，或沉浸在完全寧靜的感覺之中。

這種感覺，大概誰都不陌生，它的美妙之處在於你可以在不自覺的狀態之中，默默無言地偶然發現廣闊的生活波濤在我們的心裡和我們的周圍洶湧澎湃。

巴扎羅夫到來的第二天，卡捷琳娜坐在自己心愛的長凳上，阿爾卡季又和她坐在一起。他一再求她和他一起到柱廊上去。

離吃早飯還有半個小時。有露水的清晨，已變成了炎熱的白天。阿爾卡季的臉上還保持著昨天那樣的表情，卡捷琳娜則神態不安好像有心事。喝完茶，她姐姐馬上把她叫進自己的書房，先是對她親熱一番，而這往往讓她感到有點害怕，然後勸她在行動上對阿爾卡季要小心謹慎，特別要避免和他單獨交談，因爲好像姨媽和家中的其他人都已經有所察覺。

此外，前一天晚上，安娜心情很壞。再說卡捷琳娜本人也感到不好意思，好像她已經意識到自己錯了似的。她在答應阿爾卡季的要求時對自己說，這是最後一次了。

「卡捷琳娜，」阿爾卡季帶著一種羞澀的態度說道：「自從我有幸和你住在一棟房子裡以來，我和你談到了許多問題，但有一個對我來說很重要的……問題，我還沒有說。你昨天指出，我在這裡得到了改造，」他補充說道，同時，對卡捷琳娜向他投過來的疑問目光，他又想捉住，又想回避。「的確，我在很多方面都有了改變，而且這點，你比任何人都清楚。事實上，我的這一巨變，該歸功於你。」

「我？歸功於我？……」卡捷琳娜說道。

「我如今已經不是剛來這裡的那個自命不凡的愣頭小子了，」阿爾卡季繼續說道：「我畢竟沒有白活二十三年，我還希望成爲一個有用的人，希望把自己的一切力量貢獻給真理。但是，我已經不再到我以前尋找理想的地方去尋找理想了，理想已經在我的面前……比我想像的近多了。直到此刻，我還不明白我自己，我給自己提出了我無力完成的任務……我的眼睛直到不久前才被一種感情打開……我表達得不完全清楚，但是，我希望你能理解我的意思……」

卡捷琳娜什麼也沒說，但不再望著阿爾卡季了。

「我認爲，」他又以更激動的聲音說了起來。一隻蒼頭燕雀藏在他頭頂上的樺樹葉子裡，正在無憂無慮地唱著自己的歌。「我認爲每個正直的人都有責任對那些……對那些……總之，對那些和他很親近的人們坦誠相見，因此，我……我想……」

但是，阿爾卡季說到這裡，雄辯的口才沒有了，他前言不搭後語，結結巴巴，最後不得不沉默一會兒。

卡捷琳娜一直沒抬起眼睛，似乎她也不明白，究竟爲什麼他要說這番話，因此她好像還在等什麼。

「我想我的話會讓你大爲吃驚，」阿爾卡季又鼓足勇氣開始說話，「何況這種感情有點……請注意，和你有點關係。我記得，你昨天責備我不夠嚴肅……」

阿爾卡季繼續說下去，那樣子就像人走進了沼澤地裡，覺得越走會陷得越深，一步比一步深，可還是匆忙前行，希望儘快地爬上來，走出沼澤地。

「您的這種指責往往是指……是落在……那些年輕人的頭上的，即便他們不該受到這種指責，也是如此。如果我身上的自信心更大的話……（『快幫幫我吧，快幫呀！』阿爾卡季絕望地想著，但是，卡捷琳娜還是沒轉過頭。）假如我可以希望……」

「假如我對您所說的一切深信不疑……」就在這一刻裡，響起了安娜爽朗的聲音。

阿爾卡季馬上停止了說話，卡捷琳娜則臉色變得蒼白。一條小路從遮住柱廊的灌木樹叢邊上通過。

安娜在巴扎羅夫的陪伴下，正在這條小路上走著。卡捷琳娜和阿爾卡季看不見他們，但能聽到他們所說的每一句話，聽到衣服的窸窣響聲，也能聽到他們呼吸的聲音。他們走了幾步，好像故意似的，直接停在柱廊前。

「如今你看見了吧，」安娜繼續說下去，「我們都看錯了，我們都已不再年輕，特別是我。我們都是過來人，都已感到心身疲倦了。我們兩個——這有什麼客氣的呢——都很聰明，最初，我們都對對方產生了好感，有了好奇心……可是後來……」

「後來我就變得枯燥無味了。」巴扎羅夫接著話頭說道。

「你知道，這不是我們分手的原因。但不管怎樣，我們誰也不需要誰，這才是關鍵。我們兩個人……怎麼說呢……有太多共同點，剛開始我們並沒有意識到這一點，阿爾卡季……」

「你需要他嗎？」巴扎羅夫問道。

「別說了，葉甫蓋尼。你說過他對我有好感，我自己也一直感到他是喜歡我的。我知道，我適合當他的姑媽，但是我不想對你隱瞞，我最近也經常想起他，他那種年輕而新鮮的感情有一種特殊的吸引力在裡面。」

「這種情況一般用『魅力』這個詞，」巴扎羅夫打斷了她的話，他平靜而低沉的聲音裡流露出一股酸苦的味道，「阿爾卡季昨天和我談話好像還保留著某種秘密似的，既沒有說起你，也沒有提到你妹妹……這可是個重要的徵兆。」

「他對卡捷琳娜就像哥哥對妹妹一樣，」安娜說道：「我喜歡他的這一點，雖然，也許，我不該讓他們那麼親近。」

「這是你這個……姐姐的心裡話嗎？」巴扎羅夫拖長聲音說道。

「當然……不過，我們為什麼老站著呢？我們走吧。我們之間的談話多麼奇怪，對嗎？我根本想不到我會和你說這些話。要知道我害怕你……又信賴你，因為你的確是個很好的人。」

「首先，我根本就不是一個好人；其次，對你來說，我已經無足輕重了，可你依然告訴我我是個好人……這無異於把一個花環戴在死人的頭上。」

「葉甫蓋尼，我們並不總能自我控制……」安娜本來已開口說話，但一陣風刮來，刮得樹葉瑟瑟發響，把她的話也刮走了。

「你知道，你是自由的。」過了一會兒，巴扎羅夫說道。

別的話就再也聽不清楚了，腳步已經走遠……一切都靜了下來。

阿爾卡季轉向卡捷琳娜。她還是以同樣的姿勢坐著，只是把頭低得更低了。

「卡捷琳娜，」他緊捏著兩隻手用顫抖的聲音說道：「我永遠愛你，不會變心，除你以外，我不愛任何人。我想把這一點告訴你，想知道你的意見，並且向你求婚，因為我沒錢，我覺得我已經做好充分準備，做出一切犧牲……你不回答嗎？你是對我不信任嗎？你以為我是輕率地在說話嗎？但是，請你回想一下最近這些日子！難道你還不相信一切別的事情早已消失得無蹤無影了嗎？請你看著我，對我說一個字……我愛……我愛你……請相信我！」

卡捷琳娜用莊重而明亮的目光望了阿爾卡季一眼，經過長時間的沉思默想，終於勉強笑了笑，說道：「是的！」

阿爾卡季從石凳子上跳了起來。

「是的！你說了！是的，卡捷琳娜！這個詞是什麼意思呢？是說我愛你，你相信了……還是……還是……我不敢說下去……」

「是的。」卡捷琳娜又說了一遍。

這次他理解了她的意思，他抓起她那雙漂亮的小手，把它緊緊地貼在自己的胸前，他高興得喘不過氣來了。好不容易才勉強站住，他口中只是翻來覆去地念著：「卡捷琳娜，卡捷琳娜……」

她卻不知道爲什麼，竟然天真地哭了起來，對自己的眼淚，她又暗暗覺得好笑。沒有見過自己愛人眼中的淚水的那些人，是體會不到世界上當一個人沉浸在羞澀與感激中時所能達到的快樂程度！

第二天清早，安娜命人把巴扎羅夫請到自己的書房，她帶著勉強的笑容，遞給他一張折好的信箋。這是阿爾卡季寫的一封信，他在信中向她妹妹求婚。

巴扎羅夫草草看了一下信的內容，使勁控制著自己，好讓自己不把幸災樂禍的感情表露出來，而這種感情已經在他胸中突然湧起。

「原來是這樣，」巴扎羅夫說道：「你大概不再認爲他是像哥哥一樣愛著卡捷琳娜了吧？你如今打算怎麼辦呢？」

「你認爲我該怎麼辦呢？」安娜繼續笑著問道。

「我認爲，」巴扎羅夫也笑著回答，雖然他心裡根本就不快活，像安娜一樣，一點也不想笑，「我認爲，應該爲兩位年輕人祝福。這一對各個方面都很好，基爾薩諾夫家財可觀，他又是獨子，再說他父親爲人很好，心地善良，不會反對的。」

奧金佐娃在房間裡踱來踱去，臉色紅一陣、白一陣地變化著。

「你是這麼想的？」她說道：「爲什麼不呢？我也看不出有什麼障礙……我爲卡捷琳娜感到高興！……也爲阿爾卡季感到高興。當然，我要等到他父親的答覆。我派他自己去見他的父親，這樣一來，我昨天對你說我們兩個都已經老了的話是說對了……我怎麼沒有早點看出來呢？真是怪事！」

安娜又笑了起來，但馬上轉過身去。

「現在的年輕人變得非常狡猾了。」巴扎羅夫說完，也笑了起來。「再見吧，」經過短暫的沉默後，他又說了起來，「希望你用最好的方式辦完這件喜事，我在遠處也會感到欣慰的。」

奧金佐娃迅速轉過身來，對著他。「難道你要走？爲什麼你現在不留下來呢？請你留下來吧……和你在一起談話很愉快……就好像走在懸崖邊上。先是恐懼，可越往下走膽子越大。留下來吧。」

「謝謝你的好意挽留，安娜，也謝謝你對我口才的讚賞。但是我發現，我在不屬於自己的環境裡待的時間太久了。會飛的魚只能在空中待一個時期，很快就要鑽到水裡去，也請你允許我回到屬於我的環境中去吧。」

奧金佐娃看了看巴扎羅夫，她慘白的臉苦笑著。「這個人愛過我的！」她心裡這麼想著，充滿同情地把手伸給他。

但他懂得她的意思。「不，」他說完就後退了一步，「我很窮，但至今還沒有接受過別人的憐憫。再見吧，太太！多珍重！」

「我深信，這不是我們的最後一面。」安娜做了一個身不由己的動作說道。

「這個世界上任何事都有發生的可能！」巴扎羅夫回答以後，鞠了一躬就走出去了。

「這麼說，你是想給自己築個巢了？」巴扎羅夫當天蹲在地上收拾自己的皮箱時，對阿爾卡季說，「怎麼啦？好事嘛。不過你不用耍花招，我還以為你是打得另一個主意呢。或許這事你自己也沒想到吧？」

「在我和你分手的時候，我確實沒有想到會發生這種事，」阿爾卡季回答道：「但是你為什麼自己耍花招，故意說這是什麼『好事』呢，好像我不知道你對婚姻的看法似的？」

「唉，我的好朋友！」巴扎羅夫說道：「你怎麼能這麼說呢！你看我在幹什麼呢？皮箱裡有空位，所以我往裡面塞乾草。我們人生中的箱子也是這樣的，不管你塞什麼都行，只是不要有空地方。請你千萬別生氣：你不是清楚記得我對卡捷琳娜的看法嗎？肯定是記得的。有的貴族小姐只是因為她的氣嘆得聰明，就以聰明而聞名了，可你的這一位是可以維護得了自己的，不僅可以穩穩站得住，而且會把你牢牢地控制在自己的手中，嗯，不過，這也是應該的。」

他砰的一下把蓋子關上，從地板上輕輕地站起身來。

「現在是我們道別的時候了，我對你再說一遍……因為我們不必再自欺了：我們這次是永別，這點你自己也感覺得出來……你很聰明，你生來就不是過我們這種痛苦、難熬、孤獨的生活的。你沒膽量，沒憤恨，但你有年輕人的那種大膽和年輕人的那種熱情，但對於我們的事業來說，這是不合適的。

「你的貴族兄弟，在行動上絕對超不出高尚的順從或者高尚的憤慨的範圍，可這種行爲都是微不足道的。比方說，你不會去鬥爭，卻把自己想像爲英雄好漢，而我們卻是希望鬥爭的。有什麼好說的呢？我們掀起的灰塵會弄瞎你的眼睛，我們的污泥會弄髒你的身體，再說，你也沒有長到我們這樣高，你會不由自主地自我欣賞，你還會高興地謾罵自己。可我們對這些感到乏味——我們要壓倒別人！我們要摧毀別人！你是個好小子，但你依然是一個軟弱無力的自由主義的少爺，照我父親的話來說，是『僅此而已』。」

「你要和我永別嗎，葉甫蓋尼，」阿爾卡季悲傷地說道：「你沒有什麼別的話對我說嗎？」

巴扎羅夫搔了搔自己的後腦勺。

「有，阿爾卡季，我還有些別的話對你說，不過我現在不說，因爲那是浪漫主義，也就是說，是要動感情的。你可要快點結婚，把自己的小巢築好，多生幾個孩子。他們肯定都很聰明，因爲他們生得其時，不會像我們一樣！嘿！我看，馬都已經備好了。我該走啦！我已經與所有人道過別了……怎麼樣？要不要擁抱一下呀？」

阿爾卡季撲到自己過去的良師益友身上，抱住他的脖子，眼淚馬上從他的眼睛裡湧了出來。

「這就是青春！」巴扎羅夫心平氣和地說道：「不過，我把希望寄託在卡捷琳娜身上。你看吧，她肯定會很快把你安慰好的！」

「永別啦，兄弟！」巴扎羅夫爬上大車後對阿爾卡季說道。接著，他指著並排落在馬廄頂上的一對烏鴉，補充說了一句：「這便是你的榜樣！好好學習吧！」

「這話什麼意思？」阿爾卡季說道。

「怎麼？難道你的自然史知識這麼糟糕？還是你忘了烏鴉是最可敬的家鳥？牠是你的榜樣！……再見啦，先生！」

大車轆轆地向前走了。巴扎羅夫說得很對，晚上和卡捷琳娜交談時，阿爾卡季已完全忘記了自己的導師。他已經開始聽她的話了，而且卡捷琳娜已經感覺到這點了，可並不感到奇怪。他要在次日坐車去瑪麗伊諾找尼古拉。

安娜不想約束年輕人，只是爲了遵守禮俗，才沒讓他們單獨待在一起太久。她寬容地讓他們遠離公爵夫人，因爲老公爵夫人一聽到這樁婚事就氣得眼淚雙流。

首先安娜害怕她看到他們的幸福場面會感到有點不痛快，可結果完全相反，這個場面不僅沒有讓她感到難過，反而讓她感到有趣，最後竟然讓她很感動。

安娜對此事既感到高興又感到悲傷。「看來，巴扎羅夫的話說對了，」她想，「好奇，不僅是好奇，還有對安逸的嚮往，還有自私自利的個人主義……」

「孩子們！」她大聲說道：「愛情是一種假裝出來的感情嗎？」

但是，不論是卡捷琳娜還是阿爾卡季，都沒有明白她的意思。他們常常回避她，無意之中偷聽到的那次談話，仍在他們耳畔迴旋。不過，安娜很快就讓他們安靜下來了。對她來說，做到這點並不困難：她自己早已把心放下了。

chapter 27

父與子

巴扎羅夫老兩口沒想到兒子會突然回家，因此喜出望外。阿麗娜忙亂地在宅子裡跑來跑去，瓦西里把她比作「母鵪鶉」，她那短衫後面拖著的短禿禿的下擺，確實讓她像隻短尾巴鳥。

而瓦西里自己只是含混不清地說著什麼，從側面咬著那長煙斗的琥珀嘴兒，或者用手指抓住脖子來回晃頭，好像要試試腦袋是不是裝得牢靠，突然又咧開大嘴，無聲地笑起來。

「我這次回來要住整整六周，老父親，」巴扎羅夫對他說：「我要工作，所以請你別打攪我。」

「我決不打擾你！」瓦西里答道。

他確實遵守承諾。他仍把兒子安置在書房裡，儘量躲著兒子，並且阻止妻子對兒子表達任何多餘的柔情。

「我們，好媽媽，」他對她說：「我們上次就讓葉紐沙有點煩了，這次要明智一點。」

阿麗娜同意丈夫說的，不過這話對她也沒什麼用，因爲她只有在餐桌上才能看到兒子，最終還是不敢和他說話。

「葉紐沙！」有時她叫著，可當兒子還沒來得及轉頭呢，她便玩弄著手袋的穗子，嘟囔道：「沒事，沒事，我只是……」然後去找瓦西里，托腮問道：「親愛的，你去問問，葉紐沙午飯想吃什麼，白菜湯還是紅菜湯？」

「你自己怎麼不問？」

「他會煩我的！」

不過，巴扎羅夫很快就不緊鎖房門了，對工作的狂熱消逝了，他變得苦悶寂寞，不安煩躁。他的一舉一動都顯出一種古怪的疲憊，甚至那堅定的步履都改變了。

他不再獨自漫步，開始找機會與人交談；他在客廳喝茶，和瓦西里在菜園裡散步，和他一起默默抽菸；有一次還詢問起阿列克謝神父。

瓦西里起初對這變化感到寬慰，可他的興奮並沒持續多久。

「葉紐沙真讓我傷心，」他暗地裡對妻子抱怨道：「如果是不滿意或生氣，倒還罷了；他傷心，愁眉苦臉——這才可怕呢。他總是悶聲不響，哪怕罵我們一頓呢；他一天天消瘦，臉色也很難看。」

「天哪！天哪！」老太太低語著：「我很想給他掛個護身香囊，可他哪會答應呢。」

瓦西里幾次試探著，小心翼翼地向兒子詢問起工作、身體情況，問起阿爾卡季……可巴扎羅夫回答起來並不高興而且很隨意，一次他發覺父親又悄悄試探著想問出什麼，便惱怒地說：

「你怎麼總是踮著腳尖圍著我轉呢？這比以前更糟。」

「哦，哦，我不是故意的。」可憐的瓦西里急忙答道。他想談談政治，也無濟於事。

一次在談起將要到來的農奴解放時，他說這是進步，希望喚起兒子的共識，可兒子只冷漠地說：「昨天我經過籬笆時，幾個本地農民小孩不唱老歌，而是大聲唱著『正確的時代來了，我們感受到了愛……』這就是你的進步。」

有時巴扎羅夫到村裡去，找個農民，和平常一樣開著玩笑，然後交談起來。

「喂，」他說，「老兄，說說你的人生觀。因爲據說你們肩負著俄國的全部力量和未來，歷史的新紀元要從你們開始——由你們給大家制定真正的語言和法律。」

農民或者不說話，或者說出諸如下面的話：「我們也能……因爲……就是說……比如，也得看看給我們教堂建了個怎樣的側祭壇。」

「你給我說說，你們的世界是什麼樣的？」巴扎羅夫打斷了他的話，「是那種站在三條魚背上的世界[80]嗎？」

「這個，少爺，站在三條魚背上的是大地，」那農夫溫和地解釋著，聲音和氣動聽，「而這個世界的，大家都知道，是老爺的意志，因爲你們是我們的父輩，老爺處罰得越嚴，農民越聽話。」

一次又聽到這些話，巴扎羅夫鄙視地聳聳肩，扭頭就走，那農民也慢慢地回家了。

「他說的什麼？」另一個愁眉苦臉的中年農民問，他遠遠地站在自家的茅草屋門口，看見了這人和巴扎羅夫的交談，「是談欠租的事嗎？」

「什麼欠租呀！我的老弟！」頭一個農民回答，聲音裡那溫和已消失了蹤影，反而流露出一種不經意的粗暴，「胡說八道，舌頭發癢唄！少爺嘛，能知道什麼啊？」

「他能知道什麼！」另一個農民答，兩人抖抖帽子，整整寬腰帶，就去聊起自己的事和急需的東西了。

唉！鄙視地聳聳肩、自詡擅長和農民談天的巴扎羅夫（他和巴維爾的爭辯中曾這麼自誇過），這個很自信的巴扎羅夫，他絕想不到，在農民眼中他不過是個小丑……

80. 俄文「世界」（мир），在舊俄時傳說世界是放在三條魚背上的，另外還有鄉村自治組織的意思。

後來他終於給自己找到事情做了。一次當他在場時，瓦西里給一個農民包紮傷腿，但老人手發抖，紮不好繃帶，兒子給他幫了忙，從此便參與到父親的行醫生涯中，同時又不停地嘲諷他自己提出的治療方法，也嘲笑馬上採取這些療法的父親。

對巴扎羅夫的嘲笑，瓦西里毫不在意，甚至覺得是種慰藉。他用兩根手指捏住長衫遮住肚皮的那一塊兒——長衫油漬漬的，抽著菸斗，高興地聽巴扎羅夫講話，兒子越是說話尖刻，這幸福的父親越是善意地大笑，露出滿口黑牙。

他甚至常常重複兒子那些無意義的調侃，比如，有那麼幾天，他總無故地來上一句：「這是第九位的！」[81]因爲兒子得知他去參加晨禱，曾這麼說過他。

「謝天謝地！他不再那麼憂鬱了！」他和老妻竊竊私語，「今天還挖苦了我一頓，真好！」而且一想起有這麼個幫手，他便心花怒放，驕傲極了。

「是，是，」他邊和那個身穿粗呢男上衣、頭戴表示已婚的雙角帽子的村婦說著，邊遞給她一小瓶古拉藥水或一罐莨菪油膏，「你，親愛的，應該時刻都感謝上帝，因爲我兒子在家，如今可以用最科學、最新的方法給你治療，你明白吧？法國皇帝拿破

81. 意思是：毫不重要的事。

崙也沒這麼優秀的醫生。」

那來求治「全身刺痛」（她自己也不清楚自己說了什麼）的村婦只是鞠了一躬，從懷裡摸索出包在毛巾裡的四個雞蛋。

有一次，巴扎羅夫還給一個過路的布販子拔了一顆牙，雖然不過是顆普通的牙，可瓦西里卻當作寶貝保存了下來，拿給阿列克謝神父看時，嘴裡不停地嘮叨：「看，這牙根多長！葉甫蓋尼的勁兒真大！那賣布的當時差點沒跳到半空去……依我看，就算是棵橡樹，他也拔得起來的……」

「佩服之至！」阿列克謝神父最後這樣說，他不知怎樣回答，怎樣擺脫這已心醉神迷的老頭兒。

有一天，鄰村一個農民帶了他患傷寒的兄弟來找瓦西里看病。那個不幸的人伏在一捆麥草上，已奄奄一息，全身都是黑斑，早就昏迷不醒。瓦西里遺憾地說，怎麼沒有早點送來，現在已經沒辦法了。果然，那農民還沒把兄弟送到家呢，病人便死在了馬車上。

過了三天，巴扎羅夫來到父親的房間，問他有沒有硝酸銀。

「有，你要那幹嘛？」

「我用它……燒一下傷口。」

「給誰？」

「給我自己。」

「怎麼，給你自己燒！怎麼回事？什麼傷口？在哪兒？」

「在這兒，我的手指頭上。我今天去了村裡，就是送傷寒病人來的那個人的村子。不知爲什麼，他們打算解剖他的屍體，而我很久沒有做過這種手術了。」

「後來？」

「後來我徵得縣醫的同意，動了手術，結果把手割傷了。」

瓦西里的臉色刷的一下變得煞白，二話不說，奔向書房，馬上拿了塊硝酸銀來。巴扎羅夫剛要拿了就走。「看在上帝的分上，」瓦西里說：「讓我親自給你弄吧。」

巴扎羅夫微微一笑。「你真愛當醫生！」

「別開玩笑了。把手指給我看看。傷口不算大，疼嗎？」

「用勁擠，別怕。」

瓦西里住了手。

「你覺得怎樣，葉甫蓋尼，是不是用鐵燒一下更好？」

「早該這麼做了，現在即使是硝酸銀也無濟於事了。如果我已感染的話，現在已經太遲了。」

「怎麼……晚了……」瓦西里張口結舌。

「毫無疑問！已經四個多小時了。」

瓦西里又把創口面燒了燒。

「難道縣醫就沒有硝酸銀？」

「沒有。」

「天哪，怎麼可能！醫生連這麼件必不可缺的東西都沒有！」

「你還沒見看他的手術刀呢。」巴扎羅夫說罷便走了。

當天直到晚上，包括第二天一整天，瓦西里找各種藉口進兒子的房間，儘管他提都不提傷口，甚至竭力說些風馬牛不相及的話題，其實他死死地盯著兒子的雙眼，忐忑不安地觀察著他，這讓巴扎羅夫失去了忍耐，威脅說他要離開。

瓦西里發誓再不打攪他，他原是瞞著老伴的，可阿麗娜已開始纏著他問，怎麼睡不著覺，發生什麼事了？

他忍了整整兩天，雖然他偷偷看了又看兒子，總覺得他的臉色很差……第三天吃午飯時，他再也憋不住了。巴扎羅夫垂頭坐著，什麼菜也不吃。

「怎麼不吃啊，葉甫蓋尼？」他問，臉上裝出一副無憂無慮的模樣。「我覺得菜不錯呀！」

「我不想吃，所以就不吃。」

「你沒食欲，頭怎樣？」他小心地問：「頭疼嗎？」

「疼。怎麼不疼？」

阿麗娜挺直腰板，留神起來。

「別發火，葉甫蓋尼，」瓦西里接著說：「能不能讓我給你把把脈？」

巴扎羅夫稍欠起身。「我不用把脈就可以告訴你，我在發燒。」

「發抖嗎？」

「有點發抖。我去躺會兒，給我送杯椴樹花茶來。我肯定是受了風寒了。」

「難怪昨晚聽見你咳嗽。」阿麗娜說道。

「受了風寒了。」巴扎羅夫重複了一遍，離開了。

阿麗娜去準備椴樹花茶了，而瓦西里走進鄰屋，默默地扯著自己的頭髮。

這天巴扎羅夫再也沒起來過，他整夜都處於一種嚴重的半昏迷狀態。凌晨一點，他使勁睜開雙眼，看到父親那張慘白的臉，在長明燈的映照下，正俯向他，他便讓父親出去。

他父親出去了，可立刻又踮著腳尖回來，用櫃門遮住半個身子，緊緊盯著兒子。阿麗娜也沒睡，把書房門開了一條縫兒，不時過來聽聽葉紐沙呼吸怎樣，並且看看瓦西里。她只能看到他那紋絲不動弓著的背，可這也叫她心裡安慰些。

早上巴扎羅夫試著起床，可一陣頭暈，鼻子也流了血，只得又躺下。瓦西里沉默不語，在一旁伺候。阿麗娜進來問兒子自我感覺怎樣。他說：「好些了。」便翻身面壁而臥。瓦西里兩隻手向妻子搖擺著，要她出去。她緊咬雙唇，不讓自己失聲痛哭，馬上走了出去。

宅子裡的一切都變得暗淡了。人人都耷拉著臉，一片出奇的寂靜。一隻大嗓門公雞被送到村裡去了，牠很久都不明白為什麼受此禮遇。巴扎羅夫依然面朝牆躺著。瓦西里試著問他各種問題，這讓巴扎羅夫又倦又煩，老人便坐在椅子上發愣，只是手指關節偶爾弄得軋軋作響。他到花園去了幾分鐘，呆若木雞地站著，彷彿被不可名狀的驚慌壓垮了（那驚慌的表情總掛在他臉上），他又回到兒子身邊，極力避開妻子的盤問。

她最終抓住他的手，幾乎是威脅地顫聲說：「他究竟得了什麼病？」

他回過神來，想勉強擠出個笑容作答，可他自己也嚇壞了，他不是微笑，而是莫名其妙地大笑。一大早他就派人去請醫生了。他想著該早把這事告知兒子，免得他動怒。

巴扎羅夫突然在沙發上翻了個身，雙目呆呆地盯著父親，要水喝。瓦西里給他端了水來，順便摸了摸他的額頭，燒得厲害。

「老爸爸，」巴扎羅夫嘶啞著嗓門，緩緩說：「我的情況很糟。我被感染了，過幾天你就要埋葬我。」

瓦西里兩腿發軟，幾乎要摔倒，好像有人給他的腿沉重的一擊似的。

「葉甫蓋尼！」他含糊嘟囔道：「說什麼呢！……上帝保佑！你只是受了風寒……」

「好了，」巴扎羅夫從容地打斷他，「作爲醫生不該這麼說。所有傳染的徵兆都有了，這一點你也明白。」

「什麼傳染……的徵兆，葉甫蓋尼，……在哪裡呢？」

「這是什麼？」巴扎羅夫說著捲起襯衫袖子，他父親看到了他胳膊上的那些代表不祥之兆的紅斑。

瓦西里嚇得打了個冷戰，一股涼意襲遍全身。「假如，」他最終開口道：「我們假如說……如果……如果……就算有點像……感染……」

「敗血症。」兒子提醒他。

「是……這是一種……流行病……」

「敗血症，」巴扎羅夫冷峻清晰地重複了一遍，「你已經忘了醫書嗎？」

「是，不錯，隨你怎麼說……可無論如何，我們也要把你治好！」

「算了吧，這簡直是天方夜譚，但這已經沒有爭論的必要了，我沒想到這麼快就會死去。說實在的，這是一樁很糟糕的偶然事件，你和母親要憑藉堅強的宗教信仰了，你們就用它來試試吧。」

他又喝了口水。「我還想求你辦件事……趁我的腦子還清醒。明後天，你知道，我的腦子就要退休了。就說現在吧，我表達得是否清楚，自己也不是很有信心。我躺著時，總覺得周圍有紅狗在轉圈跑，你像要抓黑琴雞似的虎視眈眈地望著我，我像喝醉了似的。你明白我說的意思嗎？」

「你說什麼呢，葉甫蓋尼！你說得很清楚。」

「那樣更好，你說你已派人請醫生了……你是在安慰自己……你也給我個安慰吧：你派個人送信給……」

「給阿爾卡季？」老人插了一句。

「誰是阿爾卡季？」巴扎羅夫彷彿深思著說出這句話，「啊，對了！那隻小鳥兒！不，不必驚動他：他如今已成烏鴉了。別吃驚，我不是胡言亂語！你派個人去奧金佐娃那兒，安娜是個地主太太……明白嗎？（瓦西里點點頭。）就說葉甫蓋尼向她問候，告訴她他快死了。你能做到嗎？」

「我馬上去辦……可是你真的要死了嗎，葉甫蓋尼……你自己想想！如果你死了，還有什麼公平可言？」

「這一點我不清楚，你還是快派人去吧。」

「馬上派人去，我親自寫封信。」

「不，何必呢？就說派人來問候，別的什麼也不用說。現在我又要回到我那群狗中間了。真奇怪！我想凝神想想死的事，可總不成功。我看到一個像斑點的東西……別的什麼也沒有。」他又艱難地轉向牆壁。

瓦西里走出了書房，好不容易支撐到妻子的臥室，撲通一聲跪在聖像前。

「祈禱吧，阿麗娜，祈禱吧！」他嗚咽著說：「我們的兒子快死了。」

那個連硝酸銀也沒有的縣醫來了，他瞧了瞧病人，建議仍做臨床觀察，還說了幾句可望痊癒的話。

「您見過像我這樣的病人還不到天堂去的嗎？」巴扎羅夫問，倏地抓住沙發邊一張笨重桌子的腿晃晃，又把它推開。

「還有勁兒，還有勁兒，」他說：「勁兒還在，可我卻得撒手而去！……老人至少還活過一場，漸漸走近死亡，而我……是的，你想去否定死亡，它就來否定你了，好了！誰在那兒哭？」他隔了會兒又說：「是母親嗎？可憐的媽媽！往後誰來喝你那美味的紅菜湯呢？你，瓦西里，好像也在痛哭流涕。唉，假如基督教幫不上忙的話，你就當個哲學家，做個斯多葛派[82]吧！你不是總說自己是個哲學家嗎？」

「我算什麼哲學家！」瓦西里叫著，兩行熱淚直流向臉頰。

巴扎羅夫的狀況一小時不如一小時，病情急劇惡化，外科感染一般都這樣。他還沒昏厥過去，還能明白別人說的話，他還在掙扎。

「我不想說胡話，」他緊握拳頭，嘟囔道：「那很荒唐！」他又說：「嗯，八減十等於多少？」

瓦西里神經錯亂似的在房裡徘徊，一會兒建議用這種療法，一會兒又建議改爲另一種，可他能做的只是不斷給兒子蓋好腳。

「得用冷布敷……得用催吐劑……要往肚子上貼芥末膏……得用放血療法。」他緊張地念叨著。經他懇求留下的那位醫生在一旁隨聲附和著，讓給病人餵些檸檬水，自己卻不是要袋菸，就是要「暖暖身子的東西」，也就是伏特加。

阿麗娜坐在門邊的矮凳上，不時出去祈禱。前幾天，一面小梳妝鏡從她手中滑落打碎了，她總覺得是個不祥之兆。就連安菲蘇什卡也不知怎樣勸她。季莫菲依奇被派

82. 是古希臘和羅馬的一種哲學流派，主張淡泊以明志，不為艱辛和厄運所挫。

往奧金佐娃那兒送信去了。

到了晚上，巴扎羅夫的病情又惡化了……高燒折磨著他。拂曉時分他的病情有所緩解，他請阿麗娜給他梳頭，還吻了她的手，咽了兩三口茶，瓦西里也稍微精神了點。

「謝天謝地！」他再三說：「開始有轉機了……總算要過去了。」

「唉，你這樣想啊？」巴扎羅夫說：「一個詞的威力可真大！你找到這個詞『轉機』，就得到了安慰。真奇怪，人怎麼居然迷信一個詞。比如說，說他是傻瓜，就算不打他，他也不好受；說他是聰明人，就算不給他錢，他也很得意。」

巴扎羅夫這小小的演說，大有他平日強調的調侃，讓瓦西里大爲感動。「好！說得好極了！」他大聲叫著，做出鼓掌的樣子。

巴扎羅夫悲哀地笑了笑。「那麼依你看，」他說：「轉機是過去了，還是來了？」

「我看得出你好多了，真讓我高興。」瓦西里答。

「嗯，那就好，高興總不是件壞事。你記得吧，派人去她那兒了嗎？」

「當然，當然派人去了。」

病人好轉的現象並未持續很久，病情又加重了。瓦西里守在兒子身旁，心中彷彿痛苦異常。他幾次張張嘴，卻什麼也說不出來。

「葉甫蓋尼！」他終於說道：「我的兒子，我親愛的兒子，我的心肝！」

這不同尋常的呼喚讓巴扎羅夫有了反應……他微微扭過頭，顯然竭力想掙脫昏迷狀態，吐出一句：「怎麼了，父親？」

「葉甫蓋尼。」瓦西里繼續說，跪倒在巴扎羅夫面前，雖然兒子已緊閉雙眼，不可能看到。

「葉甫蓋尼，你現在好多了。上帝保佑，你會康復的。不過你還是利用這時間，讓你母親和我寬寬心吧，履行一下基督徒的義務吧！我和你說這個，是很痛苦的，可如果……永遠……那更痛苦了……葉甫蓋尼……你想想，怎麼樣……」

老人哽咽了，兒子雖還是緊閉雙眼躺著，臉上卻掠過一絲古怪的神情。

「我不反對，如果這事能讓你們稍微安慰一下的話，」他最後說：「不過我覺得，也不必忙著辦，你也說過我好多了。」

「好多了，葉甫蓋尼，是好多了。可誰知道呢，要知道這都由上帝的意志決定，你履行了這個義務……」

「不，我要等等，」巴扎羅夫截過話頭，「我同意你說的話，病情有了轉機。要是我們都錯了，那也沒關係！反正昏迷不醒的人也能領聖餐。」

「葉甫蓋尼，求你了……」

「我要等等，我現在想睡了，別打攪我。」

他把頭又放回到了原來的位置。

老人站起來坐到椅子上，手捏著下巴，開始咬起自己的手指頭來……

突然，一陣帶彈簧座的馬車的聲音傳來，在僻靜的鄉間聽來格外清晰，老人一下子驚醒了。近了，近了，輕快的車輪越駛越近，甚至連馬的喘息聲也依稀可聞……瓦西里一躍而起，奔向窗口，一輛套著四匹馬的雙座馬車正駛進他那小宅院。還沒明白是怎麼回事呢，他只覺得一股莫名的興奮湧上心頭，趕緊跑到臺階……身著制服的僕人打開了車門，一位戴黑面紗、披短黑斗篷的太太從車上走下來……

「我是奧金佐娃，」她說：「葉甫蓋尼還活著嗎？您是他父親吧？我還帶了一位醫生。」

「恩人哪！」瓦西里高喊著抓住了她的手，顫抖著貼在了唇邊。這時，和安娜一起來的那個醫生，一個有德國人相貌、戴眼鏡的矮個子不緊不慢地鑽出了馬車。

「還活著，我的葉甫蓋尼還活著，這下他可有救了！老婆子！老婆子！天使降臨了……」

「上帝啊，這是怎麼回事！」老太太嘟囔著，從客廳跑過來，還有些摸不著頭腦呢，就在前廳跪倒在安娜的腳下，瘋狂地吻起她的裙角。

「您千萬別這樣！別這樣！」安娜連連說，可阿麗娜並不管這些，瓦西里只是再三說：「天使！天使！」

「Wo ist der kranke?（德語：病人在哪兒？）」醫生終於不高興地問。

瓦西里這才回過神來。「在這兒，在這兒，請隨我來，韋爾捷斯捷爾，海爾，科列加[83]。」他想起從前學的，便補了一句。

「啊！」那德國人一臉苦笑。

瓦西里把他帶進了書房。

「安娜請的醫生來了，」他彎腰湊到兒子的耳邊說：「她也來了。」

巴扎羅夫一下子睜開雙眼。「你說什麼？」

「我說，安娜在這裡，還請來了一位醫生。」

巴扎羅夫轉動眼睛四處尋覓。「她在這兒……我想見她。」

「你很快就會見到她的，葉甫蓋尼，可要先和這位醫生先生談談，因爲西多爾·西多雷奇（那縣醫）走了，我得將你的病史給他原原本本地講講，我們來做個小小的會診。」

巴扎羅夫掃了德國人一眼。

83. 俄國音的德語譯音：最可尊敬的同事先生。

「好吧，你們快些討論，只是別說拉丁文，因爲我也明白jam moritur（拉丁語：已經快要死了。）的意思。」

「顯然這位先生也精通德語。」這位傳說中的醫神的新弟子轉向瓦西里說道。

「我曾經……別……我們最好說俄語吧。」老人說道。

「啊！原來如此……好吧……」會診開始了。

半小時後，安娜在瓦西里的陪同下來到了書房。醫生悄悄告訴她：病人已經沒有好的希望了。

她站在門口，瞥了巴扎羅夫一眼……那張紅腫、毫無生氣的臉，那雙混沌茫然盯著她的眼睛讓她感到恐懼。一股冷氣，一種難熬的恐懼襲遍全身。一個念頭掠過腦海——假如她真愛過他的話，她的感覺絕不是這樣。

「謝謝，」他吃力地說：「我沒想到，這是善舉，是好事。正像您說的，我們又見面了。」

「安娜太善良了……」瓦西里開口道。

「父親，讓我們單獨待一會兒，安娜，你同意嗎？現在，似乎……」

他的頭動了動，示意著他那衰弱無力的病體。瓦西里出去了。

「嗯，很感激，」巴扎羅夫又道：「這是皇家風範，聽說，沙皇也去看望要死的人。」

「葉甫蓋尼，但願……」

「唉，安娜，我們別再欺騙了。我不行了。我栽到車輪下了。因此，也不用考慮未來的事了。死亡是個古老的笑話，可對每個人來說又都是新的，現在我也沒畏懼……可接踵而至的便是不省人事，那麼一切完蛋了！（他無力地擺擺手。）嗯，我和你說點什麼呢？……我愛你！這話從前就沒什麼意義，現在就更不用說了。愛是有形的，可我的形體已壞了。我最好說，你是多麼有魅力！你現在站在這兒，多麼漂亮……」

安娜不覺一顫。

「沒事的，別怕……請坐在那兒……別靠近我，我得的是傳染病。」

安娜快速走過來，坐到巴扎羅夫躺的沙發邊的一把扶手椅上。

「崇高的心靈！」他喃喃地說：「啊，離得真近，你多麼年輕、清新、純潔……在這間陋室裡！……好了，永別了！祝你長壽，這是最重要的，要是有時間，好好享受。你看，這是多醜陋的景象：一條蠕蟲，被碾得半死，可還在拚命掙扎。要知道我也想過，要做許多事，我不要死，怎麼會死呢？我還有重任在肩，我是巨人！而此刻這巨人的全部使命——便是怎麼死得體面些，雖然這和別人無關……無論如何，我不會乞求別人的憐憫。」

巴扎羅夫不說了，伸手去摸杯子。安娜遞給他，手套都沒有摘下，一口氣都不敢多吸。

「你會忘記我的，」他又說道：「死者和生者不能做朋友。我父親會對你說，俄國失去了一個什麼人……那是胡說八道，可請你別打破老人家的幻想。孩子玩什麼玩具都高興……你知道。請你安慰一下我母親，要知道，像他們這樣的人，在你們上流社會是打著燈籠也難尋的……俄國需要我……不，顯然不需要，那需要怎樣的人呢？需要鞋匠，需要成衣匠，需要屠夫……屠夫……我有些迷糊了……有一片樹林在那裡……」

巴扎羅夫用手按住了自己的額頭。

安娜俯向他，好離他近一點。

「葉甫蓋尼，我在這兒……」

他很快移開手，把上半身支撐起來。

「永別了，」他突然竭盡全力地說，眼中閃出最後一絲光芒。「永別了……聽我說……那時我沒吻過你……把將要燃盡的燈吹滅吧……」

安娜輕吻他的額頭。

「夠了！」他說著，頭頹然倒在枕頭上，「現在……黑暗……」

安娜輕輕走出了房門。

「怎麼樣？」瓦西里輕聲問。

「他睡了。」她的聲音低得幾乎聽不見。

巴扎羅夫再沒有醒過來。薄暮時分他一點知覺都沒有了，第二天就死了。阿列克謝神父爲他舉行了臨終前的宗教儀式。給他塗聖油時，當聖油觸到他的胸口，他睜開了一隻眼，看見穿法衣的神父、煙霧嫋嫋的香爐、神像前的香燭，他那死灰的臉抽搐了一下，掠過一種恐怖，他呼出了最後一絲氣。

全家一片痛哭聲，瓦西里突然憤怒如狂。「我說過我要抗議，」他嘶啞地喊著，扭曲的臉漲得通紅，向空中揮舞著拳頭，好像在威脅誰，「我要抗議！我要抗議！」

阿麗娜淚流滿面，摟住他的脖子，兩人一起俯首在地。

「那樣，」後來安菲蘇什卡在下房說：「兩人並排耷拉著腦袋，看上去像正午的羔羊……」

酷熱的中午過去了，日暮和夜晚即將降臨，回到那靜謐的安身之所，無論是悲傷的人，還是疲憊的人，都可以在那裡舒適地沉沉睡去……

chapter 28 尾聲

六個月過去了。又到了白雪皚皚的酷寒冬日，周圍靜悄悄的，天空是淺綠色的，沒有一絲雲彩，厚厚的積雪一踩上去就嘎吱作響，樹上蒙滿了一層粉色的霜花，炊煙嫋嫋，綿延不絕，猛一開門，從房裡衝出騰騰熱氣，行人的臉被嚴寒凍得紅撲撲的，凍得哆嗦的馬兒疾馳而去。

一月裡的一天白晝將盡，日暮的寒冷讓靜止的空氣更加凝重，紅彤彤的晚霞很快便會消逝了。

瑪麗伊諾莊園的窗戶裡透出通明的燈火，普羅科菲伊奇身著黑燕尾服，戴了雙白手套，鄭重其事地在餐桌上擺了七份餐具。

一個星期前，在本教區小教堂靜悄悄地舉行了兩對新人的婚禮：阿爾卡季和卡捷琳娜、尼古拉和費多西婭，幾乎沒有證婚人。

今天尼古拉爲哥哥設宴餞行，哥哥要到莫斯科辦事。安娜給這對年輕人送了一份厚禮，參加完婚禮後，便馬上去莫斯科了。

三點鐘，全家人聚到餐桌旁。米佳也上了席，旁邊坐著他的保姆，頭上戴著織金錦緞的盾形頭飾。巴維爾端坐在卡捷琳娜和費多西婭之間，兩位「新郎」各坐在自己妻子身邊。

咱們的熟人們近來都有些變化，所有人都好像長得更帥，更壯實了；只有巴維爾消瘦了些，不過，這給他表情豐富的面孔平添了一種瀟灑，增添了幾分貴族氣派……

而費多西婭的變化也很大，她身著鮮豔的絲綢連衫裙，繫了根寬寬的天鵝絨髮帶，戴了條金項鍊，她臉上帶著微笑，謙恭地坐在一旁，對自己，對周圍的一切都很尊敬，彷彿想說：「請你原諒我，我並沒什麼錯。」

不只是她——別的人也面帶微笑，彷彿也在請求原諒似的。大家都有點尷尬，有點傷感，實際上都感覺很好。每個人都好像在滑稽地殷勤應酬著別人，似乎約好了來上演一齣天真無邪的喜劇。

卡捷琳娜比誰都安詳：她坦率地環顧周圍，顯然，尼古拉對兒媳非常滿意和關愛。

午飯結束前，尼古拉站起身，手舉酒杯，轉向巴維爾。

「你要離開我們……你要離開我們了，親愛的哥哥，」他開口說道：「當然，離別的日子不長，但我還是要向你表示，我……我們……多麼……唉，真糟糕，我們不善演講！阿爾卡季，還是你說吧。」

「不，爸爸，我根本沒準備。」

「我就準備了嗎？簡單說吧，哥哥，讓我抱抱你，祝你順心如意，早日歸來！」

巴維爾擁抱了每一個人，包括米佳在內。他還特別吻了費多西婭的手，她還不習慣伸手讓人吻呢。

乾過第二杯酒，巴維爾長嘆了一口氣，說：「祝大家幸福，我的朋友們！**Farewell**（英語：別了。）！」

這末了的一句英文誰也沒在意[84]，不過大家都很感動。

「紀念巴扎羅夫。」卡捷琳娜對丈夫耳語道，並和他碰了碰杯。阿爾卡季握著她的手作答，可沒敢大聲地祝飲。

看起來可以結束了吧？不過或許，我們有的讀者還想知道書中其他人物如今都在幹什麼。我們就來滿足他吧。

安娜不久前結婚了，不是出於愛情，而算是一個明智之舉，嫁給了一個俄國未

---

84. 此處巴維爾沒說「再見」，而說「別了」，證明他不打算再回來了，但是大家當時都沒有注意到這一點。

來的政治家，一個很睿智、通曉法律的人，他處世練達，有鋼鐵般的意志，很有口才——人很年輕，又善良，可是冷漠。他們夫妻相敬如賓，或許有一天會變得幸福……或許也會產生愛情吧。

老公爵小姐已經去世，她一死，馬上就被人遺忘了。基爾薩諾夫父子住在瑪麗伊諾。他們的事業已有所好轉。阿爾卡季成了勤懇、熱衷管理的當家人，「農場」如今每年可以帶來很豐厚的收益。

尼古拉成了調停官，竭盡全力地工作著。他不斷地奔走在自己的轄區，進行長篇演說（他堅持這種意見：要「教育到通曉事理」），可老實說，不但那些有教養的貴族對他不滿意——他們有意地不念「解放」（эмансипация）的第一個字母（念ман這個音節時還帶有很重的鼻音），時而說它好極了，時而又很傷感；而那些沒多少教養的貴族則放肆地咒罵起「這麼個解放」。兩邊的人都覺得他太軟弱。

卡捷琳娜生了個兒子，取名科利亞。米佳已會到處亂跑，也會說話了。費多西婭除了丈夫和米佳外，最崇拜和喜愛的就是兒媳了，兒媳彈鋼琴時，她在一旁高興地坐著能聽上一天。

順便說說彼得。他更呆更傲慢自大了，把「e」全發成「ю」，如把「現在」（「傑別兒」）發成「久別爾」，可是他也結婚了，得到了一份很不錯的嫁妝，太太是城裡菜園主的女兒，曾拒絕過兩個不錯的求婚者，只是因爲他們沒手錶，而彼得不但有錶，還有一雙漆皮短靴。

在德累斯頓的布留爾臺地廣場上，每天下午兩點到四點，也就是上流社會人們通常的散步時間，您就能看到一位五十開外的人，他頭髮花白，好像還患足痛風症，卻衣著雅致，依然英俊瀟灑，帶有長期躋身於上流社會所留下的特別烙印。這就是巴維爾·彼得羅維奇。

他從莫斯科來到國外療養，就定居在德累斯頓，他經常與英國人和俄國旅客交往。他對英國人很樸實，幾乎是謙恭，可不失莊重尊嚴，他們認爲他有點寂寞枯燥，但又欣賞他的紳士風度，用他們的話說，「一個完美紳士」。和俄國人交往他舉止很隨便，任意發脾氣，常拿自己或者別人戲謔幾句；但他的這一切都很可愛，既隨意灑脫，又彬彬有禮。

他持斯拉夫派觀點，無人不曉，這在上流社會被認爲是非常出眾的。他不讀俄文書報，可在他的書桌上卻有一個形狀像俄國農民穿的樹皮鞋形狀的銀質菸灰缸。

我們的旅遊者都喜歡拜訪他。馬特維·伊里奇·科利亞津因處於一時的反對派地位而出國，在前往波希米亞的溫泉時路過此地，曾經隆重地拜訪過他。他和當地人很少打交道，但他們都很敬仰他。假如要弄宮廷樂隊或劇院等等的票，沒誰比基爾薩諾夫男爵閣下更方便、更快捷的了。

他盡可能地做善事，他依然有些名氣。他的所作所為並沒白費，可對他的生活來說卻是個負擔……比他預料的還痛苦……

看看他在俄式教堂裡吧，他倚在牆邊，冥思苦想，長時間一動不動，苦澀地緊咬雙唇，隨後又忽然醒過神來，悄悄畫著十字……

庫克申娜也到了國外。她現在住在海德堡，已經不研究自然科學，而是研究建築學了，照她的話說，她已發現了幾條新的規律。她還是喜歡和大學生，尤其是那些年輕的研究物理、化學的俄國學生交朋友，這些學生在海德堡有很多，起初他們對事物的清醒冷靜的觀點讓樸直的德國教授吃驚，隨後又以徹底的消極無為和極端懶散同樣讓這些教授大跌眼鏡。

和兩三個這種連氧氣和氮氣也分不出的化學家一起，西特尼科夫在彼得堡亂竄，這些化學家滿口否定和自尊，連偉大的葉利謝耶維奇也和西特尼科夫在一起，西特尼科夫現在也打算當個偉人，照他說，他是在繼續巴扎羅夫的「事業」。

聽說，不久前他挨了頓打，可他也報復了：在一本默默無聞的小雜誌上發表了一篇沒人看的豆腐塊樣的文章，他在文中暗示說，打他的人是懦夫。他管這叫諷刺。他父親依然隨意打他，他妻子覺得他是個傻瓜……和文人。

俄國的一個偏遠角落裡有一個很小的鄉村墓地，差不多和我們別的墓地一樣荒涼：四周的溝裡早已青草萋萋，灰灰的木製十字架低垂著，在曾經油漆過的頂蓋下慢慢黴爛；石板全挪過了，彷彿誰從下面推過它們一樣；兩三株光禿禿的小樹連陽光也擋不住；羊群在墳墓之間悠閒地閒逛……

然而其中有一座墳還未被人動過，也未被動物踐踏過，只有鳥兒在上面停歇，對著晨曦歌唱。鐵柵欄將墳圍了起來，兩旁還種了兩棵小樅樹，這就是葉甫蓋尼．巴扎羅夫的墓。

一對老態龍鍾的夫婦從不遠的小村莊裡經常來上這座墳。他們步履蹣跚，彼此攙扶著來到鐵柵欄前，兩人一下子跪在地上，悲痛地哭上好久，久久地凝望著那沉默的石頭，那下面就躺著他們的兒子。

他們談幾句簡短的話語，拂去石上的浮塵，整整樅樹枝，便又祈禱起來，他們不離開這裡，彷彿在這兒離兒子更近，離他的回憶更近……

難道他們的祈禱，他們的淚水都是枉然嗎？難道愛，神聖的、忠貞的愛不是萬能的嗎？

啊，不！不管那顆靜臥於墓中的心曾多麼充滿激情，多麼罪過，多麼躁動，那墳塋上的花卻睜著純真無邪的眼睛，那麼靜謐地望著我們：它們不只是向我們述說那永恆的安息，那「冷漠的」大自然的偉大的安息，還述說著永恆的和解與綿綿不息的生命……

經典新版世界名著：12

父與子【全新譯校】

作者：〔俄〕屠格涅夫
譯者：劉淑梅
發行人：陳曉林
出版所：風雲時代出版股份有限公司
地址：10576台北市民生東路五段178號7樓之3
電話：(02) 2756-0949
傳真：(02) 2765-3799
執行主編：朱墨菲
美術設計：吳宗潔
行銷企劃：林安莉
業務總監：張瑋鳳

初版日期：2019年10月
版權授權：鄭紅峰
ISBN：978-986-352-734-3

風雲書網：http://www.eastbooks.com.tw
官方部落格：http://eastbooks.pixnet.net/blog
Facebook：http://www.facebook.com/h7560949
E-mail：h7560949@ms15.hinet.net
劃撥帳號：12043291
戶名：風雲時代出版股份有限公司

風雲發行所：33373桃園市龜山區公西村2鄰復興街304巷96號
電話：(03) 318-1378
傳真：(03) 318-1378
法律顧問：永然法律事務所 李永然律師
北辰著作權事務所 蕭雄淋律師

行政院新聞局局版台業字第3595號 營利事業統一編號22759935
©2019 by Storm & Stress Publishing Co.Printed in Taiwan
◎ 如有缺頁或裝訂錯誤，請退回本社更換

定價：280元
版權所有 翻印必究

國家圖書館出版品預行編目資料

父與子 / 屠格涅夫著. -- 初版. -- 臺北市：風雲時代, 2019.09 面； 公分

ISBN 978-986-352-734-3 (平裝)

880.57 108012156

風雲時代

風雲時代